# 古典文獻研究輯刊

六 編

曾永義 主編

第 7 冊

《紅樓夢》人物性別角色研究

王富鵬 著

國家圖書館出版品預行編目資料

《紅樓夢》人物性別角色研究／王富鵬 著 — 初版 — 新北市：
花木蘭文化出版社，2012〔民 101〕
序 6+ 目 2+208 面；19×26 公分
（古典文學研究輯刊　六編：第 7 冊）
ISBN：978-986-254-951-3（精裝）
1. 紅學　2. 研究考訂
820.8　　　　　　　　　　　　　　　　101014840

ISBN-978-986-254-951-3

9 789862 549513

古典文學研究輯刊
六 編 第 七 冊　　　　　　　ISBN：978-986-254-951-3

《紅樓夢》人物性別角色研究

作　　者　王富鵬
主　　編　曾永義
總 編 輯　杜潔祥
出　　版　花木蘭文化出版社
發 行 所　花木蘭文化出版社
發 行 人　高小娟
聯絡地址　新北市永和區中正路五九五號七樓
　　　　　電話：02-2923-1455／傳眞：02-2923-1452
網　　址　http://www.huamulan.tw 信箱 sut81518@gmail.com
印　　刷　普羅文化出版廣告事業
初　　版　2012 年 9 月
定　　價　六編 18 冊（精裝）新台幣 30,000 元　　　　版權所有‧請勿翻印

# 《紅樓夢》人物性別角色研究

王富鵬　著

## 作者簡介

王富鵬，河南省柘城縣人，博士，教授，中國《紅樓夢》學會理事。現供職于廣東省韶關學院文學院。1993 年 8 月至 1996 年 6 月在西北師範大學中文系學習，獲中國古代文學專業的碩士學位。1996 年 7 月起任教於廣東省潮州市韓山師範學院，2000 年 8 月調入韶關學院。2004 年8 月考入中山大學中文系，師從長江學者特聘教授吳承學先生，2007 年 6 月獲得博士學位。出版專著《嶺南三大家研究》（人民文學出版社，2008 年 7 月版）。

## 提　　要

　　本書對《紅樓夢》人物形象的研究是從一個全新的角度展開的。《紅樓夢》中很多人物的性別角色符合文化的規定，但不少重要人物，其性別角色卻發生了「錯位」。這種「錯位」，其實就是人物的性別角色與人們刻板的或傳統文化所規定的性別角色發生了一定程度的矛盾。賈寶玉有明顯的女性化氣質，同時又有堅強的理性、原則性、堅定的信念和承擔責任的勇氣等男性品質。兩種具有不同性別特徵的心理素質在寶玉身上同時得到了充分的表現。其性格在整體上呈現出雙性化的特徵。曹雪芹的文化理想是其雙性化性格形成的思想基礎，明清時期新思潮是這種性格形成的現實文化背景，中國傳統文化的陰柔性因素為這種性格的形成提供了深層的文化基礎。由於多種因素的影響，明清時期，男人和女人的情感形式，發生了有意思的對轉。湘雲既不失年輕女性的嬌柔含蓄，秀美羞澀，同時又具有男性化的豁達和豪爽。「玫瑰花」的綽號最能說明探春性格的兩個方面。總體而言，湘雲和探春等人呈現出雙性化的性格特徵。王熙鳳等人超越了傳統的女性行為規範，表現出明顯的男性化特徵。孤高癖潔的妙玉、逆來順受的迎春、偏執孤僻的惜春、以及抑鬱悲戚、自卑多疑的黛玉，就其性別角色而言，屬於未分化型，其心理也都一定程度地呈現病態。

# 序

喬先之

　　龍年春節期間，遠在嶺南高校任教的富鵬校友，寄來了他的新著《〈紅樓夢〉人物性別角色研究》書稿。筆者通讀之後，深爲著者在書中所展現之深廣的學術眼光，堅實的學術功力，獨特的學術視角和厚重的學術成果，而驚喜，而感奮。至於對著者要讓筆者爲本書寫序，筆者則頗爲遲疑。一因著者近年來學術水平突飛猛進，青藍勝出多多；二因筆者多年來心有旁騖，遠離紅學主流，所以難勝此任。不過，由於著者的誠摯堅請，筆者亦考慮到可藉此良機，與著者并學界新老朋友交流商酌，因而還是寫了讀後感言如下。

　　在本書中，著者把心理學中關於性別角色的新興理論和方法，與文學、美學、文化學關於人物性格的傳統理論和方法，有機地整合起來，對《紅樓夢》中以賈寶玉、王熙鳳、賈探春等「越位」性別角色爲中心的人物形象體系，進行了系統、深入的研究和嚴整、周密的論證，取得了具有開拓性、創新性的重大學術成果，從而得到了學術界的高度肯定和普遍贊許。本書多數篇章的主體內容，此前曾在《紅樓夢學刊》等核心刊物上發表過，即爲明證。

　　特別是對賈寶玉的雙性化性別角色，著者更是從其特徵和實質，其得以出現的社會時代背景、歷史文化淵源，其塑造者曹雪芹對歷史文化類型的批判和對未來文化類型的理想等等方面，作了窮本溯源、籠圈條貫、動態全息式的深刻分析與系統綜合，從而使得本書的整體研究成果，顯得格外厚實和精審，稱之爲賈寶玉研究以至《紅樓夢》研究歷程中的標誌性著作，應非溢美之詞。

　　以上是筆者對本書的總體看法和基本評價。其次，筆者想就本書中存在的枝節問題，或者是筆者聯想到的超出本書範圍的問題，提出一些不成熟的看法和建議，供著者在本書最後定稿或再版時參考。

　　《紅樓夢》的主體內容及相應的情節結構線索，有相互錯綜交織的兩條：

一是以賈寶玉、林黛玉、薛寶釵以及賈母、王夫人、晴雯、襲人等人物爲中心的愛情婚姻悲劇線索，一是以王熙鳳、賈寶玉、賈探春以及賈母、賈政、賈赦、賈璉、賈珍、鴛鴦等人物爲中心的家族命運悲劇線索。因而本書與對賈寶玉性別角色的充分論證和大量篇幅相對應，似應適當加強、加深對普通性別角色（非「越位」）重要人物的研究和論述，以使全書在社會時代、歷史文化等內容分量上，更爲全面而深刻，相得而益彰。

曹雪芹《紅樓夢》原作與高鶚、程偉元續改本（續寫後四十回，改動前八十回），在思想性質、美學傾向、藝術旨趣等方面，都有巨大差別，甚至相反，因而本書在引用《紅樓夢》原文時，似應限於原作，不用續改之作。

關於本書在人物性別角色研究中對羅西、貝姆等人心理學理論與方法的運用，筆者在前面具體評論中，已明確地予以充分肯定，在後面行文中也還會從宏觀背景上正面涉及。但本書在對修訂後的貝姆性別角色量表的使用上，似應更加審慎；在依此量表爲具體人物的各項性別特徵指標打分并作綜合評定時，需要盡可能準確，以使其符合具體人物的實際情況，并在不同人物之間，能有妥善的平衡。

再次，筆者想借用本書的珍貴篇幅，對於由本書研究方法的中西古今綜合所關係到的紅學及中國文學研究的發展前景，以至中華文明（化）、中華民族歷史命運的問題，冒昧表示一些看法或臆想。

中華文明不僅是世界上光輝燦爛、源遠流長的古老、原生文明之一，而且是唯一從未中斷、消亡，具有強大生命力和凝聚力，自我調節能力和更新能力的文明。所以英國著名史學家湯因比，在上世紀七十年代前期與日本池田大作的世紀對話中，提出：爲了避免人類社會的混亂和崩潰，要以中華文明爲指針，以東亞漢字圈國家爲基礎，以中國從漢代以來中央政府對全國統一之成功治理爲參照，建立世界政府。但是任何事物都有兩面性。在五世紀之前居於世界前列、五世紀之後一千多年裏更是遙遙領先於世界的中華文明，長期存在與小農自然經濟、家族宗法制度相適應的封建君主專制和封建思想禁錮的消極因素。最終導致明代中期以後相對於西方文藝復興以來社會發展迅猛質變之歷史時代性、整體系統性的落後。《紅樓夢》中寶、黛、釵「玉帶林中掛，金簪雪裏埋」的愛情婚姻悲劇和賈府「落了片白茫茫大地眞乾淨」的家族命運悲劇，典型地折射出了中華民族、中華文明之先進社會力量、啓蒙思想，苦苦難於擺脫封建桎梏的社會時代悲劇。相對於十八世紀西方法國

的啓蒙運動，英國的產業革命，以至俄國的銳意改革，《紅樓夢》在十八世紀中葉能夠在原則上達到西方十九世紀批判現實主義水準的文學奇跡，也在思想上奇跡般地揭示了當時中國封建「盛世」的「外面的架子雖未甚倒，內囊卻也盡上來了」之外強中乾，落日「輝煌」的衰朽實質。這也就有力地警示我們，必須始終堅定發揚中華文明自強不息的優秀傳統，特別是勇於并善於從物質、制度、精神等各個層面吸收全人類優秀文化遺產的傳統，比如從漢代以來對佛學、梵語文化成果的汲取和創新。著者在本書中對榮格、羅西、貝姆等人心理學理論和方法的引進和融匯，亦屬此一範疇。只有如此，才能使得從紅學研究的推進，到中國文學研究和創作的進展，以至中華民族的偉大復興，光榮祖國的空前強盛、中華文明永葆青春的世界先進地位，可以順利實現。

最後，爲了熱烈祝賀富鵬校友新著的出版，也爲了親切回憶筆者與紅學研究的緣分，附上三首有幸用了曹雪芹詩作原韻的拙作。

庚申（1980）季夏中國紅學會首屆（哈爾濱）會議感賦，書奉周（汝昌）吳（世昌）周（紹良）端木（蕻良）霍（松林）馮（其庸）劉（夢溪）彭（駿）傅（繼馥）周（雷）吳（新雷）曾（揚華）張（錦池）並與會諸公，次張宜泉《和曹雪芹西郊信步憩廢寺原韻》。

《紅樓》百卷起龍吟，刺政言情感慨深。時事洞明輝電閃，前程杳渺黯雲陰。
匠心疇昔多潛逸，勝義而今共探尋。莫道知音向來少，松濱盛會士如林。

丙寅（1986）仲夏第二屆國際紅學（哈爾濱）討論會感賦，書奉唐（德剛）周（策縱）柳（存仁）周（汝昌）馮（其庸）劉（旦宅）劉（世德）蔡（義江）沈（天祐）胡（文彬）鄧（慶祐）呂（啓祥）張（錦池）并與會諸公，次張宜泉《和曹雪芹西郊信步憩廢寺原韻》。

意興飛揚伴客吟，五洲朋好共情深。重逢日月光天麗，一掃煙雲翳地陰。
紅學是非懸百載，脂評高下隔千尋。松濱再舉寰球會，愼議精研報士林。

壬辰（2012）暮春欣賀《《紅樓夢》人物性別角色研究》付梓，次張宜泉《和曹雪芹西郊信步憩廢寺原韻》。

衡評酌序費沉吟，故友新書義廣深。寶玉淳情憤泥濁，探春雄志憾閨陰。
高華意境《紅樓》蘊，精實考論清世尋。勝出青藍遙祝願，鴻篇迭梓蔚文林。

# 序

張慶善

  富鵬同志的新著《〈紅樓夢〉人物性別角色研究》即將出版，這是一本值得期待值得重視的紅學著作，是近些年來《紅樓夢》研究的重要成果。

  性別角色研究是近幾十年來國內外心理學研究的一個熱點，其研究成果也已經開始被應用到許多不同的領域。不過到目前為止這一研究成果還很少被運用於國內的文學研究當中，而運用到《紅樓夢》研究中就更少了。據我所知，富鵬同志是紅學界中最早運用性別角色理論研究《紅樓夢》的學者之一。《紅樓夢學刊》一九九九年第二輯發表的《一種特殊的性格類型——論賈寶玉的雙性化性格特徵》，是富鵬同志有關這類研究的第一篇文章，也是紅學領域有關這類研究最早的文章之一。此後，富鵬同志陸續發表了一系列研究文章，如《人類未來文化模式的思考：論曹雪芹的文化理想》、《論明清時期新思潮與賈寶玉的女性氣質》、《論傳統文化的陰柔性因素對賈寶玉氣質的影響》等等。可以說，富鵬同志是十幾年來運用性別角色理論研究《紅樓夢》的第一人，是這方面成果最突出的學者。

  雖然富鵬同志等一些學者為此付出很大努力，但在《紅樓夢》研究中，很多人仍然對性別角色理論研究關注不夠。其實文學創作過程中的許多環節都涉及到性別角色的問題，如作家的創作心理、作品中的人物形象、作品的情感表現等，都有可能涉及這類問題。作家的性別角色，以及傳統文化和時代文化對男女性別角色特徵的規定，有可能通過作品中的人物形象或作者的情感表達曲折地表現出來。作品及作品中的人物所流露出的心理性別、情感模式等有可能關涉到作家的創作意圖、對人物的定位、作品的立意。另外，戲曲文學中角色的心理性別與演員本身的心理性別的關係等也值得研究。由此可見，性別角色理論在文學研究領域中的應用有著非常廣闊的空間。

  《紅樓夢》中有關性別角色的內容非常豐富。有些人物的性別角色符合

文化的規定，有些人物的心理性別則發生了「錯位」。寶玉、鳳姐、探春、湘雲、秦鐘等就存在著性別「錯位」的現象。這種「錯位」，其實就是人物的性別角色與人們刻板的或傳統文化所規定的性別角色發生了一定程度的矛盾。作者爲某些女性人物代擬的詩詞不但包含著一定的女性意識，而且也呈現出作者的女性意識和性別角色的一些信息。《紅樓夢》中性別角色這一問題牽涉到中國文化的許多方面。通過這類現象的研究可以觀察到傳統文化的某些特徵、作品產生的那個時代的某些特點和作家不同於他人的心理特點和文化理想。因此，對《紅樓夢》人物的性別角色這一問題的研究有著重要的意義。

我記得自上個世紀九十年代以後，在紅學界人們說的最多的話之一就是「紅學的突破」，人們似乎對紅學的研究現狀不是很滿意，因而特別期待著「突破」。但許多人的期待似乎寄託在「發現」上，期待著有關曹雪芹和《紅樓夢》的文獻有「震驚人類的發現」，以爲這樣才能「突破」。當然，如果真有這樣的發現自然是大家非常高興的，但遺憾的是這樣的「發現」至今也沒有見到。《紅樓夢》畢竟是一部偉大的文學作品，研究《紅樓夢》的文本才是最主要的，研究《紅樓夢》的終極目的，還是認識這部偉大作品。一部偉大文學經典的價值所在就在於它的認識價值和審美價值上。所以我特別期待有更多的學者多在《紅樓夢》的文本研究上下功夫。富鵬同志的大作是以性別角色的理論研究《紅樓夢》的人物，這確實是一個新視野、新途徑，是一個非常有意義的探索，這對於我們從一個新的視角分析《紅樓夢》中的人物，確實有重要的學術價值。

富鵬同志從一九九九年在《紅樓夢學刊》上發表第一篇以性別角色理論研究《紅樓夢》的文章開始，至今已過去十三年。研究一個課題長達十三年，其間不間斷參閱相關資料，以嚴謹的治學態度推敲其中的一些觀點，這樣的執著治學，真是令人敬佩，也是今天極其難得的學術精神。現在《〈紅樓夢〉人物性別角色研究》一書，已經擺到了我們面前，這既是富鵬同志十三年執著追求的學術結晶，也是《紅樓夢》研究的最新收穫。我希望它能引起人們對這方面研究的更多關注，推動紅學的健康發展。

是爲序！

2012 年 5 月 30 日於北京

目
次

# 緒　論

　　「雙性化」（androgyny）這一概念因新近才被廣泛使用，故不如所謂的「男性化」（masculinity）和「女性化」（feminity）這兩個概念爲人們所熟知。此三者都是與個人在社會生活中的性別角色（gender role）相關的幾個概念。性別角色尤其是雙性化的問題是近二十年來國內心理學研究的一個熱門話題。這方面的研究成果也已經開始被應用到許多不同的領域。不過到目前爲止，國內的文學研究卻很少涉及這一問題，心理學的這一研究成果幾乎還沒有被運用於文學研究當中。其實文學創作中與此相關的問題很多。文學作品是人心靈的創造。作家的創作心理、作品中的人物形象、作品的情感表現等等，都有可能涉及這類問題。作家的心理特徵和性別心理勢必會在自己的作品中曲折地表現出來；民族傳統的文化心理、時代的文化心理，及文化對男女性別角色特徵的規定，都可以通過解讀作品中的人物或作者情感的表達而得知；作品及作品中人物所流露出的心理性別，情感模式等也關涉著作家的性別角色和心理性別以及作家的創作意圖、對人物的定位、作品的立意等；戲曲舞臺上角色的性別意識與演員本身的性別意識的關係等都是值得研究的現象。由此可知，性別角色的理論在文學研究領域的應用有著非常廣泛的空間。因此文學研究不應該忽視對作家和作品中人物形象的性別角色的研究。

　　《紅樓夢》中有關性別角色的內容非常豐富。《紅樓夢》塑造了眾多性格鮮明的人物形象，而其中有不少人物都存在著性別「越位」的問題。賈寶玉、王熙鳳自不待言，其他如賈探春、史湘雲、尤三姐、秦鐘等人物也都存在著性別「越位」的現象。這種「越位」，其實就是人物的性別角色與人們刻板的或傳統文化所規定的性別角色發生了一定程度的衝突或矛盾。這種衝突或矛

盾是值得進行深入研究的。通過分析可知賈寶玉、賈探春、史湘雲、晴雯、鴛鴦等；林黛玉、賈迎春、賈惜春、妙玉等；王熙鳳、尤三姐、司棋等；元春、薛寶釵、李紈、秦可卿、花襲人等分別可以歸入不同的性格類型。這幾類不同的人物形象所呈現出的性別角色特徵，各自都有著比較特殊的意義。作者爲眾多鮮活的女性人物代擬的大量詩詞不但包含著一定的女性意識，而且代擬的這些詩詞也呈現出作者曹雪芹的女性意識和性別角色的一些信息。

　　《紅樓夢》中有關性別角色的這一問題牽涉到中國文化的許多方面。通過《紅樓夢》中的這類現象可以觀察到中國傳統文化的某些特徵，可以觀察到作品產生的那個時代的某些特點和作家不同於他人的心理特點和文化理想。如賈寶玉這一人物的雙性化性格形成的原因，就可以從多個角度來進行分析。賈寶玉的雙性化性格特徵在其生活的各個方面都得到了充分的顯示。這種性格類型形成的原因是多方面的：中國傳統的陰柔型文化因素，爲賈寶玉這個形象的出現提供了深層的文化基礎；明中葉以後至清中葉的啓蒙思潮爲這個形象的產生提供了現實的時代的文化氛圍；曹雪芹對女性文化的推崇和對男性文化的批判是塑造這一形象的最直接的思想動因。所以這一形象的出現既不是作者的即興創作，也不是一種生理～心理的變異，而是傳統文化、啓蒙思潮與作者思想感情等多重因素融合之後的自然化生。除賈寶玉之外，其他人物形象同樣也包含著豐富的文化信息和獨特的意義。

　　總之，對這一問題的研究，可以爲我們理解小說中的人物形象提供一個新的視角，可以藉此觀察到中國傳統文化和作品產生時代的不太爲人注意的某些因素，以及作家個人的心理特徵和思想。因此，對《紅樓夢》中人物的性別角色這一問題的研究有著非常重要的意義。

## 一、性別角色研究的歷史和現狀

### （一）

　　心理學界有關性別角色和雙性化的研究分別都已經有了上百年或數十年的歷史。性別角色是指個體在社會化進程中，通過模倣學習逐漸形成的一套與自己性別相應的行爲規範。性別角色標準體現了一種社會文化對男性和女性的不同期望。性別角色是個體社會化的一項重要內容。個體的性別角色能否被特定社會接納和認可關係到個體對社會的適應性，所以性別角色一直是心理學和社會學關注的重要課題之一。性別角色的發展受後天社會環境與文

化的影響很大。性別角色的劃分根據既不是生理性別，也不是性取向，而是從人格特質來進行區分的。一八九四年，Ellis 的《男性與女性》一書的出版標誌著性別角色開始成爲心理學研究的課題之一。一個人在社會上除了表現出一定的性別角色之外，還存在著性度（degree of sex difference）的不同。性度，是指一個人具有的男性化特徵和女性化特徵的程度。由於個體的社會行爲，使得在社會裏的每個人都存在著男性度和女性度。每一個男人或女人都存在著男性度和女性度的不同比例的搭配。現實社會中不存在純男性特點或者純女性特點的人。大部分的情況是：或者男性化性度大一點，或者女性化性度大一點，或者中性化性度比較突出。它與人的男女生理無關。如果一個人具有男性化特徵，如剛強、勇敢、自立等特徵越明顯時，其性度就越偏向於男性；如果一個人具有女性化特徵，如溫柔、細緻等越明顯時，其性度就偏向於女性；當個體既有明顯的男性特徵又有明顯的女性特徵時，則爲中性特徵，或稱爲雙性化特徵。

　　傳統的性別模式認爲，人的性別角色結構是單一維度的，男性特質，女性特質是該維度的相反兩極，某一社會個體的性別角色就處在由這兩極構成的連續體中的某一點上。在這一點上其性別角色和性度都得以顯示。傳統的性別角色理論還認爲，具有男性特質的男性和具有女性特質的女性心理發展更健康。因此，以往眾多的心理學工作者都十分重視性別角色的定型。一九三六年，Terman 和 Miles 提出了一對具有普遍意義的相對立的人格特徵詞——男性化和女性化，用來描繪社會中男性與女性所擁有的相對穩定的行爲傾向性。在此基礎上他們編制了第一個男性化～女性化量表（M～F 量表）。性別角色的早期研究都是基於這兩種假設：第一、假定男性化特質和女性化特質位於單一維度的兩極上，二者被認爲是對立的，個體越趨於某一端，就會更少地趨於另一端；第二，假定擁有男性化特質的男性和擁有女性化特質的女性心理最健康，而過多地表現出女性特質的男性和過多地表現出男性特質的女性會被認爲存在心理問題和適應問題。不過，性別角色的研究很快發現了男性化～女性化模式存在的問題。

　　一九六四年，羅西（A・S・Rossi）首次提出雙性化概念，認爲個體可以同時擁有傳統上男性應該具有的和傳統上女性應該具有的人格特質。一九七三年，康斯坦丁諾普爾（A・Constantinople）通過對現存的男性化～女性化量表（M～F 量表）的綜合分析，推翻了男性化～女性化模式所基於的假設。一些研究結果也發現傳統的性別角色模式並不能很好地預測心理健康水平。另

外，隨著婦女解放運動的發展，越來越多的人認為傳統的男性與女性性別角色觀念限制了並有害於個人的發展。一些知名心理學者公然宣稱，要使個體從文化所強加的男性化與女性化限制中解放出來。一九七四年，美國心理學家桑德拉‧貝姆（Sandra Bem）以社會贊許性為基礎，設計一套測量性別角色的量表——貝姆性別角色量表（Bem Sex Role Inventory，簡稱 BSRI）。用此量表測試，把人的性別角色分為四種：雙性化（androgynous）、男性化（masculine）、女性化（feminine）以及未分化（undifferentiated）人格。她對美國德克薩斯州立大學 75 名大學生抽樣調查，結果發現：約有三分之一（女性為 27%、男性為 32%）的人具有雙性化氣質。雙性化理論模式認為：第一，男性化特質和女性化特質不是位於單一維度的兩極上，而是相對獨立的特質，個體可以是雙性化的，即他（她）可以既具有男性化特質也具有女性化特質；第二，與其他類型的個體相比，雙性化個體具有更好的靈活性與適應性。貝姆認為，祇有男性特質和祇有女性特質的人缺乏適應能力。貝姆性別角色量表出現之後，雙性化量表的編制及其與多種變量之間的相關研究大量湧現。

就性別角色的研究而言，一般認為雙性化這一概念是羅西（A‧S‧Rossi）在一九六四年首次正式提出的。但男人或女人同時擁有兩種性別的心理特徵這一現象，卻早就為人所發現了。雨果早就說過男性下意識中有女性，女性下意識中有男性。弗洛伊德（Sigmud‧Freud）在他的著作中也提出了「潛意識雙性化」〔註1〕的概念。之後，瑞士心理學家卡爾‧榮格（Carl‧Gustar‧Gung）提出了著名的阿尼瑪（anima，即「男性的女性意向」）和阿尼姆斯（animus，即「女性的男性意向」）理論。他用「男性的女性意向」和「女性的男性意向」兩個術語，說明人類先天具有的雙性化生理和心理特點。他認為所有人都是先天的男女同體，男性的女性意向是女性心理趨向在男子人格中的體現（諸如心境、預感、對非理性的感受、愛的能力、對自然的感受程度以及無意識領域的精神聯繫）；女性的男性意向則是男性心理趨向在女性人格中的體現（包括理性、堅定的信念、勇氣和誠實）。〔註2〕兩種性別心理傾向都分別在男女的人格中產生正作用力和負作用力，並在外部行為中表現出來。無論是先天遺傳還是後天形成，人格雙性化者確實存在。美國人類學家瑪格麗特‧米德於一九三五年對新幾內亞三個鄰近的部落的研究，就發現男人在人格上也可以擁有現代社會中所

〔註1〕時蓉華著《社會心理學》上海：上海人民出版社，1986 年版，第 115 頁。
〔註2〕〔瑞士〕卡爾‧榮格、漢德森、弗朗茲等著，張月譯《人及其表象》北京：
中國國際廣播出版社，1989 年版，第 196～214 頁。

謂的女性心理特徵；女人同樣也可以擁有現代社會中所謂的男性的心理特徵；男女兩性也可以擁有相同或相近的心理特徵。其實這已經涉及到了雙性化的問題。她發現人心理上的雙性化比生理上更不明顯。〔註3〕

## （二）

相對於國外，國內這方面的研究起步較晚。二十世紀九十年代初才出現這方面的研究。但近二十年來，這種研究在中國也有了迅速的發展，並且涉及到多個領域。北京師範大學心理學系陳芳芳一九九四年的碩士學位論文《性別角色雙性化與自我概念的關係》較早論及這一問題。之後，王衛東在《中國婦女報》一九九五年第四期發表了《角色發展的趨勢——雙性化》一文。鄒萍在《大連大學學報》一九九九年第三期又發表了《女大學生性別角色雙性化及其影響因素的研究》。這是這一時期較爲重要的幾篇論文。

這一時期，有關性度測量表的應用問題也是國內研究者比較關注的一個方面。起初，貝姆性別角色量表（BSRI）在國內的研究中運用比較普遍。很快就有人提出質疑：第一是跨文化的應用問題，究竟貝姆性別角色量表（BSRI）是否適合中國國情還不是很明確；第二是貝姆性別角色量表的編制已經是近三十年前的事情，也存在一個時效性問題。鑒於此，國內學者開始注重本土研究，不少學者在進行有關研究時自行編制量表。這一時期，這方面較有影響的是北京大學心理學系錢銘怡等人所做的「中國大學生性別角色量表（CSRI）」。〔註4〕「中國大學生性別角色量表（CSRI）」突破了「貝姆性別角色量表（BSRI）」的兩維模式，加入了兩個負性量表，能有效地鑒別出在自評過程中那些掩飾性太高，不能反映本人眞實性別角色的被試個體。一些人認爲 CSRI 比較適合於我國的大學生群體。儘管有了錢銘怡等人所做的「中國大學生性別角色量表（CSRI）」，但貝姆性別角色量表（BSRI）無論在國外還是在國內仍然被非常廣泛地使用著。二〇〇三年盧勤、蘇彥捷對在性別角色研究中使用得最爲廣泛的貝姆量表（BSRI）進行了認眞的研究，考察了它在中國文化中的信度、效度，並進行修訂。經過項目分析、因素分析等統計方法，對構成量表的條目進行刪除和保留。由原來的男性化和女性化條目各二十項，減至男性化條目十四項、

〔註3〕　〔美〕瑪格麗特·米德著，宋踐等譯《三個原始部落的性別與氣質》杭州：
　　　　　浙江人民出版社，1988 年版。
〔註4〕　錢銘怡，張光健，羅珊紅，張莘《大學生性別角色量表（CSRI）的編製》，載
　　　　　《心理學報》，2000 年第 1 期，第 99～104 頁。

女性化條目十二項，新構成了貝姆量表簡本。由盧勤、蘇彥捷修訂後的貝姆量表在信度和效度上有了明顯的提高，可以成為進一步研究的工具。〔註5〕此外，熊明生做了貝姆性別角色量表（BSRI）在體育情境中的修訂與檢驗，用於體育運動的研究，拓展了性別角色研究的觸角。當前研究者運用各種性別角色量表對不同人群的性別角色量度進行了大量的調查和研究。不過研究者一般以大學生為被試對象，所得的結論也多是指向大學生群體的。在各種性別角色量表中，當前國內測量性別角色量度，使用最廣泛的工具是貝姆性別角色量表（BSRI）（或經過修訂的貝姆性別角色量表）和錢銘怡等人所做的「中國大學生性別角色量表（CSRI）。二者各有優長。研究表明「維度分類法（引者按：如錢銘怡等的研究）能夠更好的（引者按：應為『地』）分析出個體在整個性別認同數軸上所處的位置，因而對於臨床治療更有效，而反映社會文化傾向的研究過程中，範疇分類法（引者按：如貝姆的研究等）則更合適。」〔註6〕基於以上的一些原因，本人在研究的過程中將主要採用修訂後的貝姆性別角色量表（BSRI）。

## （三）

這裡說的「雙性化」既不是性錯位、性混亂，也不是異性癖、也非生理上的雌雄同體。「雙性化」概念主要強調兩性人格心理特徵的混合，而心理學家們傾向於將「雙性化」看作男女人格中，正性特徵的高水平整合。也即是說這是一種兼具男女兩性人格優點的綜合性人格類型，在一個人身上同時具備男性與女性的興趣、能力和愛好，尤其是心理氣質方面具備男性與女性的長處與優點。

司本斯等（Spence JT, Helmerich, Stapp）在 1974 和 1975 年編制出了個人屬性問卷（簡稱 PAQ）在多種人群中進行調查。調查表明27% 的女性屬於雙性化的人格類型。雙性化個體既能勝任男性的工作，也能勝任女性的工作，有更好的可塑性和適應力，是一種健康的心理模式。〔註7〕此外，康布蘭和比

---

〔註5〕 盧勤、蘇彥捷《對 Bem 性別角色量表的考察與修訂》，載《中國心理衛生雜誌》2003 年，第 8 期。

〔註6〕 見寧波大學第六屆學生科研基金立項課題《大學生性別角色認同與審美觀的相關研究》的子課題：陸宗堯、魯文麗、李雪力《師範類專業大學生正向性別角色特質自我認同感調查問卷的編製》，載 www.360doc.com.

〔註7〕 Spenee JT, Helmreieh RL《Andronyny versus gender schema：A comment on beam》s gender schema theory》，《Psychological Review》1988，P365～368。

姆（Kaplan, Beam）在 1976 年，霍爾與浩賓斯坦（Hall, Halberstadt）在 1980年，也作了相應研究。1978 年，Gibert 的研究表明，男女被試者更多地認爲雙性化是更典型、更有吸引力的理想女人和男人的模式。〔註8〕1982 年，斯比爾斯（Sperce）等人研究認爲，雙性化的人在各種條件下比性別典型的人做得更好，在自我評價、受同伴歡迎的程度、適應能力、心理健康和自尊等方面都優於單性化的人。這類人「既獨立又合作，既果斷又沈穩，既敏感又豁達，既自信又謹愼，既熱情又成熟。」〔註9〕具有雙性化性格特徵的女性比其他人有更顯著的獨立性，能較好地表現女性氣質，並有強烈的自尊感；具有雙性化性格特徵的男人能更好地理解他人，同時又能堅持原則，適當地表現出男人的氣度。

　　除了以上所述的優點之外，國內外的一些研究還表明雙性化的個體普遍具有較高的心理健康水平。國內的研究除了性別角色量表的編制和修訂，對與性別角色相關的問題的研究，也是一個重要的方面，如性別角色類型與人格特徵關係、〔註10〕性別角色與婚姻狀況、性別角色與家庭教育、性別角色與社會適應〔註11〕等等。其中性別角色與心理健康水平的關係是較爲人們關注的。什麼樣的人格有利於心理的健康發展呢？國內外學者都進行了大量的研究。其中貝姆認爲，具有雙性化人格特質的人適應能力強，並能在各種情景中取得成功。她認爲，雙性化的人格特質能構成理想的心理健康模式。具有雙性化特質的人更具有靈活性和適應性。國內的這類研究成果也比較豐富。王紅瑞等人用貝姆性別角色量表和其他相關的工具對性別角色與抑鬱焦慮水平的相關性進行了認眞的研究。認爲無論男人還是女人，雙性化都是一種最佳的心理健康模式，代表了較高的心理健康水平，雙性化與心理健康之間存在正相關。雙性化人群的抑鬱焦慮水平與國內常模無顯著性差異；而女性化和未分化人群的抑鬱焦慮水平明顯高於國內正常人群，呈 0.01 水平的顯著性差異；男性化的抑鬱焦慮水平與國內常模無顯著性差異，但男性化人群

---

〔註 8〕 Gibert，Lucia A《Feminine and masculine dimensions of the typical, desirabie, and ideal woman and man》，《Sex Roles》：1978 Dct Vo14（5）P767～768.

〔註 9〕 方俊明《性別差異與兩性化人格》，載《陝西師範大學學報（哲社版）》1996年，第 3 期。

〔註10〕 李少梅《大學生雙性化性別特質與人格特徵的相關研究》，載《陝西師範大學學報（哲社版）》1998 年，第 4 期。

〔註11〕 崔紅、王登峰《性別角色類型與心理社會適應的關係研究》，載《中國臨床心理學雜誌》2001 年，第 1 期。

的抑鬱、焦慮水平與雙性化相比具有顯著性差異，呈 0.05 水平的顯著性差異。雙性化的負性情緒指數明顯低於男性化。由此可見，雙性化人格特質者具有積極健康的情緒狀態，其抑鬱焦慮水平最低，其次是男性化、女性化，最後是未分化。雙性化人格特質是較理想的人格特質，其次是男性化特質，再次是女性化特質。女性化特質在強迫、憂鬱、恐怖方面，均明顯高於男性化特質和雙性化特質者。女性化和未分化人群的抑鬱焦慮水平明顯高於國內正常人群。〔註12〕鑒於國內外以往的研究中，研究工具多採用一九七四年由貝姆所編制 BSRI 量表，一些研究者為深入瞭解大學生性別角色類型與心理健康水平的關係，又採用錢銘怡等人編制的中國大學生性別角色量表（CSRI）對不同人群做認真的調查。如楊玲、王雄雄《大學生性別角色與心理健康水平關係的研究》等。〔註13〕其結果表明：雙性化者心理健康最佳，其次為男性化、女性化以及未分化。這一結果與採用貝姆量表所得出的結果是一致的。由此也可以看出，貝姆量表的可信度是比較高的。除此之外，還有不少研究者對性別角色與心理健康的關係也進行了深入的研究。如：袁立新、盧聲達的《性別角色與心理健康的相關研究》；〔註14〕聞明晶的《大學生性別角色類型與心理健康的關係研究》；〔註15〕慶海濤的《大學生性別角色類型與焦慮水平和性別角色觀的研究》等。〔註16〕

## 二、性別角色研究與國內文學研究的結合

文學創作中存在著「男性化」和「女性化」的現象，而且男性作者「作婦人語」或自比女性，早已為人們注意到了。中國古代文學史上的最早的一首文人詩《離騷》，其作者屈原就多次自比女性，如「眾女嫉余之娥眉兮，謠諑謂余以善淫。」不過後世的評論者認為這衹是一種文學的表現手法——「比興」、「寄託」。王逸《離騷經序》云：「靈修美人，以媲於君；宓妃佚女，以譬賢臣。」「引類譬喻」和「比興寄託」在先秦時期也許衹是一種方便的表現

---

〔註12〕馬瑩、王紅瑞的《雙性化人格特質與心理健康的關係研究》，載《寧夏大學學報（人文社會科學版）》2001 年，第 5 期，第 116～118 頁；王紅瑞《雙性化人格特質與情緒狀態的相關研究》，載《新疆石油教育學院學報》2005 年，第 1 期，第 124～125 頁。
〔註13〕見《高等理科教育》2005 年，第 5 期。
〔註14〕見《健康心理學雜誌》2002 年，第 6 期。
〔註15〕東北師範大學 2006 年碩士學位論文。
〔註16〕蘇州大學 2005 年碩士學位論文。

手法，但在其後文學發展的過程中卻形成了一個綿延不絕的傳統。魏晉六朝及唐宋時期出現了大量的模倣女性口吻的詩歌，所謂的閨怨詩、宮怨詩、代言體、香奩體等即是。男性作者「作婦人語」在唐宋詞中更是一個普遍現象。北宋「性剛簡」、「吏民頗畏其悁急」〔註17〕的名相晏殊就曾寫下許多頗有女性情態的小詞。紅頰青眼，壯健如虎的辛棄疾在小詞中也不時化成失寵的后妃和傷春的女性。這一現象在當時即爲人所注意。王安石即曾譏笑晏殊「爲宰相而作小詞，可乎？」〔註18〕晏殊的兒子晏幾道爲其父辯解：「先公平日，小詞雖多，未嘗作婦人語也。」而蒲傳正反問小晏，晏殊《玉春樓》詞中的「綠楊芳草長亭路，年少拋人容易去」，「豈非婦人語乎？」〔註19〕總之，唐宋詩詞「男子而作閨音」〔註20〕的現象不但常見，而且早已引起了人們的注意。類似的現象也出現在小說和戲劇之中。男性作者出於塑造人物的需要，爲作品中的女性角色代擬詩詞則不得不「作婦人語」。有些小說和戲劇中的某些男性人物表現出了明顯的女性化的性格特徵；有些女性人物則表現出了男性化的性格特徵。這種現象同樣也引起了人們的關注。青山山農《紅樓夢廣義》云：「寶玉溫柔如女子態，探春英斷有丈夫風。」「寶玉鬚眉而巾幗，湘雲巾幗而鬚眉」〔註21〕

綜觀中國文學史，無論男性作者作閨閣之音、女性作者表現英雄之氣，還是敘事文學中男性角色女性化和女性角色男性化都是存在的，而且這些現象也早就引起了人們的注意。不過迄今爲止，學術界對於這種現象的研究卻不是很多。二十世紀九十年代前後，陸續出現了一些學術著作和文章討論這一現象，其中對「擬女性」文學的討論比較多。

張法先生認爲中國文學中大量的「擬女性」作品的出現與文人的政治悲劇意識向日常生活悲劇意識的轉化有著重要的關係。文人想眞正用世，建功立業，但得不到任用，或根本進不到政治層，或進去很快又被拋出來，可以稱之爲「世棄」。「世棄」與婦女被丈夫拋棄的「夫棄」在主要結構上是相同的。夫棄之怨屬日常生活的悲劇意識，世棄之怨是政治悲劇意識。而中國文

〔註17〕見《宋史》卷三百一十一《列傳第七十・晏殊傳》。

〔註18〕北宋・魏泰著《東軒筆錄》卷五，北京：中華書局，1983年版，第52頁。

〔註19〕北宋・胡仔著《苕溪漁隱叢話・前集》卷二十六《詩眼》，見唐圭璋編《詞話叢編》北京：中華書局，1986年版，第159～187頁。

〔註20〕清・田同之著《西圃詞說》，見唐圭璋編《詞話叢編》中華書局，1986年版，第1443～1447頁。

〔註21〕見一粟編《紅樓夢資料彙編》北京：中華書局，1964年1月版，第211頁。

人往往習慣於把世棄之怨轉變成夫棄之怨寫進作品，把政治悲劇意識轉化為日常生活的悲劇意識。本來是男性的文人，但在作品中卻以女子的形象出現，抒情主人公變成了悲怨丈夫薄幸的怨婦。由此，這類作品就成了「擬女性」的文學作品。作品中的夫棄之怨，實質上是男性作者的「世棄」之怨。〔註22〕

　　楊雋教授的《臣妾意識與女性人格──古代士大夫文人心態研究之一》從文化的繼承和專制政體對人心理的強制這兩個角度深入分析了士大夫女性化人格和臣妾意識生成的原因。士大夫的這種心態正是「擬女性」文學大量產生的一個心理基礎。作者運用瑪格麗特‧米德的文化人類學理論，認為先秦時期的楚文化屬於阿拉佩什文化類型。在這種文化環境中男人和女人有著相同的陰柔型的人格標準，也即是說楚文化中存在著崇尚男子女性美的風氣。在文化方面，大一統的漢代較多地延續了楚文化。楚文化成為中國傳統文化的一個重要組成部分，對士大夫人格的形成產生了重要的影響。儒家宗法倫理秩序的核心是「三綱」、「五常」等人倫規範。「夫婦之道」係「人倫之始」，「君臣之道造端於夫婦」。夫婦、君臣實際上形成了同構的關係。這種倫際關係的設置加上專制政體的強制，就使文人士大夫在潛意識中產生了女性化的心態，認同了女性的人格類型。晚唐以後隨著專制政體的加強，文人士大夫的這種心態更加明顯，而逐漸趨於定型。〔註23〕

　　李建中先生對為臣者和為妾者在傳統文化和政治結構中的相近的社會功能和心理狀態進行了快速的掃描。作者在分析臣妾人格的時候運用了榮格的「阿尼瑪」和「阿尼姆斯」這一對概念。〔註24〕

　　張曉梅博士對文學領域中男性作家模倣女性口吻創作這一現象，進行了詳細地論述。該書資料豐富、論述細緻。論述的重點主要是代言體、閨怨詩、宮怨詩、香奩體等文學現象，以及男女君臣之喻的文化現象。在論述的過程中也運用了榮格「阿尼瑪」和「阿尼姆斯」的理論，認為這種文化和文學現象與士大夫的雙性情感、雙重態度和文化的「雙性同體」都有一定的關係。這部著作對宋詞的女性化現象也專章進行了討論。〔註25〕

---

〔註22〕張法著《中國文化與悲劇意識》北京：中國人民大學出版社，1989年版，第69～85頁。

〔註23〕見《四川師範學院學報（哲社版）》1991年第4期，第95～104頁。

〔註24〕李建中著《臣妾人格》武漢：長江文藝出版社，1996年11月版。

〔註25〕張曉梅著《男子作閨音──中國古典文學中的男扮女裝現象研究》北京：人民出版社，2008年4月版。

　　楊海明先生《「男子而作閨音」──唐宋詞中一個奇特的文學現象》一文認爲唐宋詞中「男子而作閨音」，大致存在著「被動」、「主動」和「半主動半被動」三種情況。晚唐以來，社會風氣發生了變化，士大夫所欣賞的多是「鶯吭燕舌」的「女音」。男性詞人自然會「屈從」於女性歌唱的需要，使詞的主題、風格、語言及至聲腔都服從並滿足於她們的特殊需要。從填詞以應歌的角度來看，他們「作閨音」也就可以視作是「被動」的行爲。所謂「主動型」，即是來源於中國古典詩歌中的「引類譬喻」和「比興寄託」的傳統。屈原《離騷》以男女愛情比擬君臣關係就是這種現象的濫觴。宋代某些詞人曾有意識地採用這種比興手法，來寄託自己不便直言的感情。「半主動半被動」的情況，不一定是被「應歌」「逼」出來的，也不一定有什麼明顯的政治寄託，而似乎祇是一種「集體無意識」的產物。某種共同的時代心理和審美趣味，驅使著詞人寫下爲女性「代言」其心聲的作品。作者認爲從晚唐五代起，文人把詞體作爲「小技」看待，盡可把它當作抒發獵豔之情的工具來利用。明明是男主人有權玩弄女戲子和女丫鬟，後代的許多唱詞小調卻寫成女性向男性「求愛」。從這個意義上說，「男子而作閨音」確是有些「變態」意味的文學現象。它的背後，正隱藏著一股不很健康的思想意識：向女性調情；一種片面的文體觀念：視詞體爲消遣的工具。不過作者認爲詞人好作「閨音」，畢竟又包含了某種程度的新觀念、新信息：體現了社會對於婦女的注目與關心，反映出社會的進化、「人性」的抬頭所帶來的思想觀念的微妙變化，以及古代文學在審美心理方面的重要轉變。〔註26〕

　　朱崇才通過電腦對《全宋詞》兩萬首宋詞進行了檢索。抽取一百個使用頻率最高的常用詞，從高頻詞的使用情況來分析宋詞的主要內容和風格傾向。最後得出《全宋詞》確實有著一定的女性化傾向。〔註27〕

　　劉月琴《宋詞「女性化」傾嚮之成因》認爲宋代社會政治因素和文化環境，造成了「文化心理上，宋人守舊、求靜、懦弱」。而「宋代士大夫的這種女性化心理狀態及處世原則似乎更能適應當時的政治形勢和文化環境。」詞這種文學體裁也更適合宋人的審美趣味，從其產生、寫作內容、婉約的特點和演唱者來說都與女性緊密相關。宋詞的「女性化」的另一個原因，即是緣

〔註26〕見《蘇州大學學報》1992 年第 3 期，第 51～56 頁。
〔註27〕朱崇才《從高頻詞看宋詞的女性化傾向》，載《中國韻文學刊》1993 年總第 7 期，第 70～76 頁。

於人們的「雙性化人格的心理因素」和中國人心靈的女性化特點。〔註28〕

以上這些專著和論文對「擬女性」文學的所有論述，都涉及到一個普遍存在事實，即是作為其創作主體的某些男性作家一定程度地存在著心態的女性化。「擬女性」的文學現象不但出現在詩詞等傳統的文學樣式之中，實際上小說和戲曲文學中也大量存在著這一現象。莫勵鋒先生《論紅樓夢詩詞的女性意識》一文通過分析曹雪芹為林黛玉、薛寶琴等人代擬的詩詞，發現其中蘊含著明顯的女性意識。清代數量巨大的女性文學作品，卻不如男性作家曹雪芹為林黛玉等人代擬的詩詞更富有女性意識。「林黛玉等人的詩詞是當時最富有女性意識的文本。」他認為斷言男性作家不能為女性寫作的觀點是偏頗的，至少是不符合中國文學史的實際的。在清代作家中曹雪芹具有更深刻的女性意識，而不是那些女性作家陳端生、邱心如等人。該文認為「男女兩性之間並沒有不可逾越的鴻溝。」「生物學意義的性別（Sex）也許是不可逾越的，而社會學意義的性別（Gender）則是可以克服的。如果我們關注的性別是後者而不是前者，我們就應該承認性別是人類社會歷史的產物，它僅僅具有文化屬性而並無自然屬性。」〔註29〕

以上的這些專著和論文，其論述的中心大都指向了作為創作主體的作者，基本上還沒有把論述的重點放在文學作品塑造的出來的人物形象之身上。

《紅樓夢》中賈寶玉的性別角色長期以來就是一個引人注意的問題。最早論及的學術論文是李樹志先生的《試論賈寶玉的女性化人格》一文。該文從賈寶玉所處環境、衣著的女性化和心態的細膩柔婉幾個方面描述了賈寶玉女性化的表現。「環境女性化和衣飾女性化的長期薰染，必然會導致賈寶玉的心態性格也向女性化轉型，其最明顯的表徵，是他的情感的過分細膩柔婉。」〔註30〕但遺憾的是，該文其後部分併沒有對這種性格形成的原因進行深切的論述。

《紅樓夢學刊》一九九九年第二輯發表的王富鵬的《一種特殊的性格類型——論賈寶玉的雙性化性格特徵》一文多角度、深入地論述了賈寶玉性格當中的女性化特徵和男性品質。認為賈寶玉雖然言語行為等表現出比較明顯的女性化性格特徵，但他同時也擁有承擔責任和義務、獨立的理性思索、反

〔註28〕見《太原師範學院學報》2004年第2期第84～85頁。
〔註29〕見《明清小說研究》2001年第2期，第159頁。
〔註30〕見《海南師院學報》1994年第2期，第37頁。

抗正統且永不悔改的勇氣和堅摯的信念等男性品質。在他非常女性化行爲的背後是支配著他這種行爲的男性品質。其女性化性格因素的形成和強化，間接地從他理性的思考，反抗正統的勇氣和堅摯的信念之上獲得了內驅力。賈寶玉性格當中的男性品質和女性化特徵形成了一個對立統一的有機整體，從整體上看呈現出雙性化的性格特徵。賈寶玉雙性化的性格，實質上是以其男性性格爲本體，滲進了某些女性的行爲特徵和性格因素。其後作者又連續發表了幾篇文章，分別從三個方面論述了賈寶玉雙性化性格形成的原因。認爲曹雪芹的文化理想和對未來文化轉型的展望，是這種性格形成的最直接的思想動因；〔註31〕明中葉至清中葉新的社會思潮爲這個形象的產生提供了現實的時代的文化氛圍；〔註32〕但是究其深層原因，這種性格的形成——嚴格地說他雙性化性格當中的女性化性格因素的形成更是具有陰柔特色的傳統文化之鑄造。中國傳統的陰柔性的文化因素，爲賈寶玉這個形象的出現提供了深層的文化基礎。〔註33〕在這一系列文章中作者運用文化人類學和現代心理學的一些理論，結合中國傳統文化的實際，對這一問題進行了較爲認眞的論述。

王富鵬《論王熙鳳的陽性特質及其成因》一文首先從不同的角度論述了王熙鳳的男性化的性格特徵，之後又運用國內外心理學界比較通用的貝姆性角色量表（BSRI）對王熙鳳的陽性特質進行了定量的分析。這也是中國文學研究領域中第一次運用貝姆性角色量表（BSRI）對文學作品中的人物形象所進行的性格分析。〔註34〕

傅守祥先生的《女性主義視角下的〈紅樓夢〉人物：試論王熙鳳和賈寶玉的「雙性氣質」》一文認爲西方現代心理學和宗教女性主義所標舉的「雙性氣質」理論，對理解《紅樓夢》主旨及其人物形象有著嶄新的意義。該文以二人爲例著重分析了王熙鳳的「女性的男性氣質」和賈寶玉的「男性的女性氣質」，認爲《紅樓夢》所塑造的人物具有超越時代、超越社會性別的「雙性」人格特徵，他們集中展現了小說家卓越的藝術追求和人文理想。〔註35〕

〔註31〕王富鵬《人類未來文化模式的思考：論曹雪芹的文化理想》，載《紅樓夢學刊》2001 年第 3 輯。

〔註32〕王富鵬《論明清時期新思潮與賈寶玉的女性氣質》，載《青海社會科學》2001 年第 1 期。

〔註33〕王富鵬《論傳統文化的陰柔性因素對賈寶玉氣質的影響》，載《紅樓夢學刊》2006 年第 4 輯。

〔註34〕見《紅樓夢學刊》2005 年第 6 輯。

〔註35〕見《紅樓夢學刊》2005 年第 1 輯，第 100〜114 頁。

　　綜觀這一時期的文學研究，對這一問題的討論還不是很多，所論及的內容也比較狹窄。有關的研究大多集中在對代言體、宮怨體等詩歌和宋詞女性化特徵的論述；研究者們貫於使用的工具還僅限於「雙性化」這個概念和榮格有關「阿尼瑪」（anima）和「阿尼姆斯」（animus）的論述。有關的論著和論文還比較少，尤其是對《紅樓夢》中這一現象進行研究的論文更少。

# 上編　賈寶玉性別角色研究

# 第一章　賈寶玉的雙性化性格特徵

## 第一節　賈寶玉女性化性格因素之表現

　　在實際生活中，一個人的外貌特點並不一定與其性格特點有必然的聯繫。而在文學作品中，作者對某人相貌的描寫則往往都有其一定的用意。要麼把外貌與性格的不協調對照而寫，突出其內外的反差；要麼表現一個人的「表裏如一」，突出其內外的一致。曹雪芹對人物的描寫大多屬於後者，其中對寶玉外貌神情與性格之間關係的描寫，就是如此。

　　賈寶玉是男人，男性的生理結構，一定程度上決定了其氣質乃至性格的男性特點。這一點無庸贅述。值得注意的是，在這個男人的性格當中，卻有著相當顯著的與其男性性格相對立的女性化性格特點。寶玉性格的女性化特點，其實前人早已發現。青山山農《紅樓夢廣義》云：「寶玉鬚眉而巾幗，湘雲巾幗而鬚眉。……寶玉溫柔如女子態，探春英斷有丈夫風。」〔註1〕姜祺《紅樓夢詩》詠賈寶玉云：「意稠語密態溫存，攝盡名姝百種魂。」〔註2〕楊維屏《紅樓夢戲詠》又云：「眼語眉言巧入時，此身不信屬男兒。」〔註3〕賈寶玉性別角色的女性化特點是比較突出的。作者對他出場形象的刻畫就給人造成了這樣一個強烈的印象。

　　一個人外貌的女性化特點，並不能表明他性格的女性化，但《紅樓夢》

---

〔註1〕見一粟編《紅樓夢資料彙編》北京：中華書局，1964年1月版，第211頁。
〔註2〕見一粟編《紅樓夢資料彙編》北京：中華書局，1964年1月版，第488頁。
〔註3〕見一粟編《紅樓夢資料彙編》北京：中華書局，1964年1月版，第510頁。

中對寶玉外貌的女性化描繪卻分明透露出了其內在的本質特徵。在這一點上曹雪芹接受了中國傳統的寫法：通過一個人的外貌和言行，表現其性格特徵。請看第三回的這段文字：「面若中秋之月，色如春曉之花，鬢若刀裁，眉如墨畫，臉似桃瓣，睛如秋波。雖怒時而若笑，即瞋視而有情。」〔註4〕如果祇看這一段文字，並不說明對象是誰，我想大多數人會認為這是一位千金小姐，而不可能是一位男性主人公。同一回又寫他：「越顯得面如傅粉，唇若施脂；轉盼多情，語言若笑；天然一段風韻，全在眉梢；平生萬種情思，悉堆眼角」。〔註5〕這兩段文字對寶玉的刻畫完全是女性化的。除此之外，小說還有更為直接的表述。第十五回「王鳳姐弄權鐵檻寺」，小說寫寧府送殯，鳳姐記掛寶玉，惟恐有個閃失，便命小廝把他喚來。鳳姐笑道：「好兄弟，你是個尊貴人，女孩兒一樣的人品，別學他們猴在馬上。下來，咱們姐兒兩個坐車，豈不好。」（第149頁。）寶玉的小廝茗煙非常瞭解寶玉。第四十三回「不了情暫撮土為香」，寶玉帶茗煙出外私祭金釧。茗煙祝道：「二爺的心事，不能出口，讓我代祝：……若芳魂有感，香魄多情……你在陰間，保祐二爺來生也變個女孩兒，和你們一處相伴，再不可又托生這鬚眉濁物了。」（第468頁。）庚辰本此處脂評云：「寫茗煙素日之乖覺可人，且襯出寶玉直似一個守禮待嫁的女兒一般，其素日脂香粉氣不待寫而全現出矣。今看此回，直欲將寶玉當作一個極輕俊羞怯的女兒看。」〔註6〕這些話出自小說文本和脂評，應該是最可靠的論斷。第三十回寶玉正癡癡地看著齡官不停地畫「薔」，突然下起雨來。寶玉提醒她當心被雨淋濕。「一則寶玉臉面俊秀；二則花葉繁茂，上下俱被枝葉隱住，剛露著半邊臉：那女孩子祇當是個丫頭，再不想是寶玉，因笑道：『多謝姐姐提醒了我，難道姐姐在外頭有什麼遮雨的？』」（第三十回，第324頁。）不但齡官會錯把他當作丫頭，就連天天看著寶玉的老祖宗，也有「眼越發花了」的時候，指著寶玉問：「那又是那個女孩兒？」（第五十回，第547頁。）又說：「想必原是個丫頭，錯投了胎。」（第七十八回，第889頁。）賈政高興時也承認寶玉神采飄逸，秀色奪人。寶玉像女孩兒也有人作參照。第六十

〔註4〕曹雪芹、高鶚著《紅樓夢》北京：人民文學出版社，2000年5月第1版，第34頁。按：以下《紅樓夢》引文如果未作特別說明，皆引自這一版本。

〔註5〕曹雪芹、高鶚著《紅樓夢》北京：人民文學出版社，1964年2月版，1981年1月第四次印刷，第36頁。

〔註6〕見朱一玄編《紅樓夢資料彙編》天津：南開大學出版社，2001年10月版，第466頁。

三回「壽怡紅群芳開夜宴」一節提到寶玉與他房中的小丫頭芳官有些相像。小說這樣描寫芳官：「越顯的面如滿月猶白，眼如秋水還清。引的眾人笑說：『他兩個倒像是雙生的弟兄兩個。』」（第 702 頁。）寶玉像女孩子的另外一個參照是秦鐘。秦鐘「較寶玉略瘦巧些，清眉秀目，粉面朱唇，身材俊俏，舉止風流，似在寶玉之上」，而且「怯怯羞羞，有女兒之態，靦腆含糊……」當他慢慢向鳳姐作揖問好時，鳳姐喜得推寶玉一下：「比下去了！」（第七回，第 80 頁。）甲戌本《脂硯齋重評石頭記》朱色旁批云：「分明寫寶玉」。〔註7〕之後，寶玉以他們不喫酒為名，讓人把果子擺在裡間小炕上，二人坐在一起邊喫邊聊。此處朱色夾批又云：「眼見得二人一身一体矣。」〔註8〕第九回「戀風流情友入家塾」又云：寶玉和秦鐘「都生的花朵兒一般的模樣；又見秦鐘靦腆溫柔，未語面先紅，怯怯羞羞，有女兒之風；寶玉又是天生成慣能作小服低，賠身下氣，性情體貼，話語纏綿。」（第 100 頁。）漂亮的外貌，多情的神態，往往是形容女子的。寶玉豐富的情感，自然的風韻，在形象、神態上顯然接近於女子，以致於個別粗心的讀者真的就把寶玉當成了女孩子。十九世紀英國一個頗有影響的「中國通」，在詳細介紹《紅樓夢》時，就稱寶玉為女士，製造了學術史上的一個「永久的笑柄」。〔註9〕

　　從生理上說，寶玉固然是男性，但小說對其女性化的描寫，並非出於作者的失誤，而是大有深意。雖然從中國傳統文化方面來說，對男性飄逸纖弱的神態，春花秋月的秀色，細緻纏綿的情感，也是推崇的；但是寶玉超凡逸群的長相，不入流俗的神態，卻又與一般世家子弟大相徑庭。這就不是用悠久的文化傳統所能解釋得了的了。脂評最準，甲戌本眉批針對第三回《西江月》詞「……可憐辜負好韶光，於國於家無望。天一無能第一，古今不肖無

〔註7〕 見曹雪芹著《脂硯齋重評石頭記》（甲戌本）北京：人民文學出版社，2010
　　　　 年 1 月影印本，第 212 頁。
〔註8〕 見曹雪芹著《脂硯齋重評石頭記》（甲戌本）北京：人民文學出版社，2010
　　　　 年 1 月影印本，第 215 頁。
〔註9〕 見〔美〕韓南著，徐俠譯《中國近代小說的興起》上海：上海教育出版社，
　　　　 2004 年 5 月版，第 82 頁。1842 年，英國人谷次拉夫（Karl A・F・GÜtzloff，
　　　　 有的譯作郭實獵）譯述了《紅樓夢》（Hung Lau Mung or Dreams in the
　　　　 Red Chamber），發表於《中國博物館》（Chinese Repository，有的譯作《中國
　　　　 叢報》）第 11 卷 5 月號上，谷次拉夫把賈寶玉當作一個女子，稱之為「寶玉
　　　　 女士」（The Lady Pauyu）、「忙碌的少女」（The busy lady）、「或美麗的少女」
　　　　 （The fair damsel）、「難說話的婦人」（A very petulant woman）。轉引自陳維昭
　　　　 《紅學通史》上海：上海人民出版社，2005 年 9 月版，第 26 頁。

雙。寄言紈袴與膏粱，莫效此兒形狀」，評曰：「末二語最要緊。只是紈綺膏粱（原作『紈褲綺膏梁』），亦未必不見咲我玉卿，可知能效一二者，亦必不是蠢然紈褲矣」。〔註10〕

與其相貌的女性化相一致的，是他的裝束的特點。他的裝束精美華豔，與一般男人的簡潔明快大為不同。即使賈府中的眾小姐和「夫人」、「奶奶」的衣飾，幾乎也無法與寶玉的裝束相媲美。如此打扮，在某種程度上表明，其心理要求已經與女孩子的心理要求相符合。

如果說寶玉裝束的女性化還與長輩對他的期望有關，那麼他對其居處怡紅院的選擇，卻完全是自己的決定。怡紅院的室內擺設精美雅致，色彩明麗穠豔。這種特點正符合寶玉的心理要求。《紅樓夢》第十七、八回有具體的描述。怡紅院內的點綴和周圍景觀也有同樣的特點：「繞著碧桃花，穿過竹籬花障編就的月洞門。俄見粉牆環護，綠柳周垂。……兩邊都是遊廊相接。院中點綴幾塊山石，一邊種著幾本芭蕉；那一邊乃是一棵西府海棠，其勢若傘，絲垂翠縷，葩吐丹砂。」西府海棠叫「女兒棠」。俗傳「女兒國」中生長最旺盛，「此花之色紅暈若施脂，輕弱似扶病，大近乎閨閣風度，所以以女兒命名。」（第177～178頁。）怡紅院以「弱似扶病，大近乎閨閣風度」的「女兒棠」點綴，從側面也反映了怡紅院之建築、佈置的風格，大有女兒之風的特點。第四十一回劉姥姥醉入怡紅院，被襲人推醒之後看到這「花團錦簇，剔透玲瓏」的所在，禁不住問：「這是那位小姐的繡房，這樣精緻？我就像到了天宮裏一樣。」（第446頁。）第五回，賈母等在寧府賞花遊園，寶玉一時倦怠，秦氏領至上房，寶玉抬頭看見「燃藜圖」和「世事洞明皆學問，人情練達即文章」的對聯，覺得老大不受用。於是，秦氏又把他領到自己的臥室，「剛至房門，便有一股細細的甜香襲人。寶玉便覺「眼餳骨軟，連說『好香』。」待看過室內的佈置和陳設之後，「寶玉含笑，連說『這裡好』。」（第50頁。）當然秦氏臥房的淫靡氛圍正符合寶玉「天下古今第一淫人」的心理要求。但寶玉對賈珍上房頗有用世之意的佈置的厭煩，和對溫潤香軟的女性居室的喜好，從一個側面也說明了寶玉性格的一些特點。

賈府尊長們原希望搬進大觀園的寶玉從此能好好念書，誰料想，在大觀園中他更是找到了恣意歡遊的地方。本來對仕途經濟就深惡痛絕的他，從此

---

〔註10〕見曹雪芹著《脂硯齋重評石頭記》（甲戌本）北京：人民文學出版社，2010年1月影印本，第91頁。

之後在裏面更是無法無天，整天和一幫姐妹丫鬟彈琴下棋，吟詩作畫，鬥草簪花，宴飲歡歌。長時間的耳濡目染，自然地接受了女孩子的人格規範。所以尤三姐說：賈寶玉「行事言談喫喝，原有些女兒氣，那是衹在裏頭慣了的。」（第六十六回，第 742 頁。）對寶玉性格的形成很有影響的環境是作者的有意安排，如果不讓他長期生活在這樣的一群女孩子之中，而憑空生成和定型為這樣的性格，那才是不合邏輯的臆造。寶玉對這種貴族小姐無所事事的生活方式的接受，也是他女性化心態的外在表現。

　　男人通過征服世界來征服女人，把他做到的最偉大的事業炫耀於女人眼前來贏得女人的芳心。賈寶玉則相反，他懂得如何以溫柔、和善、體貼和寬容去贏得女子們的傾慕。他認為成就、名望、金錢和權力並不比愛重要。寶玉深藏著對異性的依賴與對男人的厭惡，投入了愛的世界。關心、體貼每一位女孩子，同時也從這些女孩子身上得到了心靈的慰藉。

　　寶玉雖為男性，但在心理、言語和行為方面基本上已經與女兒們融為了一體，「成為女孩們中的一員」，所作所為很有女兒情調。第四十回賈母遊大觀園時就曾說寶玉有過潔的癖好，不喜歡別人來坐，怕髒了屋子。第四十一回劉姥姥醉臥怡紅院，「襲人恐驚動了寶玉，衹向他搖手兒，不叫他說話。忙將當地大鼎內貯了三四把百合香，仍用罩子罩上。」〔註11〕襲人的反應再次印證了寶玉的潔癖心理。寶玉身為賈母的心肝寶貝兒、主子爺們兒卻甘願為丫鬟們充役，不管是對小姐或對女僕都一視同仁，為她們效勞，「把心使碎」。第五十一回襲人不在：

> 晴雯麝月皆卸罷殘妝脫換過裙襖。晴雯衹在熏籠上圍坐。……麝月笑道：「好姐姐，我鋪床，你把那穿衣鏡的套子放下來，上頭的劃子劃上。你的身量比我高些。」說著，便去與寶玉鋪床。晴雯嗐了一聲，笑道：「人家才坐暖和了，你就來鬧。」此時寶玉正坐著納悶，想襲人之母不知是死是活，忽聽見晴雯如此說，他自己起身出去，放下鏡套，劃上消息，進來笑道：「你們暖和罷，都完了」。（第五十一回，第 555 頁。）

他怕嚇著麝月，又怕凍著晴雯。一會兒擔心紫鵑衣服單薄，一會兒又恐怕香菱汙了裙子不好交待。沒事可做時欣然為麝月篦頭。他欣賞鶯兒的巧手，讚

---

〔註11〕曹雪芹、高鶚著《紅樓夢》北京：人民文學出版社，1964 年 2 月第 3 版，1981 年 1 月第四次印刷，第 511 頁。

美鴛鴦的抗婚，還包攬下彩云「私拿」的東西。他對女僕們尚且如此，更不必說對其他小姐了。寶玉對女孩子們的關懷細心周到，別人想不到的事，他能想到，別人做不到的事，他能做來。第三十回，他看到齡官畫「薔」，提醒她已被雨水淋濕，而全然忘卻自己也被澆成了「落湯雞」。他在丫鬟們面前從來不擺主子的架子，在小姐們跟前，從來不刻意維護自己「爺們兒」的尊嚴，而是處處為她們著想，討她們的歡心。他尊重每一位女孩的人格，為她們的痛苦而痛苦，為她們的歡樂而歡樂，對她們的體貼、愛憐、關懷無微不至，因此被指責為「無事忙」、「富貴閒人」、「一點剛性都沒有」。「行為偏僻性乖張」的寶玉「不管世人誹謗」，到處「大放厥詞」：「女兒是水做的骨肉，男人是泥做的骨肉」，在尊崇女兒為山川日月靈秀所鍾的同時，把那些「文死諫」、「武死戰」的官僚罵作沽名釣譽的「國賊」、「祿蠹」。他對女兒的尊崇和對男人的貶抑，使他自覺不自覺地以女兒的品性標準來規範自己，進而使他的外在言行表現出較明顯的女性化特徵。

　　賈寶玉對外界事物的變化有一種近乎病態的敏感，這一點有類於女性。別人看來非常正常的東西，卻在他心靈的湖面上激起洪波巨瀾。「富貴不知樂業」卻「無故尋愁覓恨」，一時「暗自垂淚」，一時又「似傻如狂」，「時常沒人在跟前，就自哭自笑的；看見燕子，就和燕子說話；河裏看見了魚，就和魚說話；見了星星月亮，不是長籲短歎，就是咕咕噥噥的。且連一點剛性也沒有，連那些毛丫頭的氣都受的。」（第三十五回，第 374～375 頁。）第七十九回因迎春將嫁，被接出大觀園。寶玉非常掃興，每每癡癡呆呆，不知作何消遣，「再看那岸上的蓼花葦葉，池內的翠荇香菱，也都覺搖搖落落，似有追憶故人之態。迥非素常逞妍鬥色之可比」。（第 907 頁。）在他的靈魂當中潛存著甚至超過女人的直覺能力和敏感特性，因而襲人都嫌他「太婆婆媽媽的了」。七十七回晴雯無故被趕，他聯想到「這階下好好的一株海棠花竟無故死了半邊」，預知將有異事發生，並且認為「今年春天已有兆頭」，（第 880 頁）歎息這是晴雯遇難的徵兆。女性常常會對花傷懷，歎息紅顏易老。寶玉同樣也如此多愁善感，常常對花自語，把紅垂淚。看到落紅遍地，隨風鋪卷，他會收拾殘紅付諸清流，讓它們找到一個清淨的歸宿。第二十八回，寶玉聽到「儂今葬花人笑癡，他年葬儂知是誰？……一朝春盡紅顏老，花落人亡兩不知。」為此詩句所感，而如醉如癡，「不覺慟倒山坡之上，懷裏兜的落花撒了一地」。（第 290 頁。）純情癡心的寶玉竟會這樣「失態」，即使大多數女子也

未必如此。

　　比起女孩子來，男孩子一般來說都有更明顯的獨立的傾向。但伴隨這種獨立而來的是孤獨。寶玉渴盼著不受他人控制的自由，但他又無法忍受隨之而來的孤獨感。人，這「永無止境的流浪者」，在追求身心自由的同時，也在設法「逃避自由」。一個在母親身邊的幼兒，會延續與母親同體的感覺，從而克服孤獨。當男孩子過於依賴一位可愛而過分縱容或專制的母親時，會變得願意接受保護和關心，具有多愁善感的品質，缺乏男人應該具有的心理素質，如自制、獨立、主宰生活的能力。這種男孩子試圖在每個人身上，尤其是在異性身上尋找「媽媽」。「如果男人對他母親的經驗是積極的，這同時可以獨特而不同方式影響他的陰性特質，結果要不是變得無丈夫氣概，就是成為女人的掠奪品，因此不能應付艱苦的人生。這種陰性特質能使男人變得多愁善感。」〔註12〕早年如母的長姊元春對寶玉的疼愛，以及賈母對他的溺愛和縱容，顯然是增加了他的嬌柔、脆弱、膽怯、自卑和依賴。

　　在男孩子成長的過程中有一個人格認同的階段。這一時期在他的生活中需要一個正面的父親形象或男性形象。賈寶玉的人格認同過程如何呢？其成長過程中有這樣一個父親形象嗎？應該說沒有這樣的一個正面形象。賈政對寶玉態度的粗暴無理，賈府中其他年長的男人的荒淫成性阻礙了寶玉對「父親」或男性形象、人格的認同和模倣。賈政動輒就喝斥威脅的「大棒政策」，似乎暗示寶玉在未來的人生中將要失敗，至少給他帶來一種對自己無能為力的恐懼感。在男人圈子裏的不安全感，使他不得不在女人圈內尋找寬慰和庇護。這一點更加重了他對女性的依賴心理，進而促使他對女性人格規範進行認同，甚至厭惡自己的性別。這種心理促成了寶玉最基本的男女觀和他的女性化性格。一個男孩子會認識到自己有別於母親，不同於女性。當意識到其人格認同出現錯位時，他就會產生失去自己性別優勢的恐懼和壓抑。寶玉的人格當中就深藏著這種獨立與依賴的矛盾。

　　正如雨果所說，男性下意識中有女性，女性下意識中有男性。在男性身上這種陰性特質的出現，會導致一個男人對初見女人的一見鍾情，即立刻知道這就是他需要的「她」，好像自己早就認識這個親愛的女人。這個女人在他眼中具有「仙女」般的品格。他愛她愛得難以自拔。以致於旁觀者覺得他完

---

〔註12〕〔瑞士〕卡爾・榮格著，葉昌德編譯《榮格潛意識成功學》長春：北方婦女兒童出版社，2004 年版，第 180 頁。

全是發瘋。這種陰性特質投射在愛情方面表現得過於突然，充滿激情，並使之失去理性的判斷力，以致嚴重干擾婚姻關係。帶來這種麻煩的潛意識似乎有其神秘的「目的」，會迫使男人綜合更多的潛意識人格，把這種「目的」帶到現實生活中。陰性特質把男人的思維與其內在的價值相調和，〔註 13〕致使寶玉經過很長時間感情的搖擺之後最終選擇了許多地方不如寶釵而從不勸他讀「正經書」、他第一眼便覺得曾在哪兒見過的林妹妹。

　　如上所述，儘管賈寶玉的女性化性格表現得相當突出，但他畢竟是《紅樓夢》的男主角，他的女性化性格因素是統一於他更為根本的男性性格的。

## 第二節　賈寶玉男性性格與女性化性格的對立統一

　　在男人整個人格體系中包含有某種陰性特質，即「男性的女性意向」。同樣，在女人的人格體系中或輕或重地也包含有某種「陽性特質」，也即「女性的男性意向」。無論是男性還是女性都既具有雄性的一面，又具有雌性的一面。所以說女性原則或男性原則並非為婦女或男人所獨有，而是為女性和男性所共具。〔註 14〕儘管通常女性原則在婦女個性中，男性原則在男人個性中表現更為強烈。

　　賈寶玉是一位善於獨立思考，有自己獨特思想的人物。他對生活和世界有自己非常理性的認識。他看似不問世事，對周圍的人、事懵懵懂懂，其實他對自己和其他人的歸宿，內心極為明白，對賈府錯綜複雜的矛盾是一位冷眼旁觀者。正是因為他對自己、他人和賈府的未來充滿悲觀的認識，所以他才得樂且樂，整日與他所喜愛的眾多女孩子一起廝混，不屑入那「國賊」、「祿蠹」之列，祇願在這養尊處優的環境中過一天算一天，將來大家散盡，他也化灰化煙，隨風飄散。並且他認為除四書之外，所有著作都是後人編造的，原不是什麼聖賢文章。「文死諫」、「武死戰」祇是沽名釣譽而已。他的這些思想是極其理性的，而不是僅憑感性所能得出的結論。如果心中沒有充滿理性的光輝，他從小就開始接受正統教育，又處在那樣的文化氛圍中，怎能會對此有深刻的洞察？

---

〔註 13〕參閱〔瑞士〕卡爾・榮格等著，張舉文、榮文庫譯《人類及其象徵》瀋陽：遼寧教育出版社，1988 年 6 月版，第 160 頁。

〔註 14〕參閱〔瑞士〕卡爾・榮格等著，張舉文、榮文庫譯《人類及其象徵》瀋陽：遼寧教育出版社，1988 年 6 月版，第 157～171 頁。

　　他從來就對女孩子曲婉附就，女孩子們做錯了事，他一手包攬，庇護那些無依無靠的丫鬟，對大觀園中的那些姐妹百般逢迎，唯恐與她們發生不快而不理睬自己。但親如手足的寶釵一旦勸他注意仕途經濟，他便立刻大動肝火，不留一點情面，讓對方極為難堪，並且說「林姑娘從來說過這些混帳話不曾？若他也說過這些混帳話，我早和他生分了」。（第三十二回，第341頁。）從這一點看，其個性何等倔強，他對自己的信念何等執著！他對女孩子的曲婉附就，缺少剛性，是因為他對女兒們的愛憐、體貼。但若提「仕途經濟」，則絕不苟且。這顯示出他堅定不移的原則性。「不肖種種大承笞撻」之後，黛玉抽抽噎噎地勸他「你從此可都改了吧」，他仍說：「你放心。別說這樣話。我便為這些人死了，也是情願的。」話雖簡短，卻充分透露出了他剛毅的個性，充滿陽剛之氣，拼著一死也不改悔。自己疼痛難忍反倒勸慰黛玉：「我雖然捱了打，並不覺疼痛。我這個樣，祇裝出來哄他們，好在外頭布散與老爺聽，其實是假的。你不可認真。」（第三十四回，第357頁。）蒙府本脂批云：「有這樣一段語（話），方不沒滅顰兒之痛哭眼腫。英雄失足，每每至死不改，皆猶此耳」。〔註15〕

　　他對女孩子的尊重體貼也基於對他所接觸到的女孩子的純潔和對男人之污濁的深刻認識之上。他堅信自己的看法，堅信女兒也有自己的人格。他的言行與正統的對女性的壓迫和蹂躪形成鮮明的對照。正是他對女孩子的尊重和禮讓，才導致他似乎「一點剛性都沒有」。他以女孩子的處世立身觀念來規範自己，衡量別人。所以他對大觀園中的眾多小姐、奴才一例是呵護愛重，崇奉嬌縱，願意接受她們的支使。他所有的女兒化的性格表現不能不說與他對女性的尊重和對女性的要求和才智的肯定有密切的關係。在他所生活的普遍歧視女性的社會氛圍之中，他能有如此的思想，也足以證明他敢於反抗世俗的勇氣和進行理性思考的能力。寶玉是石頭的化身（據程高本）、和憤世嫉俗秉性剛直的作者對石頭的垂青，都說明寶玉雖然表面上性格隨和但骨子裏卻蘊藏著頑石一樣耿介的品格。

　　根據卡爾·榮格以及《婦女心理學》的作者珍尼特·希伯雷·海登和羅森伯格等人的觀點，男性心理一般應該具備這些品質：理性、原則性、堅定的信念以及承擔義務和責任的勇氣。賈寶玉獨立的理性思索，反抗正統而且

---

〔註15〕見曹雪芹著《石頭記》（蒙古王府本）北京：人民文學出版社，2010年6月影印本，第1287頁。

永不悔改的勇氣和他堅摯的信念等，這一切共同組成了他男性性格的主體。讀者可以透過他日常生活的表面看到他非常女性化行為背後支配著他這種行為的男性品質。他那女性化性格因素的形成和強化，間接地從他理性的思考，反抗正統的勇氣和堅摯的信念之上獲得了內驅力。同時由於他特殊的生活環境和在賈府中的特殊地位，使他不可能像歷史上反抗正統思想的人物如李贄、徐渭等那樣反抗激烈，而祇能以他獨特的方式，較溫和地顯示他的思想和他的反抗。他祇能與他所喜愛的女孩子們整日嬉戲、廝混、得樂且樂，表達對她們的尊重和愛憐，爲她們盡心盡力來贏得她們對他的愛心。

賈寶玉與通靈寶玉是一而二、二而一的存在。戚序本第三回回前脂評云：「寶玉銜來，是補天之餘……其性質內陽外陰，其形體光白溫潤。」〔註16〕這一評語雖然針對通靈寶玉，實際上也可看作是對賈寶玉這一人物的評論。通靈玉「內陽外陰」，本質乃爲頑石；賈寶玉外表溫和而內裏耿介，實爲雙性化的性格。

## 第三節　賈寶玉性別角色的量化分析

以上對賈寶玉性格的男性特徵和女性化特徵的論述是按照傳統的方式進行的，屬於定性處理。定性分析雖有其優點，但其模糊性卻不可避免。近二十年來心理學界的性別角色研究無論在國外還是國內都有迅速的發展，並且製定出了多種測量受試者的男性化性格特徵和女性化性格特徵的性別角色量表。心理學的研究成果爲我們對這一問題的量化研究提供了方便，可以很好地幫助我們更清晰地瞭解賈寶玉的性格特徵。

在國際上所有的測量男人和女人的心理性別的量表中，運用得最爲普遍的是貝姆性別角色量表（BSRI）。心理學家桑德拉·貝姆建立的這個性別角色量表，共二十個項目，由六十個形容詞或描述性短語組成，採用七級記分制。也就是在一個尺度上，根據每一個詞或短語對某個人的性別表現進行七分制打分。如果從來沒有或幾乎從來沒有表現出這種特徵得一分；如果總是或幾乎總是如此得七分。這六十個形容詞或短語中有二十個詞一般被認爲具有女性色彩，另外二十個詞被認爲具有男性色彩，還有二十個詞是中性的，即不是性別定性的。要求逐條對照，自我評定。見下表：

〔註16〕見朱一玄編《紅樓夢資料彙編》天津：南開大學出版社，2001年10月版，第114頁。

## 貝姆性角色量表（BSRI）

| 社會所希冀的男性特徵 | 社會所希冀的女性特徵 | 中性的 |
|---|---|---|
| （1）自我信賴 | （1）柔順 | （1）樂於助人 |
| （2）維護自己的信念 | （2）快活的 | （2）憂鬱的 |
| （3）獨立的 | （3）害羞的 | （3）誠心誠意 |
| （4）活躍的 | （4）情誼綿綿 | （4）誇耀的 |
| （5）武斷的 | （5）值得一捧的 | （5）幸福的 |
| （6）堅強的個性 | （6）忠誠的 | （6）不可捉摸 |
| （7）遒勁有力 | （7）女性的 | （7）可信賴的 |
| （8）善於分析的 | （8）表示同情的 | （8）妒嫉的 |
| （9）具有領導能力的 | （9）對他人的需求敏感 | （9）誠實的 |
| （10）樂於冒險 | （10）有理解力的 | （10）守口如瓶的 |
| （11）容易作出決策的 | （11）有同情心的 | （11）篤實的 |
| （12）自足的 | （12）樂於安撫受傷的感情 | （12）自高自大 |
| （13）有支配力的 | （13）談吐柔和的 | （13）值得喜歡的 |
| （14）男性的 | （14）溫和的 | （14）莊嚴的 |
| （15）願意表明立場的 | （15）溫柔 | （15）友好的 |
| （16）具有侵犯性的 | （16）輕信的 | （16）無能的 |
| （17）像個領導的 | （17）幼稚的 | （17）適應性強的 |
| （18）個人主義的 | （18）不講粗俗話的 | （18）冷漠無情 |
| （19）具有競爭心的 | （19）熱愛孩子的 | （19）老練得體的 |
| （20）雄心勃勃 | （20）溫文爾雅 | （20）保守 |

　　屬於男性特徵的這二十個條目，各項得分之總和再除以 20，就是個人的男性氣質的得分；屬於女性特徵的這二十個條目，各項得分之總和再除以 20，就是個人的女性氣質的得分。屬於中性的一欄可置而不論。男性氣質和女性氣質的估計中值都是 4.9 分。如果一個人男性氣質的得分高於 4.9 分，女性氣質得分低於 4.9 分，那麼就可以說這個人的男性氣質強，女性氣質弱，其氣質類型總體上就屬於男性氣質；如果一個人女性氣質得分高於 4.9 分，男性氣質得分低於 4.9 分，那麼就可以說，這個人女性氣質表現比較突出，其氣質類型

總體上就屬於女性氣質；如果兩者都高於 4.9 分，那麼這個人就具有男女雙性化氣質；如果兩者都低於 4.9 分，則被稱爲「未分化型」的氣質，或「非男非女」氣質。對照貝姆性別角色量表（BSRI），所有的個人都可歸入男性氣質、女性氣質、男女雙性化氣質和未分化型，這四大類氣質類型當中，而某一個人祗能歸屬於其中的一種。〔註 17〕儘管貝姆性別角色量表（BSRI）在國內外的研究中運用比較普遍，但也有人提出質疑：究竟貝姆性角色量表（BSRI）是否適合中國國情，而且貝姆性別角色量表的編制已經有相當長的時間了，也存在一個時效性問題。鑒於此，國內學者開始注重本土研究，不少學者在進行有關研究時自行編制量表。中國心理學界自行編制的某些量表，雖然有著不小的影響，也得到了廣泛的應用，但貝姆性別角色量表（BSRI）無論在國外還是在國內仍然被非常廣泛地使用著。2003 年盧勤、蘇彥捷對在性別角色研究中使用得最爲廣泛的貝姆量表（BSRI）進行了認眞的研究，考察了它在中國文化中的信度、效度，並進行了修訂。經過項目分析、因素分析等統計方法，對構成量表的條目進行刪除和保留。由原來的男性化和女性化條目各二十項，減至男性化條目十四項、女性化條目十二項，新構成了貝姆量表簡本。由盧勤、蘇彥捷修訂後的貝姆量表在信度和效度上有了明顯的提高，可以成爲進一步研究的工具。〔註 18〕在各種性別角色量表中，當前國內測量性別角色量度，使用得最廣泛的工具是貝姆性別角色量表（BSRI）（或經過修訂的貝姆性別角色量表）和錢銘怡等人所做的「中國大學生性別角色量表（CSRI）。二者各有優長。研究表明：「維度分類法（引者按：如錢銘怡等的研究）能夠更好的（引者按：應爲『地』）分析出個體在整個性別認同數軸上所處的位置，因而對於臨床治療上更有效，而反映社會文化傾向的研究過程中，範疇分類法（引者按：如貝姆的研究等）更合適。」〔註 19〕基於這些的原因，筆者將採用由盧勤、蘇彥捷修訂後的貝姆性別角色量表（BSRI）進行相關的研究。同時也爲了節省篇幅，中性的二十個詞也不再列出。修訂後的與修訂前的量表，其計分標準是一樣的，祗是男性特徵的總分除以 14 得出其

---

〔註 17〕見〔美〕珍尼特・希伯雷・海登、B・G・羅森伯格著，范志強、周曉虹譯《婦女心理學》昆明：雲南人民出版社，1986 年版，第 72～74 頁。

〔註 18〕盧勤、蘇彥捷《對 Bem 性別角色量表的考察與修訂》，載《中國心理衛生雜誌》2003 年，第 8 期。

〔註 19〕見寧波大學第六屆學生科研基金立項課題《大學生性別角色認同與審美觀的相關研究》的子課題：陸宗堯、魯文麗、李雪力《師範類專業大學生正向性別角色特質自我認同感調查問卷的編製》，載 www.360doc.com.

平均值、女性特徵的總分除以 12 得出其平均值。下面我們姑且逐條對照，充當賈寶玉本人對他的性別角色特徵進行打分。儘管不同的人會給出不同的分數，但是大概不會相差太多。見下表：

**賈寶玉性別角色特徵的各項得分：**

| 社會所希冀的男性特徵 | 得　分 | 社會所希冀的女性特徵 | 得　分 |
|---|---|---|---|
| （1）自立的 | 4 | （1）有感情的 | 6 |
| （2）堅守自己信念的 | 7 | （2）受人讚賞的 | 5 |
| （3）獨立的 | 5 | （3）忠誠的 | 4 |
| （4）武斷的 | 7 | （4）有同情心的 | 5 |
| （5）個性強的 | 7 | （5）對他人的需要敏感的 | 6 |
| （6）有力的 | 3 | （6）善解人意的 | 6 |
| （7）分析能力強的 | 7 | （7）憐憫他人的 | 6 |
| （8）有領導能力的 | 3 | （8）樂於撫慰受傷害情感的 | 6 |
| （9）愛冒險的 | 6 | （9）熱情的 | 5 |
| （10）果斷的 | 4 | （10）文雅的 | 7 |
| （11）有立場的 | 7 | （11）愛孩子的 | 4 |
| （12）進取的 | 3 | （12）溫柔的 | 5 |
| （13）有競爭心的 | 3 | | |
| （14）有雄心的 | 3 | | |

寶玉男性心理特徵的總分為 69 分，除以 14 約得 4.93 分；女性心理特徵總分為 65 分，除以 12 約得 5.42 分。寶玉無論男性心理特徵還是女性心理特徵均高於 4.9 的中值，故寶玉的心理性別應該為雙性化的類型。

對寶玉的性別角色特徵進行測量所得出的結果，不但印證了前面筆者對其社會性別角色的論述，而且也使其雙性化的性格特徵更加清晰地展示出來。

# 第四節　賈寶玉雙性化性格的實質

所謂男人與女人，從根本上說祇存在生理上的區別。其他如語言、行動、裝束等所謂的女性與男性的特點的不同，主要是由於文化環境所給予的不同的規定而形成的。處在這兩者之間的是人的心理狀態。對一個人性格的不同

表現，不同的心理狀態會產生直接的影響。不言而喻，人的生理情況會影響到人的心理狀態。同時，文化環境、生活環境也對人的心理狀態起著規範和潛移默化的作用。

文學研究領域內所謂的女性化，是從文化學意義上去理解的。這裡所謂的女性化，是相對於文化環境、心理狀態對男女行爲準則的不同界定而發生的男性性別認同的錯位，或者由於社會文化環境、心理狀態對男性行爲準則規範的變化而導致的社會人對這種文化轉變的順應和認同。這種順應和認同，是指相對於原來文化對男性的要求而發生的心理與行爲特點的偏轉。賈寶玉對女性行爲特點的認同，有著這兩方面的原因。

所謂賈寶玉雙性化的性格，實質上是以其男性性格爲本體，滲進了某些女性的行爲特徵和性格因素。二者相互融合滲透形成一個有機的整體，從而成爲賈寶玉雙性化性格類型的特殊存在。賈寶玉性格當中女性化因素的形成，並不是文學領域裏的偶然現象，而有著深遠的文化根源。實質爲男性文化的中國正統文化，在明清時期已經明顯地暴露出其負面作用。新的社會思潮正是作爲正統文化的反對者應運而生的。賈寶玉雙性化性格也是這一時期反理學的新思潮孕育出來的，體現了這一時期以女性文化對男性文化偏頗的糾正，以兩種文化精神共同推動人類文明進步的要求。因而這種性格特徵顯示了文化轉型時期個體性格特徵規範的偏轉。同時這種性格特徵也是中國歷史上從楚文化到晚唐以來陰柔型文化因素的存在、這種陰柔型文化對人格具有強大塑造力的證明。要對賈寶玉雙性化性格實質作出更爲深入、更爲具體的闡述，還需要對形成這一性格的多重原因進行較爲全面而系統的探討。

在《紅樓夢》中，賈寶玉不但作爲男主角，作爲一個具有較強的理性、原則性、堅強的信念和勇於承擔義務等品格的男性形象引人注目，而且，同時又因他具有同情尊重女性，對女性體貼關懷細膩入微等品質而爲人所喜愛。這兩種具有不同的性別特徵的心理素質在賈寶玉身上同時得到了相當充分的表現。總之，他的言行同時顯露出了強烈的男性性格特徵和女性化性格特徵。賈寶玉的雙性化性格特徵在其生活的各個方面都得到了充分的顯示。這種性格類型的形成原因是多方面的。中國傳統的陰柔型文化因素，爲賈寶玉這個形象的出現提供了深層的文化基礎；明中葉以後至清中葉的啓蒙思潮爲這個形象的產生提供了現實的時代的文化氛圍；曹雪芹對女性文化的推崇和對男性文化的批判是塑造這一形象的最直接的思想動因。所以這一形象的

出現既不是作者的即興創作，也不是一種生理～心理的變異，而是傳統文化、啓蒙思潮與作者思想感情等多重因素融合之後的自然化生。

（這一章原發表於《紅樓夢學刊》1999 年第二輯，題爲《一種特殊的性格類型——論賈寶玉的雙性化性格特徵》，收入本書時，稍作改動。）

# 第二章　賈寶玉雙性化性格成因探源
## （一）

賈寶玉雙性化性格的形成，首先源自於創作主體的思想基礎。曹雪芹在《紅樓夢》中對男人的貶抑和對女性的頌揚，實際上包含著深刻的文化寓意，體現著他的文化理想：人類發展到特定時期男性文化的絕對統治將會給人類自身帶來嚴重的危害。人類文化將需要女性文化的介入，並對男性文化予以校正。人類未來文化應該是男性文化與女性文化的均衡交融。新的文化中理想的人格應該同時體現出男性性格和女性性格的特徵。可以說曹雪芹的這種文化理想，正是賈寶玉雙性化性格形成的最直接的思想基礎。

## 第一節　曹雪芹對中國歷史上正統文化——一種男性文化的否定

### （一）中國歷史上的正統文化是父系社會體系內的一種男性文化

在原始社會，男子從事漁獵和防禦外敵，在險惡的環境中逐漸發展了身心的粗獷與強硬成分。女子擔任采集果實，製作衣食，保存火種，撫育子女的任務，需要細緻與耐心，因而日益形成柔和、細膩的心理結構。由於原始的「孤雌生殖」信仰，不存在「父愛」的概念，女性獨自體驗著人類最原始的對象恒定的母性情感。相比之下，群婚制下的「性愛」卻因對象的經常變動而缺乏情感的持久性與專一性。此外，母系社會的女性還承擔著維持部落內部秩序的任務，如分配食物、調節糾紛等，這也鑄就了她們注重人際情感

關係與合群性的文化性格。所有這些，都衍生出女性文化與心理的情感特徵。人類進入父系社會，人類理性得到了長足的發展。兩性生殖觀代替了「孤雌生殖」的神話。它富有象徵性地表明男性文化相對於更原始的女性文化，是一種具有理性特徵的文化。〔註1〕此後，父權社會與人類理性的發展始終保持著同步關係。男性文化愈來愈以理性去支配和壓抑情感，愈來愈轉趨於現實功利性而背離人類的自然溫情和天性。在這個意義上說，女性長於情感思維與男性長於理性思維的心理差異，也許正是女性與男性文化差異的歷史遺存。

中國歷史上的正統文化是一種典型的以男人為中心的男性文化。儒家思想在中國兩千多年的封建社會中長期作為官方思想統治、薰染著國人的靈魂。「自漢武帝獨尊儒術後，儒術即成為官方學術和政治道德信條，歷千百年不變。雖然在不同朝代的不同時期如魏晉，實際上朝廷所推行的經國理民方略，仍以儒術為核心……『名教』、『禮法』雖然受到不少士人的非議，但仍是官方的政治倫理規範」。〔註2〕統治階級的思想就是佔統治地位的思想，所以儒家思想就是中國傳統文化的最主要組成部分。佛道等思想祗是傳統中儒家文化的一個必要補充，作為某些失意者或不滿者的靈魂的避難所而存在。「在諸子中，孔子創立的儒家，以重血親人倫、重現世事功、重實用理性、重道德修養的醇厚之風，獨樹一幟」。〔註3〕雖然儒家思想作為一種哲學，本身缺乏作為哲學應該具備的形而上的特點，然而當它作為一種正統思想，借助專制體制，付諸實施之後，或它作為一種社會秩序的理論依據時，卻獲得了冷峻的社會理性，或曰社會強制性。亦即它作為一種統治思想所擁有的全部理性並非是它的理論體系本身所具備的，而大部分是由社會和專制體制賦予的。中國封建社會的主導思想是通過對儒、道、墨、法、陰陽、縱橫等各家的融合和揚棄，建立起來的法家的絕對君權專制與儒家的忠信孝悌倫理秩序相結合的專制思想。專制體制的強制性與儒家的倫理思想相結合，使這種正統文化獲得了不可超越的社會理性，體現了父系社會文化本身具有的理性特質。無論是建立在法家思想基礎上的絕對君權專制，還是儒家思想中的忠孝倫理秩序，其目的都是維護大一統的封建王朝的長治久安。在王朝的統治

〔註1〕 參閱方克強著《文學人類學批評》上海：上海社會科學院出版社，1992 年 4 月版，第 153 頁。
〔註2〕 徐公持《〈宗經〉篇衍說》，載《文學遺產》，1995 年第 6 期。
〔註3〕 馮天瑜、何曉明、周積明著《中華文化史》上海：上海人民出版社，2005 年版，第 299 頁。

之下，把所有的社會成員都納入一個巨大的網絡之中，給以穩定的位置，以利於王朝的統治。再通過大小官僚的層層統治，把整個社會的所有力量集中起來，控制在帝王一人手中，以抵禦外族入侵，進行領土擴張或鎮壓下層的反抗。專制王朝所有的法令、措施及機構設置都有著明確的功利性目的。儒家的「仁愛」和「民本」思想，是維護君主統治的一種權變措施，袛有不過分地損害民眾，稍稍給予仁愛和生存的物質基礎，才能使民眾安居樂業，甘心接受社會的安排，保持專制君主大一統社會內部結構的穩固。「正名」是要辨證禮制等級的名稱和名份，嚴格遵守「君君、臣臣、父父、子子」的等級秩序，使人人都明白自己在社會之網中的位置，控制自己的「欲」，不超過由「名份」規定的度量範圍，以達到所有成員的所有行為都利於君主統治的功利性目的。儒家宗法倫理秩序的核心是「三綱」、「五常」等人倫規範。其中男女、夫婦又是最基礎的規範。作為「人倫之始」的男女、夫婦關係是以「男尊女卑」的性別歧視和壓迫為前提的，強調女性的「三從」、「四德」。從歷代關於女性德行的書籍如《女兒經》、《閨訓千字文》、《女千字文》、《女小兒語》和《女誡》等就可以看出對女性的限制和摧殘之嚴重。「餓死事小，失節事大」雖是程頤因其寡嫂改嫁隨口道出的憤激之詞，但不知摧殘了多少青春女人的生命。女性正常的生命需求被徹底扼殺了。

中國傳統文化，整體上是以男人為中心建立起來的文化體系。對夫婦關係的各種要求已具備了多種倫際關係的雛形。這個社會中的各種上層建築的產生和作為一個社會的靈魂的統治思想的確定，都是為了這個政體和國家的穩固，具有明顯的功利主義目的。中國傳統文化是一種典型的男性文化，具有理性、功利性、征服性和摧殘女人等男性主義的特點。

### （二）對男性世界──專制文化載體的批判

在《紅樓夢》龐大的人物體系中，賈政無疑是一個引人注目的形象。這一人物的言行和思想，無不體現了正統文化對人的要求，真正做到了「非禮勿視，非禮勿聽，非禮勿言，非禮勿動」。從別人之口可知他平時不苟言笑，不但禮賢下士，而且教子有方。他做事謹慎，為臣忠正，為子孝敬。可以說這種品格是儒家文化最完美的體現，這個人物是儒家文化理想人格的具象化。

事親教子是中國傳統理想人格的最重要的組成部分，也是維繫中國傳統倫理秩序的關鍵環節。第七十五回，「開夜宴異兆發悲音」，本來不會說笑話的賈政為承母歡，不得不說。雖然惡俗，但可憐他一副孝母之心。「製燈謎賈政悲

讖語」一回，賈政儘管早已猜著賈母的燈謎，但故意亂猜，罰了許多東西，然後方猜著。之後自己也念了一個燈謎與賈母，說畢又讓寶玉悄悄告訴賈母。賈母一猜就著，賈政笑道：「到底是老太太，一猜就是」，回頭說：「快把賀綵獻上來」。（第二十二回，第232頁。）大盤小盤，一齊捧上，賈母看去，心中甚喜。賈母有此孝子也著實應該滿足了。在對後代的教育方面，賈政對寶玉一肚子怪念頭，極為不滿，對他雜學旁搜而不專心於《四書》、時文，更是深惡痛絕。用賈雨村等人和一些清客的話說，他家規森嚴，教子有方。書中也確實寫及他對寶玉管教之嚴。他不但親自過問寶玉的學業，而且對他在外如何交友也設法干預，甚至賈雨村每次來訪也必讓寶玉親陪，以便讓他與「榜樣」看齊。賈政對寶玉的教育可謂用心良苦。可實際效果如何呢？寶玉在賈政的嚴屬管教之下，不但學業沒有絲毫長進，而且在外更加肆意作為。「在外流蕩優伶，表贈私物；在家荒疏學業，淫辱母婢」。「不肖種種大承笞撻」一回，賈政因恨寶玉的「不正當」行為要管教他，便喝命小廝將寶玉「堵起嘴來，著實打死」。（第三十三回，第350頁。）一向碰到天大的事不曾落淚的賈母大熱天跑來，「不覺就滾下淚來」，「便冷笑道：『你也不必和我使性子賭氣的……我猜著你也厭煩我娘兒們，不如我們趕早兒離了你，大家乾淨。』說著，便命人：『看轎馬！我和你太太寶玉兒立刻回南京去！」（第三十三回，352頁。）嚴屬管教寶玉就必然得罪賈母，賈政在此左右為難。雖說主要是因為他理劇乏術，但這種局面的造成不也透露出中國傳統道德規範的自相矛盾嗎？

賈政為官是否清正，有無才幹？前八十回並未正面具體描寫。有之，那就是作者借他人之口而言。第二回，冷子興說：賈政「自幼酷喜讀書」，為人端方正直。第三回林如海介紹：「其為人謙恭厚道，大有祖父遺風，非膏粱輕薄仕宦之流」。同一回又寫道：「且這賈政最喜讀書人，禮賢下士，拯溺救危，大有祖風」。（第25頁。）若僅從這些片言隻語推斷，賈政也許為官清正廉潔，禮賢下士。這樣推測是否恰當不易判斷。後四十回雖寫及他任江西糧道時如何清正廉潔，反使家中又添了許多花銷，但也寫及他任由下人李十擅作威福。作者在前八十回對賈政雖有不少頌辭，其實也有許多反面描寫。「性實狡猾」、既貪且酷的賈雨村得賈政之力起復之後，亂判了薛蟠殺人一案，立即寫信向賈政呈功。本來賈政以「宗侄」的關係，為這樣的人求情復職，就讓人頗覺他為官有私，而日後又與他來往頻繁，對他大為讚賞，屢屢把他作為向寶玉灌輸仕宦思想的活教材，就讓人更加懷疑他是否真的為官清正。早期紅學家

哈斯寶指出：「賈政眞是『假正』。」〔註4〕許葉芬《紅樓夢辨》抄本云：「賈政，庸人也，蓋爲言假正。當其盛時，詹光、程日興居於外，趙姨、周姨居於內，不聞交一正人。及其敗也，惟有搓手頓足，付之浩嘆，不聞籌一要策。且其在官則任李十兒之播弄，居家則任鳳姐之欺瞞，朝廷安貴有是無用之臣，家庭安貴有是無用之子？政之言正，政也負其名矣。而顧矯言無欲，以之垂示子弟也，是亦不可以已乎！」〔註5〕近人亦有許多類似的說法。

　　曹雪芹很可能是有意使用曲筆，間接透露其爲政並不正派的實質。薛蟠再次鬧出人命，賈政又出面託人說情。這當然有悖國法，卻符合「父爲子隱，子爲父隱」的道德原則。這裡又明顯地標示出了傳統文化體系中的自相矛盾之處。賈政一生既「酷喜讀書」，就應胸有謀略，具備齊家治國的本領。但當賈家敗落之時，他卻急得團團轉，束手無策。這又顯示了正統文化此時已經是窮途末路，所謂聖賢之書也祇會造就大批庸才和無用官僚。儒家文化的理想人格在賈政身上體現了重重的自相矛盾。作者通過賈政這一形象，對正統文化進行了多角度的批判。

　　具有正統文化理想人格的人物如此，那麼在這種文化氛圍中滋生出的其他類型的人物又如何呢？賈赦、賈珍、賈璉、賈蓉等祖孫三代，這類人是貴族特權孕育出的一群浮浪子弟。他們養尊處優，蠅營狗苟。「古今不肖無雙」、「於國於家無望」，用在這類人身上最爲恰當。他們身上不可能體現出任何新的人生意義。賈敬煉丹服藥，企圖成仙得道，表面看來，似有理想追求，但實質上也不可能有任何人生意義。

　　賈雨村與上面三類人不大一樣。困居葫蘆廟時曾高吟「玉在櫝中求善價，釵於奩內待時飛」，甄士隱贊他抱負不淺。論其才幹，亦頗不俗。科場及第之後，因「恃才侮上」，被參了一本，革職還鄉。經賈政疏通，再次復職。上任伊始就碰上一件人命案，本想秉公懲辦，怎奈薛家勢大權重，又懷攀附之想，於是胡亂斷了向賈政請功。在官場摔過跟頭的賈雨村，非常明瞭政界奧秘，要想以法辦事何其難也。因而他祇好遵循官場邏輯，夤緣上進。賈政對此人頗爲讚賞，甚至讓他作爲寶玉學習的榜樣。但是在《紅樓夢》的具體記述中，他又有何政績可言呢？不過是一個性實狡猾、既貪且酷的「國賊」、「祿蠹」

〔註4〕　清‧蒙古族哈斯寶著，亦鄰眞譯《〈新譯紅樓夢〉回批》呼和浩特：內蒙古人民出版社，1979年版，第46頁。
〔註5〕　見一粟編《紅樓夢資料彙編》北京：中華書局，1964年1月版，第231頁。

而已。封建社會的末世，本來正需要有才幹的官僚來力輓頹運，而正統文化卻把這樣的人訓練成了侵蝕社會根基的蛀蟲，由此看來，正統文化的頹運確實無可挽回了。

### （三）對正統思想的批判

「賈寶玉是作者筆下最富自己主觀色彩的人物……也是人生哲學的說教者」。〔註6〕「書中的寶玉，代表了某部分的曹雪芹，作者的思想是通過他表現出來的——尊重自我，反對庸俗，否認傳統禮教，蔑視功名利祿，同情被壓迫者，主張人與人平等，尊敬女性」。〔註7〕的確，作者在書中的很多地方，通過賈寶玉的言行表達了自己的部分思想。

中國正統文化重視現實功利。男子生來似乎就有義務熟讀經書，維護社會的倫理秩序，將來為官作宰。幾乎社會中的各色人等都以此為莫大榮耀。而寶玉恰恰相反，對仕途經濟深惡痛絕，罵那些讀書仕進之人為「國賊」、「祿蠹」。他甚至對歷代君臣最為推崇的「文死諫」、「武戰死」的理想品格、對《四書》以下的「聖賢文章」、對封建末世選拔官吏的八股時文，進行口誅筆伐。而這些正是封建社會上層建築的重要的有機組成部份。

寶玉最終背離了家庭給他設定的讀書、仕宦的傳統人生道路，用離家出走的行動給正統文化以有力否定。初看起來，這似乎仍是傳統文人仕途失意之後入道參禪的老路，但一果往往多因，現象的類似並不一定證明實質的相同。賈寶玉最後「懸崖撒手」有著新的文化動因：即否定正統的男性文化，推崇女性文化，但又看不到女性文化在當下得到社會認可的希望，因而最終無可奈何地遁入空門。

其實在《紅樓夢》中，最讓人驚奇的並非寶玉的最後出家，而是他對女兒的尊崇。他認為「女兒是水作的骨肉，男人是泥作的骨肉。我見了女兒，我便清爽；見了男子，便覺濁臭逼人。」（第二回，第19頁。）「凡山川日月之精秀，祇鍾於女兒，鬚眉男子不過是些渣滓濁沫而已。」（第二十回，第210頁。）女兒一旦沾上男人氣，便成了「魚眼睛」。儘管他之所以發出這些言論，表層原因是由於剛進入青春期的男孩對女孩子產生的神秘感，而深層次的決

---

〔註6〕 王崑崙著《紅樓夢人物論》北京：生活·讀書·新知三聯書店，1983年版，第233頁。

〔註7〕 俞平伯著《俞平伯論紅樓夢·紅樓夢的思想性與藝術性》上海：上海古籍出版社，1988年版，第817頁。

定性的原因，還是這個時代的文化氛圍。曹雪芹敏銳地感覺到了時代的氣息，借助寶玉之口道出了自己的感悟和思考。

中國正統文化是父系社會體系內的一種男性文化。曹雪芹對正統文化的批判，實質上是對男性文化的否定。

## 第二節　《紅樓夢》中神話世界所體現的對女性文化的肯定

作者爲了突出其創作旨歸，在結構的關鍵部位，用神話來提綱挈領地暗示《紅樓夢》的立意，統貫全書的主題。《紅樓夢》的故事情節在第六回劉姥姥一進榮國府才正式展開。第一回到第五回是介紹背景、人物的序幕，而第五回正是連接序幕和主要情節的關鍵，起著總構全書的作用。在這一回，作者自創的寶玉夢遊太虛幻境，和全書開始第一回女媧補天和絳珠仙子還淚神話共同體現了作品深刻的思想內涵。這三則神話並非泛泛寫來，它們一起共同體現了作者對以女性創造力、女性生命文化和女性情感文化爲主要構成部分的整個女性文化的歌頌與推崇。

一部現實意義頗濃的《紅樓夢》，開卷便以女媧補天的神話開始，且以媧皇補天剩下棄置不用的一塊頑石作爲整部小說的主人公（或敘述者），看來似乎荒唐，其實卻有著非同尋常的象徵意義。女媧一生有兩大事業。第一件事業是摶黃土造人：「俗說天地開闢，未有人民，女媧摶黃土作人，劇務，力不暇供，乃引繩於絚泥中，舉以爲人」。〔註8〕第二件便是補天：「往古之時，四極廢，九州裂，天不兼覆，地不周載……於是女媧煉五色石以補蒼天，斷鼇足以立四極」。〔註9〕神話中的女媧是人類之母，人類的保護神，具有非凡的創造力。《紅樓夢》開卷，重塑了女媧補天的形象。「於大荒山無稽崖煉成高經十二丈，方經二十四丈頑石三萬六千五百零一塊」，足見其神奇的力量。接著作者便又暗用女媧造人的神話，衹不過黃土變成了頑石：「衹單單的剩了一塊未用，便棄在此山青埂峰下。誰知此石自經鍛煉之後，靈性已通」，（第一回，第 2 頁）凡心日熾，下世爲人，成爲寶玉的現實存在。儘管頑石變人非

---

〔註8〕　北宋・李昉等編《太平御覽》，卷七十八《女媧氏》條引《風俗通》，北京：
中華書局，1960 年 2 月版，第一冊，第 365 頁上。

〔註9〕　西漢・劉安著，黃錫禧校《淮南鴻烈解》卷六《覽冥訓》，上海：上海大通書
局，宣統三年（1911 年）版，第 24 頁。

女媧直接造就，但歸根結柢仍靠女媧原先鍛煉之力。作者通過自己的想像，成功地把女媧造人和補天兩則神話聯結起來，合而爲一，象徵性地凸現出女性偉大神奇的創造力。

很明顯，女媧神話是人類在母系社會裏形成的對女性創造力崇拜意識的產物，是母系社會裏形成的人類崇拜女性這種集體情結的具象化。母系社會的人類對女性的生殖充滿神奇的幻想，產生「孤雌生殖」的觀念。男人崇拜女人，女人崇拜自己。儘管保存完整的母系社會的神話很少，但是在後來的父系社會的神話裏還有這種觀念的遺存。因爲母系社會對女性的創造力的崇拜已經沈入人類的潛意識之中，成爲人類的一種集體無意識，並且作爲原型，隨著人類一起進入父系社會。在特定條件下，受某種情緒的激發，這種集體無意識會顯示它的存在。某一部落的民眾由於對祖先的崇拜，往往賦予其祖先的誕生以神秘的色彩。古籍記載的伏羲、炎帝、黃帝、顓頊、堯、舜、禹、殷契、后稷等，皆因其母的神秘感應而誕生。這其實還是母系社會人類對女性生殖的崇拜和孤雌生殖觀念的潛意識遺存，在父系社會裏的顯意識的表現。在最古老的神話裏，女性是原始的生命力，男性是後來從這一生命力中創造出來的。但當父系社會代替母系社會之後，女性崇拜爲男性崇拜所代替。希臘神話中至尊的女神被宙斯代替；基督教中，創世造人的上帝成爲男性，夏娃也成爲亞當身上的一根肋骨；在中國，炎帝、黃帝當上了華夏民族的祖先。男尊女卑的男權思想和性別歧視是父系社會中男性文化代替女性文化的結果。「女性弱智」觀念和「女人禍水」論也便隨之而生。

但是源於母系社會中的女性崇拜意識在父系文化的壓迫下並未完全消失，而是被擠向了集體無意識的深層。它有時通過被社會認可的形式，如對性愛和母愛的歌頌，改頭換面的表達出來；有時由於對男權社會男性文化的不滿和反抗而被喚醒，成爲一種顯意識的存在，表現出一種較爲激烈的情緒。以母愛和性愛爲主題的文藝作品，歷代綿延不絕。至於表現因對男性文化的不滿而被喚醒的對女性文化崇拜的作品，在中國祇是到了明中期以後，隨著反理學、倡人性的思潮的高漲，才大量出現。所以這時問世的作品，如《牡丹亭》、《紅樓夢》等，都既有對愛情的歌頌，又有對男性文化的不滿。曹雪芹由於對男權社會的不滿和對男性文化的批判而喚醒了這沈睡的潛意識，進而在《紅樓夢》的創作中表現出對女性文化的肯定和讚揚。他用女媧神話象徵性地突出了女性偉大的創造力和智慧。在小說的現實描繪中，作者把這一

創作主旨具體化了。不僅大觀園中的小姐們才智卓然，談吐不凡；即使是丫鬟們的言語行為也遠在賈府裏的「鬚眉濁物」之上。不但男人自身如此，而且任何對象祇要染上男人氣味，就會珠無彩，玉無光。本來清淨潔白的女兒，一旦染上男人之氣（即受到男性文化的薰陶），就會由「珍珠」而變成了「死珠」、「魚眼睛」。

女性文化的核心是一種生命文化。這種文化與自然相和諧，尊重人的天性，肯定人的自然生命。與此相對立的是對生命表現出否定傾向的男性文化。人類以自己為敵的戰爭，對自然的無止境的征服和摧殘，對人性的壓抑及對女性生命的損害等，無不如此。母系社會裏，由於女性生存活動的主要內容是對生命的直接創造和養育，所以形成女性對生命關注的天性和熱愛的本能。母系社會裏的女性另一主要活動便是采集，所采物質的來源也是自然的直接賜予。因而女性生存活動的一個重要特點是與自然達成的和諧。與此相反，男性的生存活動主要是從事漁獵。雖然這也是以保障氏族成員的生存為目的，但活動方式的不同，造就了男人與女人心理特點的極大差異。漁獵的最明顯特點，便是對野獸的征服和殺戮，是用強力對生命和自然的破壞。進入父系社會，由於生產的發展，野外的重體力生產主要由男子擔任。但這時的田野耕作，已是怎樣改造和利用自然以滿足人類之需。一方面遵循自然規律，一方面又表現出對自然原生態的破壞。至於部落之間的戰爭，更是男性強力的集中表現。所有這一切都引導男性心態向非自然非生命化的方向發展。總之，與體現出對自然和生命的肯定的女性文化相對立的男性文化，其最明顯的特徵，便是與自然和生命的對立。

與古已有之的女媧神話不同，太虛幻境和絳珠仙子還淚的神話，完全是曹雪芹的獨創。在太虛幻境神話中主要表現了作者對女性生命文化的肯定和歌頌。天上宮闕自然與塵世不同，無論是人物氣質，還是環境格調。在此，作者用想像建造了一個與現實社會迥異的理想境界。那裡不但情調高雅，其生存亦與自然和諧。「群芳髓」香「係諸名山勝境初生異卉之精，合各種寶林珠樹之油所製」；「千紅一窟」茶是「以仙花靈葉上所帶之宿露而烹」；「萬豔同杯」酒，「乃以百花之蕊、萬木之汁，加以麟髓之醅、鳳乳之麯釀成」。（第五回，第55～56頁。）這些描寫，看似為了鋪陳仙境諸物之奇異，生活之講究，氣質之不俗，但在其深層，卻流貫著一種文化精義，即人與大自然生命靈氣的溝通、互滲。大自然的靈秀之氣祇鍾於女兒，女兒們自然高貴靈秀。

女性與大自然一體化，將女性與萬物生命神秘互滲，正是對女性是原始的生命力的確認，也是對女性文化即生命文化的崇拜。〔註10〕與此相反，《紅樓夢》的現實體系，處處表現了男性文化對生命的任意損害：奴僕可以隨意買賣，注定要遭受凌辱和打罵，甚至被誣致死；女性被強制接受男性文化，使女性的人格尊嚴和精神自由受到了壓抑，甚至生命本身也受到戕害。作者通過小說現實系統與太虛幻境的對照，顯示其對女性生命文化的肯定和對男性文化的批判。

與頑石通靈相併而出的絳珠還淚之說，在敘述時雖為一體，究其含義，則是另一則神話。頑石通靈得女媧鍛煉之力，絳珠化人則由自然而生，是自然生命化、生命自然化的證明，體現了女性生命的自然性。這與太虛幻境神話體現出的女性生命文化的特徵相一致。同時，在這一則神話中作者又表達了他對兩性之間情感形式的思考。與現實中納入功利主義的理性軌道的男性情感形式不同，絳珠仙子對男女愛情的處理完全是情感化的，明顯具有非理性、非功利性的傾向。「他是甘露之惠，我並無水可還。他既下世為人，我也去下世為人，但把我一生所有的眼淚還他，也償還得過他了」。（第一回，第6頁。）如果說這是知恩報恩，那已不是可用「受人滴水之恩，當以湧泉相報」來衡量，即以量的多寡來衡量的了。作者以他的奇思妙想創造出以淚還露這種奇特的還報方式。這是絳珠內心鬱積的情感以非理性方式進行的表達。她遊於「離恨天」，饑餐「秘情果」，渴飲「灌愁水」，是情感的化身。「還淚」神話的深層意義，正在於作者要用女性非理性、非功利性的愛情觀來否定男性理性、功利性的愛情觀。女性視愛情高於一切，等同於生命。而男性，除愛情之外，同時還關注著仕途經濟，倫理綱常，把愛情納入了理性的軌道。

不僅絳珠如此，太虛幻境裏眾仙姑也各各主情，這從她們的道號即可略知，如：「鍾情大士」、「癡夢仙姑」、「引愁金女」、「度恨菩提」等。與此相映照的是所轄各司，如：「癡情司」、「結怨司」、「朝啼司」、「暮哭司」、「春感司」、「秋悲司」，雖名目不一，但主情皆然。說太虛幻境是一個情感的世界，一點兒也不過分。作為眾仙之首的警幻仙姑，雖沒有以「情」、「恨」名之，但在她身上也同樣體現了女性情感文化的特徵。她毫不掩飾地對寶玉說：「吾所愛汝者，乃天下古今第一淫人也」，與現實中人們對寶玉的評價大相徑庭。她帶

---

〔註10〕參閱方克強著《文學人類學批評》上海：上海社會科學院出版社，1992年4月版，第143～153頁。

寶玉遊覽仙境，目的雖是爲了讓寶玉走出「迷津」，但這顯然是受寧、榮二公之託，才作出這種違背自己意願的「警戒」之事。本來是去接絳珠生魂，卻臨時改變主意；本來愛寶玉之淫，卻因他人之託而改變態度。這正顯示了女性心慈情軟的「無原則性」，一經寧、榮二公之魂「剖腹深囑」，便大發慈悲，不忍寶玉「獨爲我閨閣增光而見棄於世道」。這「無原則性」正是女性重情感輕理性，重協調摒對抗的女性情感文化的特徵。書中一虛一實，與太虛幻境相映成趣的是小說現實系統中的大觀園。這裡雖然也是女性的「王國」，但已經受到了外界男性文化的浸染，再不是封閉的女兒國。祇是與外界相比，在特權的庇護下相對較多地保留著純潔的情感成分而已。現實中的寶黛愛情，仍然延續著幻境中的「木石前盟」，不染功利的色彩，承接著幻境中女性情感文化的特徵。他們之間的愛情，以男女間的自然吸引和感情志趣上的協調爲基礎，以對男性文化的共同背叛爲前提。作者用他們兩人非功利性的愛情批判了功利主義的男性文化，批判了男性文化被扭曲了的情感處理方式。寶黛的「木石前盟」代表了女性情感文化的傾向，而釵玉的「金玉良緣」，則代表了男性文化對男女情感的處理方式。作者以「木石前盟」對「金玉良緣」的否定，表明了作者對寶黛愛情的頌揚。

女媧補天、「絳珠還淚」和「太虛幻境」三則神話從不同側面，說明了女性文化的幾個本質特點。三則神話對女性的創造力、生命形式和情感形式給予了肯定。當男性文化把女性的創造力扼殺盡淨時，社會也因失去另一半的推動力而使其發展受到阻礙。作者在此實際上提出了解放女性創造力的社會問題。當男性文化把人類引向徹底違反人的天性的道路時，人類就開始意識到社會需要女性生命文化的校正。同時，情感是人天性的一個方面，男女情感的產生也是男女間的自然相悅，也是生命形式的一種。女性非功利性的情感文化也是女性與自然諧和一致的生命文化的一個方面。男性文化對情感的功利性處理，也是對男女情感自然性的違背。當男性功利性文化發展到徹底違背人的自然情感時，也需要女性情感文化對這種功利性文化和扭曲的情感處理方式加以糾正。

總之，作者用這三則神話突出表明，在這個特定時期，女性文化相對於男性文化的優越，同時在小說的現實系統中具體展現了在神話系統中已經暗示的思想主題。

在小說現實系統中，寶玉是作者思想的最重要的代表，也是作者著力塑

造的核心人物。作者讓這一男性主人公接受女性文化，使之言談行爲頗類女
兒，並認同女性人格。這正是寶玉女性化性格因素形成的重要原因之一。這
種性格類型的出現也有著深刻的文化意義：顯示了作者對未來社會新的人格
類型的理想——任何個體的人，都應當統一地體現男性文化和女性文化的特
徵或原則。

（這一章原發表於《紅樓夢學刊》2001 年第三輯，題爲《人類未來文化模式
　的思考——論曹雪芹的文化理想》，收入本書時，作了一些修改。）

# 第三章 賈寶玉雙性化性格成因探源（二）

在賈寶玉身上無論男性性格還是女性性格，其表現都是比較明顯的。並且以其男性性格爲本體，兩者相互融合、滲透形成一個有機整體。如前所論，曹雪芹爲了表達他的文化理想和對未來文化轉型的展望，賦予了他雙性化的性格。但究其原因，這種性格類型的形成——嚴格地說他雙性化性格當中女性化性格因素的形成是與作者所處的現實的文化背景密不可分的。也即是說，明清時期新思潮爲賈寶玉雙性化性格的形成提供了現實的文化背景。

一個偉大作家的成長，離不開當時（按：這裡的「當時」是指明代中後期至清中期）社會和文學思潮的影響；一部偉大作品的問世，從根本上說，正是當時社會思潮和文學思潮的產物。曹雪芹在《紅樓夢》中表現出來的反抗正統的思想，顯然是對明中葉以後思想界和文學界反理學思潮的繼承和發展。曹雪芹在《紅樓夢》中對女性的歌頌，實際上包含了深刻的社會意義和時代特色。明中葉以後思想界和文學界的新思潮的共同基本內容是：肯定人的生命的自然性，否定理學對人性的壓抑；肯定女子的智慧和創造力，否定「女子弱智」的觀念；肯定人的自然情感，尤其女子對愛情的需要和追求，否定理學對人的情感的壓抑。

## 第一節 理、欲關係的新見解

明中葉以後的思想家們，無論是用淺近的文字表述明確思想者，還是用深奧的推導建構嚴謹理論者，他們大都在做著同一件重要的工作：在批判理

學、破壞偶像的同時，論證理、欲的一致性，論證扼殺人性是對自然天道的背離。

最早把天理「庸俗化」的是灶丁王艮。他不作深奧的論證，而是從最淺近的日常生活現象去探究天理之所在，提出「百姓日用即道」。儘管這對於胸藏萬卷的學者，似乎難以接受，但他還是抓住了人性的根本點，肯定了人的最正常最基本的需要。當以人為中心思考所謂天理時，理原來就存在於人們最平凡的需要之中。他還進一步提倡尊身、愛身、保身，反對辱身、害身、失身。

這種思想在李贄的著作中有進一步的論述。他說：「穿衣喫飯，即是人倫物理；除卻穿衣喫飯，無倫物矣。世間種種皆衣與飯類耳，故舉衣與飯而世間種種自然在其中。〔註1〕他也從人的最基本的需要，尋求理之所在，發現理本來就存在於百姓最平常的現實生活之中。王艮、李贄從形而下人的生存需要出發，找到了天理寄存之處。其思想影響頗為深遠。

與王艮、李贄等不同，劉宗周的思想卻帶有形而上的色彩。其《學言中》云：「盈天地間一氣而已矣。有氣斯有數，有數斯有象，有象斯有名，有名斯有物，有物斯有性，有性斯有道，故道其後起也。」〔註2〕從「氣」出發，一步步推導出「道」後於「性」而起。劉宗周又在《原性》一文中說：「盈天地間一氣而已矣。氣聚而有形，形載而有質，質具而有體，體列而有官，官呈而性著焉。」〔註3〕邏輯層次繁多，但結論非常明瞭。視聽之舉乃起於耳目之欲，耳目之生於人身，乃出之於天然。形而上的推理最終仍得出形而下的結論。他在《原旨·原心》中說：「生機之自然而不容己者，欲也。欲而縱，過也。甚焉，惡也。而無過無不及者，理也」。把人的欲望歸結為自然的本性，肯定了人欲的合理性。

陳確師承劉宗周，把這種思想說得更為簡明：「蓋天理皆從人欲中見，人欲正當處即是理，無欲又何理乎？」「真無欲者，除是死人」。〔註4〕認為無欲、

---

〔註1〕明·李贄著《焚書》卷一《答鄧石陽》北京：中華書局，1975年1月版，第4頁。

〔註2〕戴璉璋、吳光主編《劉宗周全集》臺北：中央研究院中國文哲研究所，1996年版，第2冊，第480頁。

〔註3〕戴璉璋、吳光主編《劉宗周全集》臺北：中央研究院中國文哲研究所，1996年版，第2冊，第328～329頁。

〔註4〕清·陳確著《陳確哲學選集·與劉伯繩書》北京：科學出版社，1959年版，第83～84頁。

禁欲都是違反自然的。禁欲會給人的身心帶來極大的危害：「天理人欲分別太嚴，使人欲無躲閃處，而身心之害百出矣，自有宋諸儒始也」。〔註5〕

　　明清時期著名的思想家王夫之的理論更充滿哲學的精神。他在《尚書引義・太甲二》中指出：「夫性者生理也，日生則日成也。則夫天命者，豈但初生之頃命之哉？」〔註6〕在理、欲問題上明確反對「存天理」、「滅人欲」，認爲理與欲是一致的。理依存於欲，捨欲則無所謂理。他又在《讀四書大全》中說：「禮雖純爲天理之節文，而必寓於人欲以見。……故終不離人而別有天，終不離欲而別有理也」、〔註7〕「天理充周，原不與人欲相爲對壘」。〔註8〕肯定人的欲望，認爲人的自然欲望即是人的生理需求，合乎人的自然需要，即爲合乎天理。

　　這種思潮雖然受到正統思想的攻訐、壓制，但仍以其頑強的精神繼續發展。明代失祚，發軔於明中葉的這股思潮，並未隨朱明王朝的傾覆而斷絕。清代立國之初，大倡理學，但並未能給儒家思想以新的生命力。政治的大一統，也並不能代替思想的大一統。上述新思潮在艱難條件下，仍在持續，並有所發展。

　　清初的顏元對人的自然之性也頗爲關注。他在《四存篇・存人篇》中說：「形，性之形也；性，形之性也。捨形則無性矣，捨性亦無形矣。失性者，據形求之，盡性者，於形盡之。賊其形，則賊其性矣」。〔註9〕在理欲問題上強調「理在欲中」，「理在事中」，認爲情欲出於自然人性，完全合理。

　　主要活動在乾隆「盛世」的戴震，雖然也以樸學大師享譽當時和後世，但與乾嘉學派的其它漢學家不同，他並不侷限於聲韻、文字、訓詁、校勘等考據學問，在理論著述上也投入了很多精力。在他自認爲主要著作的《孟子字義疏證》一書中，對人性和道、理與情、欲之間的關係，作出了較之前代更爲全面、系統地探討和闡述。

---

〔註5〕　清・陳確著《陳確哲學選集・近言集》北京：科學出版社，1959年版，第64頁。

〔註6〕　清・王夫之著《尚書引義・太甲二》北京：中華書局1976年5月版，第63頁。

〔註7〕　清・王夫之著《讀四書大全說》卷八，清同治四年湘鄉曾氏金陵節署刻船山遺書本，見《續修四庫全書》經部，第164冊。

〔註8〕　清・王夫之著《讀四書大全說》卷六，清同治四年湘鄉曾氏金陵節署刻船山遺書本，見《續修四庫全書》經部，第164冊。

〔註9〕　清・顏元著《存人編》卷一，康熙刻本，見《續修四庫全書》經部，第947冊。

戴震從人的自然本性出發，肯定人的情欲。從氣化流行的自然天道出發，闡述其人性論與認識論。認為飲食男女等自然人性合乎自然天道，扼殺人性則背離天地之道。「耳目百體之所欲，血氣資之以養，所謂性之欲也，原於天地之化者也。是故在天爲天道，在人，咸根於性而見於日用事爲，爲人道。」〔註10〕「飲食男女，生養之道也，天地之所以生生也」，〔註11〕「人生而後有欲，有情，有知。三者，血氣心知之自然也」。〔註12〕

戴震把「理」解釋爲人類正當的情感和欲望。「理也者，情之不爽失也；未有情不得而理得者也。」〔註13〕「生養之道，存乎欲者也；感通之道，存乎情者也；二者，自然之符，天下之事舉矣」。〔註14〕他認爲對理、欲的不正確辨別，甚至把二者對立起來，會導致以理扼殺人欲，扼殺人的天性，最後違背自然天道。「宋以來儒者……其辨乎理欲，猶之執中無權；舉凡饑寒愁怨、飲食男女、常情隱曲之感，則名之曰『人欲』，故終其身見欲之難制；其所謂『存理』，空有理之名，究不過絕情欲之感耳。……天下必無捨生養之道而存者」，〔註15〕指出「存天理」的目的祇不過是爲了滅絕人欲而已。

他認爲治理天下者必須滿足人的自然需要，這樣也才能符合「仁」和「智」。「人之初生，不食則死」，〔註16〕「聖人治天下，體民之情，遂民之欲，而王道備」，〔註17〕「欲也者，性之事也；……覺也者，性之能也。欲不失之私，則仁；覺不失之蔽，則智。」〔註18〕「人之有欲也，通天下之欲，仁也」。

〔註10〕 清·戴震著《孟子字義疏證》之《原善》卷上，北京：中華書局，1982年版，第64頁。

〔註11〕 清·戴震著《孟子字義疏證》之《原善》卷下，北京：中華書局，1982年版，第75頁。

〔註12〕 清·戴震著《孟子字義疏證》卷下《才》北京：中華書局，1982年版，第40頁。

〔註13〕 清·戴震著《孟子字義疏證》卷上《理》北京：中華書局，1982年版，第1頁。

〔註14〕 清·戴震著《孟子字義疏證》之《原善》卷上，北京：中華書局，1982年版，第64頁。

〔註15〕 清·戴震著《孟子字義疏證》卷下《權》北京：中華書局，1982年版，第57～58頁。

〔註16〕 清·戴震著《孟子字義疏證》卷下《才》北京：中華書局，1982年版，第42頁。

〔註17〕 清·戴震著《孟子字義疏證》卷上《理》北京：中華書局，1982年版，第9頁。

〔註18〕 清·戴震著《孟子字義疏證》之《原善》卷上，北京：中華書局，1982年版，第62～63頁。

〔註19〕

　　值得特別注意的是，戴震從哲理高度論證了「欲」對人類存在、發展所具有的根本意義。「凡事爲皆有於欲，無欲則無爲矣；有欲而後有爲，有爲而歸於至當不可易之謂理；無欲無爲又焉有理！」〔註20〕

　　總之戴震指出「欲」是人的自然需要，必須正確認識它，必須瞭解正確對待它的必要性和重要性，這樣才能順應人的自然要求，有助於人類社會的存在和進步。「性之欲，其自然之符也；性之德，其歸於必然也；歸於必然適全其自然，此之謂自然之極致……知其自然，斯通乎天地之化；知其必然，斯通乎天地之德」。〔註21〕在理、欲關係問題上，戴震的理論達到了啓蒙思想的高峰。

　　在許多思想家對人本身的問題進行嚴肅思考的同時，文學界也在關注這一問題。比如凌濛初就比較正視女人作爲人的各種要求和欲望。他對男人可以三妻四妾、尋花問柳，而女人喪夫再嫁就被視爲失節、遭人卑視的雙重道德標準，提出了質問。他大膽地提出，女子既然與男人一樣都是人，就有同男子一樣的正常欲望，包括情欲在內，也應給以正視。

　　總之，當時的思想家、文學家們在批判理學的同時，都不同程度地觸及到了人的本性的問題，逐步認識到人的正常欲求的合理性，肯定人性是合乎自然天道的，這也就是對與自然和諧的人生命本身的肯定。

　　生活在這個時代的曹雪芹，接受了這種思想的影響，並把這種思想滲透在了《紅樓夢》的創作當中。他同那一時代的這些思想家、文學家一樣，在批判正統思想的同時，也提出了新的理想，就是肯定人生命的自然形式，亦即在太虛幻境神話中表現出來的女性的生命形式。賈寶玉性格當中的女性化性格因素的形成與作者對女性的生命形式，亦即人生命的自然形式的肯定有著密切的關係。

---

〔註19〕　清·戴震著《孟子字義疏證》之《原善》卷下，北京：中華書局，1982年版，第74頁。

〔註20〕　清·戴震著《孟子字義疏證》卷下《權》北京：中華書局，1982年版，第58頁。

〔註21〕　清·戴震著《孟子字義疏證》之《原善》卷上，北京：中華書局，1982年版，第64～65頁。

## 第二節　新思潮對女性才智的肯定

　　這一時期思想界和文學界思考的重心，較之前代發生了根本的轉移，前代思想家多是以「天」爲本，似乎「天」以其意志爲人立法，叫「天理」。這一時期思想家思考的中心已經轉變爲人，以人爲本，作爲在人類中佔二分之一數量的女人，已開始成爲思想家思考的「重要對象」。於是，「潛藏在」女人身上的一些特點開始被挖掘出來，女人的智慧、創造力開始受到關注和重視。

　　李贄在《答以女人學道爲短見書》中說：「不可止以婦人之見爲見短也。故謂人有男女則可，謂見有男女豈可乎？謂見有長短則可，謂男子之見盡長，女人之見盡短，又豈可乎？」〔註22〕他還招收女弟子，公開向世俗觀念挑戰。

　　與李贄大體同時的徐渭，創作《雌木蘭》、《女狀元》雜劇，有意爲女子立傳，歌頌女子的才智。木蘭代父從軍爲國立功；黃春桃女扮男裝，考取狀元，審理案件再施英才。「裙釵伴，立地撐天，說什麼男兒漢」，〔註23〕「世間好事屬何人，不在男兒在女子」。〔註24〕

　　在明清時代「才子佳人」小說中這類作品更多。《平山冷燕》裏的山黛、冷絳雪，雖是足不出戶的少女，其才情卻轟動京城，讓許多翰林學士佩服得五體投地。《好逑傳》裏的水冰心，其智謀足以讓惡少、知縣、巡撫奈何不得。

　　這一時期，有不少人能衝破「女子無才便是德」的教條，開始重視女子的才智，並使之漸成風氣。明人謝肇淛（1567-1624）在《五雜俎》卷八中，一反成見，認爲歷代史書的《列女傳》袛收貞、節之類的婦女，成了「烈女傳」，是不合適的，應該將「才智」、「文章」之女也列入傳中。明清時期的女子也常常以才華自珍。明人項蘭貞「學詩十餘年…… 有《裁雲》、《月露》二草。臨歿，書一詩與卯錫（引者按：卯錫乃其夫）訣別，曰：『吾於塵世，他無所戀，唯雲、露小詩，得附名閨秀後足矣』」。〔註25〕她把自己的詩歌才名，看得比人世間的其它都可貴，這是前所未有的觀念。錢謙益在《士女黃皆令

---

〔註22〕明・李贄著《焚書》卷二，北京：中華書局，1975年1月版，第59頁。

〔註23〕明・徐渭著《雌木蘭代父從軍》第一齣，《徐渭集》北京：中華書局，1983年版，第1198頁。

〔註24〕明・徐渭著《女狀元辭凰得鳳》第五齣，《徐渭集》北京：中華書局，1983年版，第1230頁。

〔註25〕清・錢謙益著《列朝詩集小傳・閏集》上海：上海古籍出版社，1983年版，第159頁。

集序》中說，「今天下詩文衰熸，奎壁間光氣黯然」，而當時許多女子之詩卻功底深厚，意境廣遠，可謂「不服丈夫勝婦人」〔註26〕。

　　由於人們對女性教育的重視，明清兩代出現了很多頗有成就的女性詩人。明末竟陵派代表人物鍾惺認為才女居性靈文學之首，並編輯出版了《名媛詩歸》，收錄了一百多位女性詩人的詩歌，其中幾乎三分之一屬於明代女性。明末清初文壇領袖錢謙益所編《列朝詩集》也收錄了明代很多女詩人的作品，並且還對她們的生平和創作進行了簡略的介紹。清初著名詞人陳維崧也有介紹才智女性的專著《婦人集》。著名文人編選女性詩歌的做法無疑有一定的導向作用。一些男性文人和出版商發現女性詩詞頗受讀者歡迎，於是競相編輯出版女性的詩詞文集和有關女性的故事，甚至四處搜羅女性詩歌以編輯出版。胡抱一和清初著名文人鄧漢儀等甚至還為編輯女性詩集而大做廣告。鼓勵「四方名媛如有不吝賜教、有瓊章見貽者，幸郵至蘇郡府學前鳳池門胡抱一舍下，以便續刊」。〔註27〕鄧漢儀也有類似的廣告。後來二人各自都出版了包含多位女性作品的詩集。胡抱一在其夫人和門人的幫助下，對這些作品進行了注釋，鄧漢儀也為刊出的作品加上了自己的一些評論。這一時期出版的女性詩文集很多，如田藝蘅的《詩女史》（出版於1557年）、愈憲的《淑秀總集》（出版於隆慶時期）、池上客的《名媛璣囊》（出版於1595年）、趙世傑的《古今女史》（出版於1628年）、劉雲份的《翠樓集》（出版於1673年）、徐樹敏和錢岳的《眾香詞》（出版於1690年）、胡抱一的《本朝名媛詩鈔》（出版於1716年）、汪啟淑的《擷芳集》（出版於1773年）；女性文人編輯的女性詩詞文集如沈宜修的《伊人思》（出版於1636年）、王端淑的《名媛詩緯》（出版於1667年）、歸淑芬等的《古今名媛百花詩餘》（出版於1685年）等。〔註28〕此外，明清時期，特別是清代編輯的詩文合集或總集，其中有很多都收錄了女性的詩文。明代的鄧志謨、陳繼儒等人在編輯有關女人的故事集時，也都把才女單獨作為一類予以突出。清代地方志的編輯者對具有文學才能的女性也給予了特殊的關注。尤其是江南地區的方志裏，更是專關名媛才女一項。

〔註26〕清・錢謙益著，錢仲聯標校《牧齋初學集》上海：上海古籍出版社，1985年版，第967頁。

〔註27〕轉引自〔美〕高彥頤《閨塾師——明末清初江南的才女文化》南京：江蘇人民出版社，2005年版，第67頁。

〔註28〕轉引自〔美〕高彥頤《閨塾師——明末清初江南的才女文化》南京：江蘇人民出版社，2005年版，第63頁。

一些地方志的編輯者明顯地表露出以之爲地方上的榮耀這種心理。從這些現象可以看出，這一時期的不少文人都表現出了對女性才智和創造力的欣賞和承認。這種現象不但呼應了明清時期這一思潮，同時也對這一思潮起到了推波助瀾的作用。

明清才子佳人小說中的佳人形象，往往都秀外慧中，個個能詩善文。佳人必爲才子，無才不是佳人，這是一種嶄新的觀念。清初，煙水散人《女才子書》專述作者「近世所聞」的女才子的故事。書中對「美人」提出了新穎的看法：精於女紅，而不讀書，不會吟誦者，不能稱「雅」。眞正的美人應當「膽識和賢智兼收，才色與情韻並列」。

上述情況表明，這一時期的思想界和文學界已開始從許多方面注意和肯定女子的才智。這一思潮對作者塑造賈寶玉這一形象顯然有著重要影響，與賈寶玉尊崇女性、肯定女子的才智、并進而認同女性的行爲規範也有著密切的關係。

## 第三節　新思潮對女性情感的頌揚

明清時期是一個呼喚情感、渴望眞情的時代。這一時期女性的才智和創造力不但得到了充分的肯定，而且女性的情感要求也被當作正當的行爲予以肯定。當時戲劇成爲被普遍接受的一種文藝形式。上至皇室貴族，下至平民百姓，大都樂於觀賞。而這一時期最有影響的戲曲題材就是愛情劇。這些愛情劇大多是以眞情衝破功利之網爲故事的發端和高潮，並最終獲得幸福的結局。儘管這些戲劇仍不免以金榜高中、帝王主婚，或衣錦還鄉、夫妻團圓等這類帶功利性的結局來收束全劇，但這種結局祇是形式和手段，最終表達的卻是非功利情愛的實質內容。

湯顯祖的《牡丹亭》以其高超的藝術成就和對愛情的熱烈呼喚而風靡文壇，它的主題是表現情與理的衝突以及情之勝理。杜麗娘爲追求愛情，生可以死，死可以生，陽世、陰間都不能阻止她對愛情的執著追求，因而顯示出女性非理性、非功利性的愛情特點。父母、塾師構成她追求愛情的障礙，是一種理性、功利性的象徵，代表了現實中男性化情感形式對非理性、非功利性愛情的「規範化」力量。但這最多祇能暫時阻止她的身體，卻不能阻止她的靈魂對愛情的永恆的熱烈追求。爲夢中的書生纏綿枕席，埋骨幽泉。《西廂記》雖是元代作品，但明清時期搬演不衰，也足以說明那一時代人們的審美

趣味和時代思潮對這一類似《牡丹亭》的戲劇題材的肯定。明末戲劇家吳炳的《畫中人》傳奇，塑造了一位情迷意癡的才子。他認爲世間沒有一位佳麗能勝過自己心中所思、夢裏所想的美人。於是他把心中佳麗畫出，張掛內室，頂禮膜拜，向畫中人頻頻呼喚，如癡如狂。經過整整三七二十一天，美人果然從畫中飄然而下。「喚畫雖癡非是蠢，情之所到眞難忍」。這種行爲是接受女性非理性情感形式的才子的正當的顚狂舉動。這故事表明了明代中後期才子的風範之一：癡情。在戲劇界呼喚人間眞情的同時，小說界歌頌男女純情的作品也紛紛出現。

　　《賣油郎獨佔花魁》寫賣油郎由於對辛瑤琴的愛慕，不惜用盡自己多年辛苦賺來的錢，步入青樓，卻僅爲親近辛氏。他不爲一時肌膚之親，最終卻獨得辛氏爲妻。賣油郎的行爲顯然有別於世俗的觀念。與之相類，《杜十娘怒沈百寶箱》也比較明確地反映了非理性、非功利性情愛與理性的、功利性的情愛的衝突。李甲考慮到大筆金錢被自己揮霍，杜又爲煙花女子，回家一定會受到嚴父的怪罪，因而幾番猶豫之後，就轉手把杜十娘賣與了孫富。不能說李甲不愛杜十娘，然而他主要考慮的是功利。兩者發生衝突時，愛就祇能讓位於功利。千辛萬苦跟隨李甲的杜十娘，得知這種結局，憤然與百寶箱一同沈入江底。這又表現出了女性非理性、非功利性的愛情特點。杜十娘用自己的生命對功利主義發出了詛咒，徹底否定了男性文化扭曲的情感形式。

　　明代中後期才子輩出，其中許多又以「狂」、「癡」而名揚一時。這種「狂」、「癡」表現在情感方面，便是其情愛方式的非理性和非功利性。唐伯虎之才之狂，廣爲人知。關於他情愛方面的故事，更爲人喜聞樂道。在這些故事中，他對愛情的執著和癡迷，眞正是驚世駭俗。《警世通言》卷二十六《唐解元一笑姻緣》載：唐伯虎因邂逅一位大戶人家的婢女，不惜脫下擧子衣巾，喬裝乞丐，賣身爲府中傭人，以接近那位「意中人」。這典型地表現了明代才子的一種特殊的情趣和風貌，即爲了追求愛情，甚至不擇手段，不顧一切。有人考證，點秋香之事子虛烏有。但不論有無，此事附會在唐伯虎身上是合情合理的。唐伯虎的同鄉張靈，是與唐伯虎齊名的才子。他與崔瑩的戀愛故事也廣爲流傳。清初黃周星的小說《張靈崔瑩合傳》、乾隆年間錢維喬的戲曲《乞食圖》等都記載了這個故事：張靈和崔瑩，偶然遭逢，相愛相慕，但趕上寧王朱宸濠圖謀反叛，將崔瑩選爲歌妓，送往京城。張靈知後，寢食俱廢，相思成疾，命歸黃泉。朱宸濠叛亂被平定，崔瑩放歸。崔瑩得知張靈爲己而死，

她也自縊墓前。崔、張之事是否也同點秋香一樣有虛構之嫌，姑且不論，但至少可以說，當時人們心中的才子就是這樣。按照人們的願望，應該有這樣的才子。才子癡情，可以由生而死，表現了男性對女性非理性、非功利性情愛方式的接受。

明中期以後，對眞情的呼喚，一浪高過一浪，不可遏止。眞情能夠感天動地，可以溝通鬼神，超越生死。盛演一時的《牡丹亭》、《長生殿》等所表現的眞情就是這樣。不但文學作品不斷重複著這類故事，現實生活中這類愛情故事，也時有發生。尤其是一些頗有才氣的文士，在以「才」名重一方的同時，往往也以其癡情，爲人傳頌。這從一個側面說明了那個時代對眞情的渴望，對眞情衝破功利主義的肯定，也表明了那個時代人們對非理性、非功利性的女性情感形式的接受。

現實中的寶、黛之戀延續了神話中的木石前盟。這種非功利性的情愛形式最終代替了功利性的金玉良緣。賈寶玉對女性情感形式的認同，也是他性格當中女性化性格因素形成的一個重要原因。

總之，這一時期社會思潮、文學思潮對人本身生命的肯定，對女子的才智的歌頌以及對女性情感形式的肯定，都直接或間接地影響到了曹雪芹在《紅樓夢》創作中的主題命意和形象塑造。這也是賈寶玉形象中女性化性格因素和雙性化性格形成的一個重要因素。這種性格類型的出現也有著深刻的文化意義：它顯示了這一時期女性意識的增強。

（這一章原發表於《青海社會科學》2001 年第一期，題爲《論明清時期新思潮與賈寶玉的女性氣質》，收入本書時，稍作修改。）

# 第四章　賈寶玉雙性化性格成因探源
## （三）

　　賈寶玉雙性化性格的形成原因是多層面的。如前所論，曹雪芹的文化理想和對未來文化轉型的展望，是這種性格形成的最直接的思想動因；明中葉至清中葉的啓蒙思潮爲這個形象的產生提供了現實的時代的文化氛圍。究其深層原因，這種性格的形成──嚴格地說他雙性化性格當中女性化性格因素的形成更是具有陰柔特色的傳統文化之鑄造。中國傳統文化中的陰柔性文化因素，爲賈寶玉這個形象的出現提供了深層的文化基礎。

　　《紅樓夢》第二回，作者借賈雨村之口，論說像寶玉這樣秉天地間正、邪二氣而生之人，其出現既非偶然，也不稀奇。據說這種人又分爲三類，即「情癡情種」、「逸士高人」、「奇優名倡」。而在爲「情癡情種」及全部三類人所舉例證中，即有陶淵明、溫飛卿、柳永、秦觀等。他們在情韻和賦品、詩品、詞品上具有與賈寶玉雙性化性格相類似的因素。可見寶玉雙性化性格的出現，有其深遠的歷史淵源和相應的文化背景。

## 第一節　具有陰柔特色的楚文化之遺存

　　先秦時期，儒、道、法、墨等諸子百家，形成了具有多元化特質的文化類型。而當秦漢大一統專制制度形成之後，雖然從總的傾向看，是思想文化界的某家優勢逐漸代替了先秦時期的百家爭鳴，但在具體的發展過程中，情況也各有不同。法家雖受始皇推崇，但秦代統一時期短暫，其思想對人的深層文化心態的影響頗爲有限。國勢強盛、時間悠久的漢代，雖然在政治制度

上大體沿襲了秦朝，而在文化方面，則主要繼承了楚文化。由此導致了在後來的中國傳統文化中，楚文化因素佔有重要地位。楚文化的陰柔特徵對中國男人的雙性化性格傾向，產生了強大、深遠的影響。

從文化形態學分析，春秋戰國時期的楚文化並非衹是對中原華夏文化的吸納，同時還有對當地風土文化的繼承，而顯現出中原華夏文化與南部江漢文化交融的明顯特徵。它反映了與北方不同的楚地居民的生活環境、風情習俗和審美心理。所以孔子說：「寬柔以教，不報無道，南方之強也，君子居之。袵金革，死而不厭，北方之強也，而強者居之。」朱熹註曰：「南方風氣柔弱，故以含忍之力勝人爲強，君子之道也。」「北方風氣剛勁，故以果敢之力勝人爲強，強者之事也。」〔註1〕如果作出審美類型的劃分，那麼「南方之強」是陰柔美，「北方之強」則屬陽剛美。楚民族性格是複雜的，多側面的，但對陰柔美的偏愛，則是他們主導的審美傾向。

從大量的考古文物來看，楚地文物在造型上，哪怕是質實厚重的青銅器，也仍然給人以舒展、靈巧的美感。楚地藝術家雖也喜歡用龍紋、夔紋、蟠螭紋、鳥獸紋作爲楚器的主紋飾，但同時又往往兼施以流感性十分強的雲紋和繩紋。這樣就形成了富麗繁縟和流動變化的美的旋律。〔註2〕大量的考古資料發現，儘管楚文化有著與華夏先民審美心理相通的地方，但處處又未遺落他們原有的尚優美、柔美的特點。在江陵雨臺山楚墓出土的綵繪鴛鴦豆中，伴隨鼓點翩翩起舞的是一個經過變形處理，特徵鮮明、裝飾穠豔的巫者。這種器皿總體造型給人以安嫻、文靜的印象，使人聯想到那長處深閨的窈窕淑女。〔註3〕

不同的文化類型和審美習慣，影響到文學創作，也產生了大相徑庭的文學風格：北方重實務，文貴質樸；南方重神巫，文尚綺麗。《詩經》之後的《楚辭》，不僅在中國文學史上佔有極其重要的地位，也充分反映出楚民族的文化特點，作品中的男性同女性一樣奇衣美飾。「扈江離與闢芷兮，紉秋蘭以爲佩」；「製芰荷以爲衣兮，集芙蓉以爲裳」。〔註4〕在《九歌》中，男神與女神一樣，都是出則水車荷蓋，居則椒堂蘭橑。姜亮夫先生曾在《楚辭學

---

〔註1〕 南宋·朱熹著《四書集註·中庸》第十章，見《四部備要》經部。

〔註2〕 姚漢榮著《楚文化尋繹·考古學楚文化》北京：學林出版社，1990年版，第109頁。

〔註3〕 姚漢榮著《楚文化尋繹·考古學楚文化》北京：學林出版社，1990年版，第109頁。

〔註4〕 戰國·屈原著《離騷》，見馬茂元選註《楚辭選》北京：人民文學出版社，1998年8月版，第3、14頁。

論文集‧楚文化與文明點滴鉤沈》裏就《九歌》中所反映的楚地諸神與北方諸神的特點，歸納了七點不同。從他的歸納中可以證明，不同於中原文化的楚文化有著尙陰柔的審美定勢。特別是在楚國後期，這種定勢無論從外在形式看，還是從內在意蘊看，表現都非常突出。姚漢榮在《楚文化尋繹‧南楚民族審美意識的變化》中，以《離騷》和《遠遊》爲代表，從審美意趣、審美理想和審美意境等方面，對楚國前後時期的不同特色，作了詳細的分析。《離騷》審美意象朗麗、綺靡、譎詭、耀豔。外在形式雖然也重視悅耳悅目的優美，但情感並不柔弱。既有幽婉哀怨之情，更有憤懣不平之氣，所以內在意蘊方面，還不能完全歸屬於陰柔之美。但以《遠遊》爲代表的後期作品，卻無論在形式方面還是意蘊方面，都突出表現了陰柔美的特點。作者悲時俗迫陋，願輕擧遠遊，以赤松、王喬、眞人作爲楷模，追求一種清虛淡漠、無欲無爲的精神境界：「載營魄而登霞，掩浮雲而上征」。整體意象呈現出一種纖細柔弱、哀怨淒清、神秘模糊、虛無抽象的美。宋玉《九辨》的「搖落之悲」，明顯具有與此相同的性質。

　　楚地不同於北方的審美心理、文學風格等文化素質，同時也潛在地影響著男人對自己的期許，女人對男性美的認定。因而這種影響也一定程度地造成了楚人對男性美的認定與北方對男性美認定的些許不同。楚地這種男性美標準使初來楚地的趙國人荀子大感困惑：「今世俗之君、鄉曲之儇子，莫不美麗姚冶，奇衣婦飾，血氣態度，擬於女子，婦人莫不願得以爲夫，處女莫不願得以爲士，棄其家而欲奔之者比肩並起。」〔註5〕顯然這種「美麗姚冶，奇衣婦飾，血氣態度，擬於女子」的男人，在楚地是得到普遍接受和歡迎的。其實這種現象我們在屈原的《離騷》和《九歌》中也可以發現。屈原在《離騷》中對自己和在《九歌》中對男神的描寫爲我們提供了多處旁證。對於初來楚地的荀子來說，他感到這種現象難以接受是難免的。但在楚地長大的人對男人「莫不美麗姚冶，奇衣婦飾，血氣態度，擬於女子」這種現象，就不會大驚小怪，反而認爲這樣的男人才符合美男子的標準。《離騷》中讓現代人倍感彆扭的屈原的裝扮和言行，在當時的楚人看來應該是非常自然的。春秋戰國時期，楚文化相對於北方文化來說，仍一定程度地保持著相對的獨立性，和它自己的特點。中原文化的男尊女卑觀念和男性美標準還沒有深入到楚人的心理深處。所以屈原並不感到自比女性、言女人之言、服女人之服有什麼

---

〔註5〕戰國‧荀子著《荀子‧非相》上海：上海古籍出版社，1996年版，第35頁。

不合適。相反當有人用現代的觀念審視屈原的這類言行時，卻感到不可思議，甚至得出屈原心理變態的結論。〔註6〕這樣的結論我們實在難以接受，它摧毀了我們心中的偉大形象。其實我們不必為此不安，因為前面的論述已經可以讓我們作出這樣的推測：當時的楚文化所設定的男性美和女性美的標準是基本一致的。這種文化特點類似於美國文化人類學家瑪格麗特‧米德對阿拉佩什（Arapesh）文化類型的描述。在那裡，男女兩性人格要求是一致的，不管男人還是女人，他們的「血氣態度」，行為方式都同樣是柔性的、「擬於女子」的。不過屈原那種上下求索和楚人三戶滅秦的精神，也讓人清楚看到楚人並不乏陽剛之氣。再者絕對的文化決定論，也不能讓所有的人信服。其實不少哲人早就指出每個人人格當中都同時具有剛性和柔性這兩方面的素質。榮格等在《人類及其象徵》中說女人具有「陽性特質」，男人也具有「陰性特質」，也即是說無論男人還是女人其人格體系當中都同時具有雄性的一面和雌性的一面。個人或群體受某種文化的影響會使其人格當中的陽性或陰性的一面得以凸顯，另一面則處於潛抑狀態。從整體上來說，春秋戰國時期的楚地與北方相比，其陰柔一面的展現相對要明顯一些，陽剛一面的展現則不如北方突出。楚民族既成的文化類型，其共同偏愛陰柔美的文化心態、審美心理和男女兩性人格要求一致的「女性化」人格和女性美，對後代產生了深遠的影響，對中國傳統文化類型的形成也有著極大的影響。

劉邦本為楚人，對楚歌、楚舞等有著特殊的感情。漢初幾代皇帝對楚文化都保有濃厚的興趣。那些圍繞在皇帝身邊「皆冠鵕鸃、貝帶，傅脂粉」〔註7〕的郎、侍中，那些出入宮廷的歌兒伶工，也多為南方人，或在南方生活很久。姜亮夫先生認為男人傅粉，以羽毛、珠貝裝飾，都是女人味打扮十足的楚人傳統。〔註8〕上有所好，下必甚焉。楚文化得到漢初幾代皇帝的提倡、推崇，成為中國傳統文化的一個重要組成部分。武帝時雖「罷黜百家，獨尊儒術」，但楚文化的影響已根深蒂固，沈積到人們心靈的潛意識層面，作為一種文化原型，在以後的歷史中不斷顯示它的存在。

六朝時期，政治文化中心南移，南方諸民族習俗中保持著楚文化特點，

〔註6〕 曹大中著《屈原的思想與文學藝術‧屈原的女性癖與戀君情結》長沙：湖南出版社，1991年版，第155～168頁。

〔註7〕 西漢‧司馬遷著《史記》卷125《佞幸列傳》，見《二十五史》第一冊，上海：上海古籍出版社、上海書店，1986年12月版，第348頁。

〔註8〕 姜亮夫著《楚辭今繹講錄》北京：北京出版社，1983年版，第132頁。

具有明顯的崇尚陰柔美的傾向。因而男子女性美的人格風範深受重視，傅粉、施朱、熏衣、著香，無所不至。《世說新語·容止》記載：「潘岳妙有姿容，好神情。少時挾彈出洛陽道，婦人遇者，莫不連手共縈之。左太沖絕醜，亦復效岳遊遨，於是群嫗齊共亂唾之，委頓而返。」與此形成映照的《語林》記載：「安仁至美，每行，老嫗以果擲之滿車。張孟陽至醜，每行，小兒以瓦石投之，亦滿車。」〔註9〕稍前的名士魏尚書何晏亦「好服婦人之服」。〔註10〕王來、謝晦、謝混，裴令公、杜弘治等，皆因貌美而揚名一時，有的還有「玉人」之稱。總之，六朝時又受到推崇的在楚地形成的陰柔型的文化，與其它類型的文化一起，都參與了整個中國傳統文化的形成和塑造。

晚唐以後傳統文化的主體，重新清楚地表現出「陰柔」的特色。文藝領域中本來是民間和青樓女子歌吟她們屈辱和不幸、喚取人們的憐惜和同情的「曲子詞」，成了宋代文壇最主要最具特色的文學樣式。而且自始至終，詞總是以婉約為正宗。詞由俗變雅，進而宋代繪畫以至整個宋代文化，也都變得精緻、典雅起來。婉約和雅致，實際上都是「陰柔」氣質的表現形式。

人物品藻方面，表現出以「風韻」為高的整體偏好。這裡的「風韻」已經脫離了原來音樂上的含義，變成了心理化的、精神化的概念，用以指人的神情氣度，「指一種特殊的『清』、『遠』、『雅』、『淡』的情調、意味之美。」〔註11〕這種神情、氣度明顯地具有陰柔美的特點。《紅樓夢》作者描寫賈寶玉「天然一段風韻，全在眉梢」，〔註12〕這裡的「風韻」正是指情調意味之美和清雅之美，也即陰柔之美。

晚唐以後，論文和論人時所推崇的「婉約」、「風韻」都蘊含著陰柔的內在特質。中國傳統文化歷來認為文品即人品，人與文相互映現。進行創作及論文論人，重婉約，重「風韻」，可以說明作為創作主體的人，同樣也秉有陰柔的心理特徵。賈寶玉在容貌、服飾、言談舉止上的陰柔美的特徵，是其雙性化性格的外在表現，也正是對從楚文化起直至晚唐以來整個傳統文化中尚陰柔的文化特徵的全面繼承和集中反映。

〔註9〕轉引自徐震堮《世說新語校箋》北京：中華書局，1984年版，第335頁。
〔註10〕南朝·沈約著《宋書·五行誌》北京：中華書局，1974年版，第886頁。
〔註11〕成復旺著《中國古代的人學和美學》北京：中國人民大學出版社，1992年版，第316頁。
〔註12〕清·曹雪芹、高鶚著《紅樓夢》北京：人民文學出版社，1964年2月第3版，第36頁。

## 第二節　佛道文化的陰柔品格

　　佛道文化與儒墨文化共同構成了中國傳統文化的軸心。從文化的組成結構來看，佛道文化與儒墨文化同時又形成了相反相成、對立互補的關係。儒墨文化總體上積極陽剛，而佛道文化總體上則呈現出靜守陰柔的特色，甚至可以說具有一定的女性文化的特點。

　　馮友蘭、查中林、陳書良以及吳怡等學者都認爲《老子》具有女性哲學的特徵。吳怡將《老子》的「三寶」（慈、儉、不敢爲天下先）歸納爲六種女性的美德，認爲「老子徹頭徹尾都是女性哲學」。老子「講母，講嬰兒，講玄牝，講水，講柔弱，講慈，講儉，可說無不與女人有關。」〔註13〕牟宗鑒先生認爲老子哲學是主陰貴柔的生命哲學，「老子哲學的陰性特點，主要表現爲對女性的推崇。」〔註14〕「雖然，關於母親的美德，《老子》說得不多，但很明白地，它想通過『象徵指涉』的程序和感應的統一，把我們所瞭解的母親意象應用到道上面。」〔註15〕「老子對女性哲學的研究可爲（引者按：疑爲『謂』）淋漓盡致，這不僅體現於他對以女性爲原型的道的法則的弘揚，也體現在他在處事法則上對女性哲學的具體實踐。老子在人生法則上默默恪守的正是被人鄙夷的女性品格，從而塑造了具有東方特色的神秘的女性哲學。……幾乎在所有的社會道德中人們又無不體現出對女性道德的傾慕，其中似乎也體現出女性人格的潛移默化的力量。」〔註16〕「與儒家極端鄙視女性的態度相對照，老子與道家似乎更能夠代表東方文明的精華，因爲它不僅不鄙視、歧視女性，相反，卻大量地吸取中國女性的智慧，對女性的處世經驗加以概括和發揮，並作爲一些基本命題融合進自己的哲學思想體系。」〔註17〕

　　後世老、莊並提，二者雖有差別，但其哲學的承繼性卻是明顯的，都倡

---

〔註13〕 吳怡著《中國哲學的生命和方法》臺北：東大圖書公司，1981年版。轉引自程偉禮《〈老子〉與中國「女性哲學」》，載《復旦學報》1988年第2期，第106頁。

〔註14〕 牟鐘鑒等著《道教通論：兼論道家學說》濟南：齊魯書社，1991年版，第152頁。

〔註15〕 〔美〕成中英著《世紀之交的抉擇：論中西哲學的會通與融合》上海：知識出版社，1991年版，第241頁。

〔註16〕 傅道彬著《中國生殖崇拜文化論》武漢：湖北人民出版社，1990年版，第332頁。

〔註17〕 程偉禮《〈老子〉與中國「女性哲學」》，載《復旦學報》1988年第2期，第104頁。

導守雌、虛牝的陰柔美。「無名，天地之始，有名，萬物之母。」「玄牝之門，是謂天地根。」《老子》中這類強調「陰」的涵蓋性的語句很多。幾乎可以說老子哲學中「玄牝」、「母」是與「道」處於同一層次的概念。《莊子・大宗師》中的那位介紹道的特性和修道方法的「女偊」也應看作是位女性。從這一點來看莊子對老子的女性哲學是有一定繼承的。他認為至樂祇有從全然虛靜無為中求得，認為「虛靜恬淡寂寞無為者，天地之本，而道德之至。」（《天道》）《逍遙遊》中的「神人」、《齊物論》中的「至人」都隨順自然，忘我遺物，「知其不可奈何而安之若命」，所以能與道為偶。莊子齊萬物、等生死、同成毀的思想顯然是超然出世的。這種「安時處順」、淡泊寂靜的處世哲學顯然缺乏壯大、陽剛之氣，而呈現出優然、陰柔的品格。操此哲學以處世，多表現出超世、遊世、玩世的情態。即使是憤世疾俗者，也主要表現為狷介不為，很少呈現出奮然抗爭的勇者形象。在美學領域中，受莊子哲學影響，而形成的美學風格也主要是飄逸、清奇、含蓄、沖淡，而很少呈現出崇高、雄渾、豪放、勁健的風格。這種飄逸、沖淡之美，顯然應該歸入陰柔一類。老莊哲學以柔為剛、以退為進，強調人要保持陰柔的、寬恕的、忍讓的、曲成的、退守的、接受的態度。有人明確地指出它是一種重母性，貴柔弱的女性哲學。李約瑟認為「道家推崇陰柔和玄牝的思想」。〔註18〕「道家強調的是直覺的、女性的、神秘的和柔性的東西。所以老子說，『是以聖人處無為之事，行不言之教。』道家相信，通過顯示女性的、柔軟的人類本性最容易導致生活與道的完美的平衡。」〔註19〕

雜合先秦道家、方士思想和巫術文化等形成的道教，雖然與道家哲學是兩種不同的意識形態，但它卻明顯地承傳了很多道家文化的因素。「後世某些道教流派發揚了《老子》守雌、重牝、尊母、還根的思想。」〔註20〕總之，無論是老莊哲學還是道教文化都體現出了陰柔的品格。

佛教傳入中國後吸收了不少儒家和道教的東西。不過中國化的佛教並沒有將儒家的男尊女卑觀念吸收進去。天台、禪宗、淨土、華嚴等教派，主要

〔註18〕〔英〕李約瑟著、陳立夫主譯《中國古代科學思想史》南昌：江西人民出版社，1990年版，第163頁。

〔註19〕灌耕編譯《現代物理學與東方神秘主義》成都：四川人民出版社，1983年版，第91頁。

〔註20〕蕭兵、葉舒憲著《老子的文化解讀》武漢：湖北人民出版社，1994年版，第794頁。

繼承的都是大乘佛教利他、普度眾生的思想，強調大慈大悲。佛教認為「慈悲是佛道之根本」，「大慈與一切眾生樂，大悲拔一切眾生苦」。〔註21〕大乘菩薩的救世心腸從慈悲心中來。離開慈悲心腸，就沒有菩薩，亦沒有大乘佛法。對於眾生之苦，當作自己切身之苦，生起偉大的同情心，給予救濟，這種心理即是慈悲。慈是予人以樂的婆心，悲是拔人之苦的氣度。菩薩的慈悲是無緣大慈，同體大悲，不計較眾生是否回報，其慈心是無條件的，利人也即利我，度人也即自度。這種強調慈悲、度人的教義本身就意味著無條件地給予大眾以慈愛和寬容，顯現出偉大的母性和柔性。「忍」也是佛教所一貫強調的。詩人王維在《六祖能禪師碑銘》中說慧能「乃教人以忍，曰：『忍者無生，方得無我。始成於初發心，以為教首。』」〔註22〕他認為「忍」是佛教最重要的教義，通過「忍」，自我剋制，達到在逆境中的心理平衡。大慧普覺禪師說：「逆境界易打，順境界難打。逆我意者，祇消一個『忍』字，定省少時，便過了。」〔註23〕他要求人們處於逆境時，要「忍」。人祇要能「忍」就能做到「隨緣放曠，任性逍遙。」佛教強調的「忍」，所體現出來的文化品格顯然不是陽剛的，而是一種陰柔的品格。觀音是最富有中國特色的菩薩，民間對她的崇信遠在其他諸佛之上。在民間菩薩成了佛教的象徵。而當佛教中國化之後，菩薩在形體上也由男性變成了女性。她慈眉善眼，大慈大悲，有求必應，普度眾生。世人所崇尚的全部女性特徵和美德幾乎都彙聚到了她身上。傳入中國之後的佛教與同它在深層意蘊方面有較多共同之處的道教進一步融合，無論在平民階層，還是在士夫階層，都影響甚巨。對於士夫文人來說，佛教文化和道家文化在某種意義上扮演了同樣的角色。它們都是作為儒家文化的補充或對立面而出現的。當士大夫積極入世的態度遭到挫折，或自己厭倦、消沈時，往往轉為消極出世的態度。老莊思想曾給他們提供過寄情山水之間，放浪形骸之外的避世方式，佛教又給他們提供了遁入空門、誦經念佛的出路。佛教認為「三毒」，即：貪欲心、嗔怒心和愚癡心，是導致精神痛苦的主要根源。貪欲的擴張，使得人們逐欲不止，偏執不明，陷入無盡的煩惱。佛教認為應該去除「三毒」這痛苦的根源。這種教理對士大夫的勸導，潛移默化地消解著士大夫的進取精神，消蝕著人格中硬性的東西，提升著人格中柔性的

---

〔註21〕《大智度論》卷二十七。

〔註22〕《全唐文》卷三百二十七，太原：山西教育出版社，2002年版，第2冊，第1969頁。

〔註23〕《大慧普覺禪師語錄》卷二十九《答樓樞密》。

成分。

　　佛道文化對中國社會的影響是巨大的，對中國人性格的塑造不亞於儒墨文化。如果說儒墨文化主要賦予中國人的是積極的、陽剛的品格，那麼佛道文化顯然賦予中國人的主要是一種退守的、陰柔的品格。傳統文化不但要求女性完美地體現出這種退守的、陰柔的品格，而且對男人退守的、謙和的、陰柔的處世風格也給予肯定和鼓勵。曹雪芹在《紅樓夢》中傳達的不是積極的、剛大的精神，而是退卻的、出世的思想。整部小說呈現出詩意的、女性化的色彩。賈寶玉這一人物形象也表現出較明顯的女性氣質。如果深入追索其形成，不能說這一性格特徵與佛道文化的影響沒有關係。同時小說中一僧一道的忽隱忽現和賈寶玉對莊子的喜愛，以及他的最後出家，也清楚地向我們指明了這部小說與佛道的關係。

# 第三節　儒家文化和專制體制對文人士大夫人格的塑造

　　儒家宗法倫理秩序的核心是「三綱」、「五常」等人倫規範。其中男女，夫婦是最為基礎的規範。「君臣之道造端於夫婦」，「夫婦之道」係「人倫之始」。這種文化中的君臣、父子和夫婦關係，使士大夫文人處於尷尬的境地，處於一種矛盾的網絡之中，造成男人人格的分裂。相對於妻、子，自己是夫是父，屬陽；相對於君、父，自己是臣是子，屬陰。同時，君臣關係與夫婦關係一樣又是多種倫際關係中最不穩定的。父子關係是前定的，不可改變，而君臣、夫婦關係則不然，是後天選擇的、可以重組的。君臣關係、夫婦關係這種相似性，這種異質同構關係使男性士大夫文人不自覺地與婦女進行了認同。男人陰柔心態的形成部分地來自於對這種對等的從屬地位的認同。專制時代的男性士大夫文人其靈魂深處無不潛藏著濃重的陰柔心理。這種文化中的男剛女柔的人格界定和男尊女卑觀念又使士大夫文人不得不把這種女性化的陰柔心態壓抑在潛意識之中。

　　「禮」和「仁」是儒家思想的理論核心。總的來說「禮」強調了人與人之間的行為規範；「仁」更多地講求的是人與人之間的情感關係。「禮」是總體的道德規範；「仁」是總體的道德內容。《論語》中的「仁者，愛人」，「仁者，人也」，「愛人」，「愛眾」，「溫、良、恭、儉、讓」等，這一切無不是要

人與人之間建立一種和諧敦厚的人際關係。所有關於「仁」的理論，共同體現出一種人道的溫情和屈己適人的價值取向。「老吾老，以及人之老，幼吾幼，以及人之幼。」(《孟子‧梁惠王上》) 把愛己之心，施予他人。處事原則要求中庸。儒家的文藝觀，要求雅正平和，「溫柔敦厚」，提倡「中和之美」。「這不僅決定性地影響了我國藝術的內容；而且，也影響著我國藝術的風格：偏重於柔美者多 (道家的老、莊更是主張陰柔美的) 偏重於壯美者少。」〔註24〕這種文藝觀和藝術風格顯然對作為創作主體和接受主體的人會產生潛移默化的影響。

總之，儒家溫雅好禮，謙讓仁愛的思想和「溫柔敦厚」的詩教本身明顯地蘊含著陰柔的特色。正統文化陰柔的一面會同充滿陰柔特色的佛道文化，更強化了中國傳統文化的陰柔性。所以說，陰柔性是中國傳統文化的主要特徵之一。這一特徵對中國文人士大夫人格的塑造產生了極大的影響。

專制的體制和具有陰柔特色而獨尊的儒家思想，逼迫著士大夫文人認同女性心態。中國傳統文化的佛道思想又從另一角度浸染著男人的這種陰柔心態。但是男尊女卑的觀念和男女人格的不同界定又使這種心態祇能被壓抑在內心深處。隋唐以降，文人逐漸在心理上完全接受了這種倫際設置。這種女性化的心理傾向逐漸滲透到整個民族的心性之中，成為中國士大夫文人的一種集體無意識。唐宋以後的士大夫文人，在君臣關係上，逐漸明晰地認識到這種女人化的倫理安排，並且認可了這種安排的合理性。既然已經認可這種倫際關係，那麼就說明了男人心態女性化就已經達到了一個相當鞏固的階段了。男人女性化心態已經成為中國士大夫文人心性中的一部分。〔註25〕近古時期一些人對這種關係進行過明確地類比。明末清初文壇領袖錢謙益說「臣道與婦道，一也。」〔註26〕清初遺民彭士望說「忠臣節婦之所為極難，惟其久耳」。〔註27〕另外，元末文人楊維楨，清初遺民顧炎武、屈大均等也有類似的表述。中國人心性中的這種女性化特點，林語堂先生說得明白：「中國人在許多方面都類似女性心態。事實上，祇有『女性化』這個詞可以用來總結中

〔註24〕敏澤著《中國美學思想史》濟南：齊魯書社，1987年版，第一卷，第155頁。
〔註25〕楊雋《臣妾意識與女性人格——古代士大夫文人心態研究之一》，載《四川師範學院學報》1991年第4期，第27頁。
〔註26〕清‧錢謙益著《瑤華集序》，見《錢牧齋全集‧初學集》中，卷二十九，上海古籍出版社，2003年版，第886頁。
〔註27〕清‧彭士望著《恥躬堂文鈔》卷九，咸豐二年刻本。

國人心靈的各個方面。女性智慧與女性邏輯的那些特點，就是中國人心靈的特點。」〔註28〕不過心態的女性化畢竟是不自覺地完成的，總的來說，還是潛意識；士大夫文人對自己作爲男人本身所應該具有的人格要求，仍然還是男人應該像個男人，具有陽剛之氣，尤其在女人們面前，這是顯意識的要求。

　　生活在傳統文化中的任何人不可能不受到這一文化的影響。無論他對這種文化抱有何種態度，是贊成還是對抗。賈寶玉居處的環境和擺設，服飾和言談舉止的陰柔美特徵，是其雙性化性格的外在表現，也正是傳統文化的這種陰柔特色和「中國人在許多方面都類似女性」的心態在他身上的曲折反映。

　　中國傳統文化陰柔特色的形成是源自多方面因素的：有佛道思想的潛移默化，有儒家文化的長期浸染，更有從楚文化起直至晚唐以來傳統文化中尙陰柔的文化特徵的歷史遺存。這種多角度、多方面的陰柔文化的薰陶以及宗法倫理和專制體制的強迫，使中國人最終形成了女性化的心態。這種文化特徵也是賈寶玉女性化性格因素和雙性化性格形成的深層文化基礎。賈寶玉是作者思想感情的最重要的體現者，因而他性格中這一最突出的特徵的形成與創作主體是密不可分的。傳統的這一文化特徵首先化入作者的靈魂當中，成爲創作主體本身的思想，再作用於作品中的人物，於是就出現了《紅樓夢》中頗具女兒情態的賈寶玉這一人物形象，也最終形成了他這種雙性化的性格類型。

（這一章原發表於《紅樓夢學刊》2006 年第四輯，題爲《論傳統文化的陰柔性因素對賈寶玉氣質的影響》，收入本書時，稍作修改。）

---

〔註28〕林語堂著，郝志東、沈益洪譯《中國人》上海：學林出版社，1994 年版，第90 頁。

# 第五章　賈寶玉雙性化性格的文化意義

　　此前數章內容討論了賈寶玉雙性化的性格特徵，並且分析了這種性格形成的多方面的原因。接下來的問題是賈寶玉這種性格又有著什麼樣的文化意義呢？

## 第一節　中國傳統文化對女性文化的包容

　　賈寶玉這一形象的形成與中國傳統文化有著密切的關係，從傳統文化那裡承襲了很多文化的基因。因此，也可以說這一形象是對中國傳統文化的許多特徵的一次形象化的闡釋。這一形象所闡釋的內容其中就包括中國傳統文化中的女性文化特徵和女性意識。這一形象也說明了中國傳統文化對女性文化的包容。

　　中國文化雖然是典型的男性文化，但其中卻包含著許多女性的文化因素。儒、道、釋三家構成了中國文化的主體，也是中國文化最為基礎和最為重要的內容。如前所論，組成中國文化主幹的儒、道、釋三家都擁有女性文化的因素。儒家思想的女性情懷主要表現為仁愛和寬容；老莊思想的守雌、不敢為天下先具有女性的智慧和邏輯；佛家大慈大悲，普渡眾生，顯示出寬厚的母性情懷。另外，具有陰柔特色的楚文化在秦漢之後成為漢文化的重要的組成部分。這一切都說明了博大精深的中國文化不但能容納、融合多種異質文化，而且還包容著與男性文化在本質上相對立的女性文化因素。

　　中國傳統文化對女性文化的包容性從中國文學史上眾多女性作家的出現也可以得到說明。固然有一些女性作家有意無意地模倣了男性作家的口吻，

所書寫的是男性文化的內容和男性意識，但是不可否認也有不少女性作家眞正地發出了女性的聲音，眞實而細膩地表達了女人的心理。我們比較熟悉的蔡琰、李清照、朱淑眞等在她們的作品中就有清晰、細膩的女性意識的書寫。如果說中國文學史上書寫女性意識的著名的女性作家不是很多，那麼中國文學史上書寫女性意識的男性作家卻大有人在。

中國文學史上的擬女性文學是相當發達的。這種擬女性文學自先秦至明清，從未間斷。這些作品對女性意識的表現不但形式多樣，而且內容也十分豐富。儘管有些女性主義者認爲男人不可能代替女人書寫女人的情懷，但中國文學史上大量的精彩的擬女性的文學作品已經說明了一切。男性作家模倣女性口吻抒寫女性情懷，不但是可能的，而且對女性情懷的刻畫也可以做到惟妙惟肖。祇要稍稍讀一下這類作品，你就不難被作品中細膩的女性意識和女性心理的描寫所打動。張曉梅博士的《男子作閨音》一書對這一現象進行了多方面的研究。〔註1〕莫礪鋒先生《論紅樓夢詩詞的女性意識》一文認爲斷言男性作家不能爲女性寫作的觀點是偏頗的，至少是不符合中國文學史的實際的。在清代作家中曹雪芹具有更深刻的女性意識，而不是那些女性作家陳端生、邱心如等人。該文認爲「男女兩性之間並沒有不可逾越的鴻溝。」「生物學意義的性別（Sex）也許是不可逾越的，而社會學意義的性別（Gender）則是可以克服的。如果我們關注的性別是後者而不是前者，我們就應該承認性別是人類社會歷史的產物，它僅僅具有文化屬性而並無自然屬性。」〔註2〕中國古代擬女性文學的發達，說明中國文學乃至中國傳統文化中女性意識的豐富和發達。

在中國傳統戲劇中，男性角色有一種非常接近女孩子的行當——小生。這種行當一般用來扮演文弱少年。這些角色或者是長相俊美、感情豐富的書生、公子，或者是風雅倜儻、運籌帷幄的文官、儒將。演員登臺演唱也多用尖音假嗓。因而生活中，人們慣常稱那些文雅清秀略帶女性氣質的少年爲「奶油小生」。小生這一行當一般由青少年扮演，但有些劇種由女演員反串，效果反而更好，其文弱之氣，女兒之風，表現得更爲充分。越劇《紅樓夢》中的賈寶玉就是這樣。戲劇舞臺上的這一角色顯然爲中國大眾所喜聞樂見。據報

〔註1〕 張曉梅著《男子作閨音》北京：人民出版社，2008年4月版。
〔註2〕 莫礪鋒《論紅樓夢詩詞的女性意識》，載《明清小說研究》2001年第2期，第159頁。

導一九八七年版的《紅樓夢》電視連續劇拍攝的時候，爲扮演寶玉的演員的選擇，導演大傷腦筋，甚至有的專家斷言這一角色搞不成，因爲沒有合適的演員。女性反串已不能滿足電視觀眾對銀屏眞實性的求。其實，這些專家忽略了這樣一個事實：生活中這類男子並不少見。最後，《北京晚報》刊登一則廣告，尋找「寶玉」。應徵者萬人以上，其中有許多自稱是像女孩子的男孩。這說明了像賈寶玉這樣略帶女性氣質的男人不但多見，而且也普遍爲中國民眾所接受。這些事實也說明中國傳統文化中女性文化因素的存在。

總之，賈寶玉這樣爲大眾所喜愛的略帶女性氣質的男人的大量存在和中國文學史上發達的擬女性文學，都說明了本質爲男性文化的中國傳統文化對女性文化的包容。

## 第二節　明清時期社會上女性意識的增強

賈寶玉這一形象折射出了明清時期社會思潮多方面的內容和特點，明顯地表現出這一時期許多男性文人對女性情感形式和情感內容的肯定和接受。而這一點正是明清時期社會上女性意識增強的突出表現。

明清時期女性意識的增強首先表現在這一時期許多女性渴望走出閨閣爭取獨立的地位、實現自身存在的價值。這種思想無論在現實中還是在文學作品中都有所表現。秦淮八大名妓之一的柳如是風流放誕，「善吟詠，工書畫」，「生平雅好談兵」。〔註3〕她「儒士而兼俠女」，認爲「天下興亡『匹婦』有責」，經常參加幾社的南園遊宴，飲酒賦詩，縱論天下大事。因心慕錢謙益的名望才學，買舟造訪，並自嫁錢氏。婚後錢謙益稱讚她「閨房病婦能憂國，卻對辛盤歎羽書。」「閨閣心縣海宇棋，每於方罫繫歡悲。」〔註4〕這一時期出入公眾場合的女性很多，並且有不少女性的公眾能見度和聲望都很高。女人在家庭和社會中所扮演的角色已經有別於原來刻板固定的角色形象。〔註5〕

明清時期，這種現象在文學作品中的表現更多。吟梅山人的《蘭花夢奇傳》主人公松寶珠，自幼假充男子教養，十三歲中解元，會試連捷，殿試得

〔註3〕陳寅恪著《柳如是別傳》上海：上海古籍出版社，1980年8月版，第166頁。
〔註4〕陳寅恪著《柳如是別傳》上海：上海古籍出版社，1980年8月版，第282～283頁。
〔註5〕〔美〕高彥頤著《閨塾師——明末清初江南的才女文化》南京：江蘇人民出版社，2005年版，第123～153頁。

探花，入翰林院。後邊境擾攘，苗民作亂，她統兵剿捕，大獲全勝。吳藻的雜劇《飲酒讀騷圖》借主人公謝絮才，抒寫作者自己的懷抱：「我謝絮才生長閨門，性耽書史；自慚巾幗，不愛鉛華。敢誇紫石鐫文，卻喜黃衫說劍。若論襟懷可放，何殊絕雲表之飛鵬；無奈身世不諧，竟似閉樊籠之病鶴。」明清時期，文學作品中渴望走出閨閣，欲效男兒在社會上揚名立業的女性形象多不勝舉。

女性走出閨閣去從事男人的事業，主要是希望通過獲得獨立的社會地位來證明自身的價值。這種現象固然顯示了女性自我意識的覺醒，但是也應該注意到，女性的這種渴望，透露出她們想要扮演的實際上是傳統的男性的社會角色。因而她們的這種行為和渴望所呈現出來的實際上是傳統男性的性格特徵。女人人格當中的這種陽性特質的呈現和膨脹，可以看作是其女性自我意識在特殊時期的一種特殊的表達。

這一時期的社會思潮中女性意識的增強，另一個突出的表現是男人尤其是男性文人對女性情感形式的接受。

在追求愛情的方式上，一般情況下男人與女人是有差別的。男人往往希望首先在社會上取得個人的成功，包括成就、名利、權力或地位等。再以此為資本炫耀於女人的面前，在必要的情況下再稍稍添加一點關心愛護的佐料，來贏得女人的芳心。一般情況下，如果一個女人用這種方式來追求愛情，其結果必將如緣木求魚。女人征服男人的法寶，是愛。送出自己的愛，換來男人愛的回報。女人最擅長的技術是如何以溫柔、和善、體貼和寬容去俘獲男人。不過，明清時期的不少男性文人，在追求愛情的過程中卻常常採用女人的方式。不少戲曲和小說中的文士才子普遍缺乏金錢、功名和地位等贏得女人芳心的誘餌。他們大多擁有的僅僅是對女人的一顆癡心，和無休無止的愛的表達。和順的眼神、周到的愛護、溫柔的體貼，和對小性女人的寬容和忍耐，都是當時文人才子在女人面前所要極力展示的本領。顯然文人才子所極力表現的這些品質，所運用的追求愛情的方式更接近於女人。這也說明了這一時期文人才子們對女性情感形式的接受。

女性擇偶非常在意對方是否關心、體貼、理解自己，對自己是否知冷知熱。妻子總是希望夫妻二人心心相印，相濡以沫。這樣的感情其實近乎知心、知己之愛。而男人則一般不會像妻子一樣這樣「嚴格」要求。傳統社會中，男性有些時候甚至有意保持對女人的「冷情」，不讓對方太瞭解自己，而刻意

與對方保持一定的距離。他們也不願過多地去關注對方，認為自己不需要知道、不必知道對方太多。顯然男性與女性之間情愛的標準，情感的形式是有明顯差別的。不過，男女之間情感形式的這種差別，並非沒有趨同的可能。俗語云：「士為知己者死，女為悅己者容。」這一俗語表達的其實是男人和女人相同的一種知己的心理期待。不過，這種「知己期待」，男人和女人期待的領域是不同的，女人在愛情婚姻當中，而男人則在仕宦事功領域。然而，當士人不能獲得社會體制和秩序的認可，或上層人物的知遇時，這種事功方面的期待就有可能發生轉移，轉移到男女之間，轉變為對女性情感的知音期待。其實這仍然是士人通過「他者」肯定自我價值的心理要求。祗不過，這裡的「他者」不是本屬的社會的秩序或某一上層人物，而是屬於「第二性」的某一女子。讓某一女人來肯定自己的才能和學識，並謂之「才子」。男人在仕途上受挫之後，常常急需得到女人的撫慰。被社會拋棄的失落最需要女人的溫情與柔婉作為緩衝地帶，以安全著陸。這樣士人在仕途上的知遇期待，就非常自然地實現了轉移，轉化成了男女之間的相知相愛的情愛期待。於是文人才子的情感形式也就順利地實現了與女性的趨同。明清時期小說和戲劇中才子佳人的情愛模式，大多都可以作如是觀。

　　明清時期最理想的情感模式莫過於才子佳人之間的愛情。這一模式也最能顯示這一時期男性情感形式和情愛標準所發生的一些變化。才子佳人之間的愛情，最強調的就是雙方之間的志同道合，情趣相投，心心相印。這種情愛其實就是一種知己之愛。「經過歷代人們的陶冶，才子和佳人成為一種情趣型的理想人格，成雙出現，形影不離。儒雅俊俏，才華橫溢，風流倜儻，不入時俗，這就是才子。天姿美貌，才智卓異，深情綿邈，外柔內剛，這就是佳人。」〔註6〕明清時期，才子對知己之愛的強調，實際上與女子對愛情的要求和女人的情感形式是相同的。

　　這一時期，這類文學作品的通常模式就是才子懷才不遇，卻得到了偶遇的一位佳人的賞識，或者是獲得功名之前，就得到了慧眼識人的佳人的垂青。蒲松齡《聊齋誌異·瑞雲》講述了杭州名妓瑞雲「色藝無雙」；「餘杭賀生，才名夙著，而家僅中貲。」「及至相見一談，而款接殊殷。坐語良久，眉目含情」，並作詩贈賀生。然而賀生卻說：「窮跋之士，惟有癡情可獻知己。」之

---

〔註6〕郭英德著《癡情與幻夢》北京：生活·讀書·新知三聯書店，1992年6月版，
　　　第133頁。

後，瑞雲被一位過路的秀才和生點破容貌，「醜狀類鬼」。賀生出錢把她贖回，娶為妻子，並說：「人生所重者知己：卿盛時猶能知我，我豈以衰故忘卿哉！」〔註7〕明清時期，由於出版的相對容易，書籍也容易為社會上一般人家所購得，因此有條件讀書的年輕人也越來越多。傳統的社會體制和秩序，實際上已經不能真正為越來越多的所謂的文人才士提供實現自我價值的充足的空間和職位了。然而此時大批的所謂的文人才子仍然按照傳統文化為他們的設計的人生之路追求自我價值的實現。這種現實勢必造成人才的相對過剩。供過於求的巨大差額，也就造成了大量被拋出仕途的的文人才子。從這一角度看，這一時期表現才子佳人遇合的戲劇和小說之所以如此繁榮，是有著深厚的心理和文化背景的。因著這樣的文化和心理的原因，這一時期文人才子在社會秩序中的知遇期待，普遍向著男女情感的知音期待轉移。由於這種轉移，也就相應地出現了文人才子情感形式向著女性情感形式的趨同。

　　一般來說，女人常常視愛情高於一切，甚至高於生命。當她征服了她意中的男人，獲得愛情之後，她也就有了一個可靠的肩膀，一個安全的歸宿。否則，其生命將會缺少一個有力的支撐。所以對於女人來說，獲得愛情是其首要的任務。也正是因為如此，女人為了愛情才可以捨生忘死。對於傳統社會中的男人而言，無論心中是否有個戀人，其身外總會有一個他必須進入的世界。有了江山，自然就會有美人出現在身邊；但是有了美人，江山卻未必屬於自己，甚至有可能失去本有的江山。獲得勢、利之後，人生五大基本需求中的生存需要、安全需要、愛的需要一般情況之下也就會相應地得到。甚至被尊重和自我實現的需要，對於一些人來說，也就順利得到了。正是因為如此，對於男人來說，身外的世界往往要比心中的戀人重要得多。但是這種情況，在某些時候也會發生變化。明清時期的文士才子們，就表現出一種有別於前人的風範，對於愛情的態度類似於女性。這些才子們不但對其意中人一往情深，易於陷入癡狂，而且還有可能捨生忘死，以命殉情。

　　明清時期的才子們對於心中的戀人有著非同一般的癡情。《西廂記》中的張生為了追求鶯鶯竟然把上京赴考之事拋到腦後。張生追求愛情的癡狂很受當時人們的稱道，甚至為才子們爭相傚仿。一些文人為了追求愛情，可以不顧一切，包括身份和體面。乾隆年間沈起鳳的《才人福》傳奇，演述張幼於

---

〔註7〕清・蒲松齡著《聊齋誌異》北京：人民文學出版社，1995 年版，第 1377～1378頁。

為了追求意中人秦曉霞，扮作書童，混入秦府，以望接近曉霞。祝允明為了得到意中人沈夢蘭，扮作道士，手持木魚，口念「化婆經」，在光天化日之下，來到沈府門前募豔，想把夢蘭騙到手。結果以擾亂治安罪，被官府抓捕。「『唐伯虎三笑姻緣』的故事，關鍵不在於它真實與否，而在於它典型地表現了明代才子的一種特殊的情趣和風貌。同樣是追求幸福的愛情，明代才子不會滿足於像張生那樣，借住西廂，贈詩酬簡，那未免像望梅止渴，未免太缺乏主動精神了。他們願意主動出擊，積極追求，即使採取反常背俗的手段也在所不辭，甚至以為越反常背俗，越能顯示才子特出的風貌。」〔註8〕

　　前文述及，張靈因不能得到崔瑩，相思成疾，命歸黃泉。這一時期，張靈這樣的才子很多。《聊齋誌異·連城》中的喬生「少負才名。年二十餘，猶淹蹇。」史孝廉女連城擇婿，得喬生獻詩，「對父稱賞」。喬生歡為知己。其父嫌喬生貧窮，把她許給了一位鹽商的兒子王化成。「未幾，女病瘵，沈痼不起。有西域頭陀自謂能療；但須男子膺肉一錢，搗合藥屑。」其父求告婿家，未得「心頭肉」。喬生「聞而往，自出白刃，剖膺授僧。」並說：「士為知己者死，不以色也。……不諧何害？」「王氏來議吉期，女前症又作，數月尋死。生往臨弔，一痛而絕。」〔註9〕喬生不計利害，以生命回報知己之愛的行為，不但顯示了「士為知己者死」這一模式從仕宦追求向情愛領域的轉移，而且也顯示出這一時期才子癡情的深化。才子癡情，可以由生而死，表現了男性對女性非理性、非功利性情愛方式的接受。

　　同樣的情況在《紅樓夢》中也是存在的。寶玉對黛玉也有著一種特殊的癡情。寶玉也曾表示過以命殉情的心願。沈慕韓《紅樓百詠》詠賈寶玉云：「萬種纏綿萬種癡，生生死死說相思。……」〔註10〕第五十七回寶玉告訴紫鵑：「活著，咱們一處活著；不活著，咱們一處化灰化煙，如何？」這並非寶玉的戲言，而是他真實的想法。寶玉多次告訴黛玉，如果她死了，他就去做和尚。雖說做和尚，並沒有結束自然的生命，但寶玉出家實際上是自己世俗生命的終結。黛玉以一生眼淚還報神瑛侍者，以生命為代價來追求愛情。寶玉最終回歸大荒山、青埂峰下也是以終結自己現世生命的方式回報了黛玉對他的愛

〔註8〕　郭英德著《癡情與幻夢》北京：生活·讀書·新知三聯書店，1992年6月版，
　　　　第136頁。
〔註9〕　清·蒲松齡著《聊齋誌異》北京：人民文學出版社，1995年版，第359～360
　　　　頁。
〔註10〕　見一粟編《紅樓夢資料彙編》北京：中華書局，1964年1月版，第558頁。

情（據程高本）。

　　寶玉對待愛情的態度和他追求愛情的方式顯示了明清時期文人才子對女性情感形式的接受。寶玉雙性化的性格和他身上明顯的女性化的性格特徵從一個側面也顯現出明清時期社會上女性意識的增強。

## 第三節　人類未來文化類型的轉變

　　人類進入父系社會之後，男性文化逐漸走向獨尊。文化的理性主義和功利性特質的無限膨脹，不僅使人類自身的情感和本能，成為理性和功利主義的附屬物，甚至會遭到徹底否定和完全抹殺。人的需要是多方面的，功利主義的滿足並不能實現人的全面要求。當人類的一切思想和活動都以功利主義和理性主義的絕對尺度去削足適履時，其負面作用就充分暴露了。當自然作為人類的敵人還未被真正征服時，人類便早已開始了以自己為敵的戰爭。男性文化的征服性永遠不會滿足於沒有「敵人」的平靜。部落與部落之間、民族與民族之間、國家與國家之間的戰爭，從未真正停止過。所謂的和平衹是戰爭之後短暫的喘息而已。並且人類通過實踐和研究所獲得的知識，往往最先運用於戰場之上。隨著人類知識的積累、文明的進步，戰爭級別越來越高，戰場越來越廣闊，戰爭的破壞性越來越大，戰爭對整個人類和全部歷史進程的影響，也越來越具有決定性。男性文化的征服性和破壞性走到極端，將會毀滅人類自身。與此同時，另一場沒有硝煙的戰爭也在悄悄地進行著。這就是男人對女人的征服和戕害。當男人把女人徹底排除在社會生活之外時，人類自身的發展也就受到了嚴重的阻礙。因失去人類二分之一的推動力，人類文明進步的速度大為減慢，並且畸形發展。此時的人類文明就需要發生根本的轉變，即男性文化將由一種新型的文化取而代之。

　　曹雪芹敏銳地體會到男性文化的極端發展和絕對統治給人類自身帶來的危害，於是在《紅樓夢》中從不同角度表明了在這一特定時期女性文化相對於男性文化的優越性，表明了他對人類未來文化模式的思考：人類未來的文化將是男性文化和女性文化的均衡交融。

　　曹雪芹在賈寶玉身上傾注了最強烈的感情。賈寶玉也是作者最富自己主觀色彩的人物。賈寶玉不但作為一個具有較強的理性、原則性、堅強的信念和勇於承擔義務等品質的男性形象為人所注目，而且同時又因他具有尊重、

同情女性，對女性體貼、關懷細膩入微等品質而為人所喜愛。這兩種具有不同性別特徵的心理素質，在他身上同時得到了相當充分的表現。賈寶玉的雙性化性格特徵在其生活的各個方面都得到了充分的顯示。在小說現實系統中，寶玉是作者思想的最重要代表，也是作者著力塑造的核心人物。作者讓這一男性主人公接受女性文化，使之言談行為頗類女兒，並部分地認同女性人格。作者借助寶玉這一形象暗示了他的文化理想。

具有雙性化性格特徵的人，因為自己身上的異性性格因素而更容易瞭解異性，更容易與異性建立一種親密諧和的關係。現代心理學大量的研究結果證明雙性化無論對男人來說，還是對女人來說都是一種理想的模式。曹雪芹賦予賈寶玉雙性化的性格，顯示了他對未來文化中理想性格類型的設計：男性性格特徵和女性性格特徵應該統一地體現於未來文化具體個人的性格體系中。任何個體的人，都應該統一地體現男性文化和女性文化的特徵或原則。這種人格才是最理想、最健康的人格，這樣的人才更容易適應社會。因此可以說作者通過寶玉形象的塑造展示了他對人類未來文化中理想的性格類型的設計。

賈寶玉雙性化性格類型具有深刻的文化意義。它顯示了中國傳統文化的靈活性、對女性文化的包容，顯示了傳統的陰柔型文化因素在明清時期仍然具有強大的塑造力。它深刻反映了時代的文化特徵，並顯示了在這一特定時期，女性意識的增強和為女性解除禁錮的社會要求，同時也預示了人類未來文化類型的根本轉變。

# 下編　紅樓女性性別角色研究

# 第六章　王熙鳳的男性化性格

　　王熙鳳為「金陵十二釵」中的一員，但其言語行為卻不同於一般的女性。從小說對她多方面的描寫來看，其性格整體顯然背離了所謂的「女性原則」和社會所希冀的女性特徵。前人對王熙鳳的評價大多偏於道德勸懲。涂瀛《紅樓夢論贊》云：「鳳姐治世之能臣，亂世之奸雄也。」〔註1〕涂瀛在《紅樓夢問答》中又說「鳳姐古今人孰似？」曰：「似曹瞞。」〔註2〕弇山樵子《紅樓夢發微》云：「熙鳳，其意計之陰鷙，手段之潑辣，又如集操、莽於一身。」〔註3〕廷獻《紅樓夢八詠》評王熙鳳：「言語尖酸頗自豪，殺人無血笑中刀。」〔註4〕西園主人《紅樓夢金陵十二釵本事詞》：「都盡道，笑言藏利刃，丈夫巾幗，亂世奸雄。饅頭納賄，殺人如草，看鴛頸杜鵑紅。」〔註5〕諸如此類，不勝枚舉。這些評論除了透露出一個共同的道德指向外，其實還共同指向這樣一個事實：王熙鳳有別於其他女性，呈現出比較突出的男性化的性格特徵。正如洪秋蕃所評：「鳳姐風流豪邁，脂粉英雄。」〔註6〕二知道人在《紅樓夢說夢》中更直接了當地說：「王熙鳳，臙脂虎也。」〔註7〕

　　前人的這些評論是有著文本敘述的依據的。小說中的一些人物常常把她與男人進行比較，並且肯定其殺伐決斷的能力勝過男人。小說第二回冷子興

〔註1〕　見一粟編《紅樓夢資料彙編》北京：中華書局，1964年1月版，第134頁。

〔註2〕　見一粟編《紅樓夢資料彙編》北京：中華書局，1964年1月版，第144頁。

〔註3〕　見一粟編《紅樓夢資料彙編》北京：中華書局，1964年1月版，第328頁。

〔註4〕　見一粟編《紅樓夢資料彙編》北京：中華書局，1964年1月版，第512頁。

〔註5〕　見一粟編《紅樓夢資料彙編》北京：中華書局，1964年1月版，第522頁。

〔註6〕　清・洪秋蕃《紅樓夢抉隱》第五十回評。轉引自馮其庸纂校訂定《八家評批紅樓夢》中冊，北京：文化藝術出版社，1991年9月版，第1223頁。

〔註7〕　見一粟編《紅樓夢資料彙編》北京：中華書局，1964年1月版，第94頁。

說她：「言談又極爽利，心機又極深細，竟是個男人萬不及一的」。（第 22 頁。）第六回周瑞家的向劉姥姥介紹鳳姐時說：「這位鳳姑娘年紀雖小，行事卻比是人都大呢。如今出挑的美人一樣的模樣兒，少說些有一萬個心眼子。再要賭口齒，十個會說話的男人也說他不過」。（第 66 頁。）第十三回秦氏託夢說：「你是個脂粉隊裏的英雄，連那些束帶頂冠的男子也不能過你」。（第 130 頁。）同一回賈珍說她：「從小兒大妹妹頑笑著，就有殺伐決斷」。（第 136 頁。）總之，無論前人的評論還是小說人物的評價都透露出了王熙鳳有著明顯的男性化的性格特徵。

## 第一節　王熙鳳男性化性格特徵的文本表現

曹雪芹爲人物命名是頗費心思的，有他一套獨特的原則。小說里許多人物的名字都包含有作者對人物的評價，預兆著人物的命運。王熙鳳這一名字就體現了他的這種構想。「王熙鳳」這三個字是一個男性化的名字，不同於一般女孩子名字的紅、香、柳、翠等豔字。雄爲「鳳」，雌爲「凰」。鳳凰是傳說中的瑞鳥，百鳥之王。「熙」字通「禧」，有福、吉祥之意。「熙」字又喻光明、和樂。人們戲稱鳳姐爲「鳳辣子」。（第三回，第 28 頁。）另外，小說中一位女說書先生爲賈府女眷所說的《鳳求凰》，其中男性主人公就叫王熙鳳，這也可從另外一個角度說明「王熙鳳」是一男性化的名字。同時這一名字也體現了其長輩的願望：希望她雄健剛強，有王者之氣。王熙鳳從小身著男裝，被當作公子來培養，小名喚作「鳳哥兒」。「自幼假充男兒教養」，（第三回，第 28 頁）使她在成長的過程中，有意無意地習得了男人的行爲模式，也促成了她男性心理的形成。

王熙鳳初入賈府得到賈母的賞識，主管賈府上上下下幾百號人的喫穿用度。大大小小的日常事務，都由她一手管理。鳳姐在小說中第一次正式登臺亮相就不同凡響。林黛玉初入賈府第一次見鳳姐時，小說是這樣描寫的：

> 一語未了，祗聽後院中有人笑聲，說：「我來遲了，不曾迎接遠
> 客。」黛玉納罕道：這些人個個皆斂聲屏氣，恭肅嚴整如此，這來
> 者係誰，這樣放誕無禮。心下想時，祗見一群媳婦丫鬟圍擁著一個
> 人，從後房門進來。這個人打扮與眾姑娘不同，綵繡輝煌，恍若神
> 妃仙子。（第三回，第 27～28 頁。）

未見其人，先聞其聲。這裡眾星拱月般的環護，恍若神仙的妝扮，收斂與放縱的對比，共同凸顯出她唯我獨尊，睥睨一切的王者氣象。剛一出場，就顯示了她是這個大家族中的極為重要的人物，儼然是個至高無上的領導。接著她告訴黛玉：「要什麼喫的，什麼頑的，祇管告訴我。丫頭老婆們不好了，也祇管告訴我。」（第 29 頁。）這口氣透露出在這個大家族中，她似乎可以包管一切。第六回賈蓉來王熙鳳這裡借玻璃炕屏，之後起身出去，這時鳳姐忽又想起一事來，便向窗外叫他回來。「賈蓉忙復身轉來，垂手侍立，聽何指示。那鳳姐祇管慢慢的喫茶，出了半日的神，方笑道：『罷了，你且去罷。晚飯後，你來再說罷。這會子有人，我也沒精神了。』賈蓉應了一聲，方慢慢的退去。」（第 70 頁。）從王熙鳳對賈蓉呼來喚去的神氣，可以看出王熙鳳對下人和賈府主子們的那種領導權和控制欲。在夫妻關係上，她的控制欲和領導權同樣也得到了較為明確地顯示。管理賈府大小事務的本來是其夫賈璉，但她嫁到賈府不久，就越俎代庖，「持家獨攬權」〔註 8〕了。在傳統社會裏，女人「出嫁從夫」、「夫為婦之天」。女人祇能順從丈夫，「以順為正者，妾婦之道也」。〔註 9〕男子三妻四妾受法律保護。女人祇能默認這種事實，否則女人就會背上不賢良的惡名，犯了「七出」的律條，會被掃地出門。但是王熙鳳憑藉自己的手腕和智慧卻把傳統的夫婦關係完全給顛倒過來。她嫁入賈府沒半年，就找個錯，把她出嫁前，賈璉已有的兩個妾給趕走了。她為了拴住賈璉的心，又為了標榜自己的「婦德」，收平兒為妾，但卻有名無實，同時又把她完全變成自己的助手、心腹。在王熙鳳與賈璉的夫妻生活中，賈璉也不能處於領導地位，反而受到王熙鳳的控制。第二十三回賈璉抱怨鳳姐：「昨兒晚上，我不過是要改個樣兒，你就扭手扭腳的。」（第 235 頁。）王熙鳳要想完全佔有賈璉，勢必要排除其路途上的許多障礙。她逼死鮑二家的，借秋桐之手除掉尤二姐，再剪除秋桐，一步步完成對賈璉的控制。當然性愛本身是排他的，但臥榻之傍，豈容他人鼾睡的這種獨佔欲，也不能說不是其中的內驅力之一。在王熙鳳與賈璉的長期較量中，王熙鳳徹底佔據了主動，基本上完全控制了「惟知淫樂」的賈璉，實現了她的「妻為夫綱」的目標。在鳳姐面前賈璉言聽計從，唯唯諾諾。二人發生爭執，最終賈璉祇能賠禮認輸。第二十一回多

〔註 8〕　清・丁嘉琳《紅樓夢百美吟》，見一粟編《紅樓夢資料彙編》北京：中華書局，
　　　　　1964 年 1 月版，第 516 頁。
〔註 9〕　戰國・孟軻著《孟子・滕文公下》北京：燕山出版社，2002 年版，第 84 頁。

姑娘與賈璉私通之後，送給賈璉作爲定情之物的一綹頭髮，被平兒發現。王熙鳳並不知道，但她歪打正著的猜疑，嚇得賈璉臉色發黃。至此，我們可以看出，王熙鳳對於賈璉已經完全擁有了控制權。當然，賈璉始終都沒有放棄反控制的努力，實際上早就對她恨之入骨：「等我性子上來，把這醋罐子打個稀爛，他才認得我呢」，「早晚都死在我手裏」。（第 222 頁。）這顯然是被控制者，無能爲力的絕望的發狠，也更顯示出被控制者的無能。

王熙鳳雄心勃勃，樂於冒險，無論熟悉或不太熟悉的事情，都喜歡一顯身手，對於自己不曾接觸過的東西，總想嘗試一下。第四十回，賈母和眾家眷一路來到荇葉渚，坐上船。鳳姐本不會駕船，但她不顧別人的勸阻「立在船頭上，也要撐船」，「一篙點開。到了池當中，船小人多，鳳姐祇覺亂晃，忙把篙子遞與駕娘。」（第 432 頁。）在賈府眾多女性中，她顯然是比較活躍的。協理寧國府，爲鳳姐提供了展示才幹、超越別人、同時也是挑戰自我的一個絕好的機會。堂堂寧榮二府，幾百號人丁，居然沒人能擔起這件重任。如此繁難的家族大事卻被一個剛出閣不久，「何曾經過這些事」的「小孩子家」給包攬了。作爲其姑媽的王夫人不免擔心：她未曾辦過婚喪大事，裏面頭緒紛雜，難以料理清楚。另外，寧府素日混亂，執事者有意無意爲難也在所難免。但是王熙鳳似乎考慮不到這些，她「巴不得遇見這事」，「今見賈珍如此一來，他心中早已歡喜」。王夫人尙在猶豫不決時，她便滿口承應下來，說：「有什麼不能的！」她知道通過這件事，不但可以展示自己的才幹，同時也可以告訴別人，偌大的寧榮二府，無人可以同她相匹敵，她才是眞正的管理者，從而樹立自己的權威。她全身心地投入，結果辦理得非常出色，獲得全族上下的稱讚。眞正做到了「威操兩府權」。〔註10〕她成爲人們注目的焦點，處在眾星拱月的位置上。她暗中與人較量的結果，使她超越了別人，證明她比其他任何人都強，包括眾多男人。

元妃省親事情繁雜，鳳姐事多任重，累得筋疲力盡，但她「本性要強，不肯落人褒貶，祇扎掙著與無事的人一樣。」（第十九回，第 193 頁。）「王熙鳳恃強羞說病」一節，王熙鳳身體不適，平兒好心問一聲，身上覺得怎麼樣？王熙鳳就動了氣，反說平兒咒她病，「饒這樣，天天還是查三訪四」。（第七十二回，第 811 頁。）她病到這種程度，不僅不請大夫，不喫藥，甚至根本

---

〔註10〕 清・闕名《紅樓夢百美吟》，見一粟編《紅樓夢資料彙編》北京：中華書局，1964 年 1 月版，第 515 頁。

不肯承認自己病了，更不允許別人說她病了，還照常理事。一次過年，從除夕一直忙到元宵，她本有身孕，仍腆著個大肚子奔波勞碌十多天。元宵夜深，她還打起十二分精神忙前忙後，結果因勞累過度，剛過完元宵節，就小產了。這種苦苦掙扎的內驅力，正是她爭強好勝的競爭意識。她過於好強的心理使她把病當成恥辱，即使懷有身孕也不肯休養生息。她這種性格使她永遠不肯向人示弱。「平生爭強鬥智」的競爭意識也是男性化性格的一個重要特徵。

　　男性性格當中的侵犯性特徵在王熙鳳身上的表現是非常突出的。第十二回，王熙鳳為了懲罰賈瑞心起淫念，居然毒設相思局，置對方於死地。按一般情理，王熙鳳祗要略示懲戒，使之領教自己的手段，懼怕自己，不敢再起淫心，也就夠了。這樣不但息事寧人，同時也維護了自己的尊嚴，兩全其美。但她性格當中的侵犯性使她的懲戒走向極端，最終取了別人的性命。第六十八、六十九回，當知道賈璉偷娶尤二姐後，她把一腔醋意都潑灑給賈珍和尤氏，鬧得寧府雞飛狗跳。之後，她又暗中輸銀調唆張華告上都察院。事情完結之後，又怕張華日後再尋出這由頭來翻案，於是她悄命旺兒遣人尋著他，將他治死，剪草除根，保住自己的名譽。好在旺兒編了個謊，騙過鳳姐，張華才逃得性命。王熙鳳把尤二姐騙入賈府，自己賺得賢良之譽後，又借秋桐之手致她於死地。這一系列的所作作為，把她性格中的侵犯性演繹得淋漓盡致。第十五回，鐵檻寺老尼央求王熙鳳強迫原任長安守備家接受張財主退親。王熙鳳說：「你是素日知道我的，從來不信什麼是陰司地獄報應的。憑是什麼事，我說要行就行。你叫他拿三千銀子來，我就替他出這口氣。」（第153頁。）從她說話的口氣，我們可以想像得出當時王熙鳳的那種志得意滿，目空一切的神氣。這是手中握有生殺予奪權力的重要人物，自我立場的表白。同時，這也顯示了她自我信賴，自我中心，無法無天，自我極度膨脹之後的心理狀態。她從不相信因果報應，祗相信現世人為，在這一方面可謂信念堅定。她手中握有權力，所以常常獨自作出決定，武斷地處置許多事情，包括別人的命運。

　　王熙鳳是自我中心的，個人主義的色彩在她身上相當突出。王熙鳳進入賈府成為賈母最得意、最寵愛的孫媳婦，並登上「管家奶奶」的寶座。她心裏明白，賈母是這個大家族中的最高統治者，祗要能獲得賈母的信任和支持，她就可以為所欲為。對於賈母她儘其所能，在日常生活中對賈母知冷知熱，周到精細。可以說在賈母跟前，她是賈母中心主義。撇開賈母，賈府中日常

的一切，可以說都要圍繞著王熙鳳運轉。她成為賈府的中心，她成了賈府所有日常事務的絕對尺度。任何人際關係的處理，任何事情的裁處，都要經過王熙鳳這一尺度的衡量。當然，這所有的裁處或處理，幾乎都是根據她的需要做出的。弄權鐵檻寺，是為了顯示她的權力；「苦尤娘賺入大觀園」、「酸鳳姐大鬧寧國府」，逼死鮑二家的，剷除尤二姐和秋桐，是為了維護她對賈璉的獨佔權。在賈府這個大家族內瓤慢慢盡上來的時候，她卻放債盤利，公款私存，為己牟利。另外她還公然接受下人的「孝敬」和「賄賂」，不失時機地敲詐別人。大鬧寧國府，順手訛尤氏白銀五百兩，弄權鐵檻寺敲了張財主家三千兩竹杠。以至在抄家時僅從她房裏抄出的「體己不下七八萬金」，還不包括無數的借劵和田地劵等。賈府敗落時，包攬詞訟，重利盤剝成為賈府一大罪狀。據小說的描寫，包攬詞訟，重利盤剝也基本上都是王熙鳳所為。這些收益也都進了王熙鳳的小金庫。太平閒人張新之所評「榮之敗壞，鳳為禍首」，〔註11〕殆不為過。當然也有人說她貪贓撈錢並不是私積體己錢，如她「對詩社的支持，對賈母、薛姨媽故意輸錢等可見她並非是那種中飽私囊、貪得無厭的守財奴。」〔註12〕這固然有一定道理，但如果說她完全為了賈府這個大家族，而無私心，也未免有拔高之嫌。她畢竟還沒有大公無私到把所得利銀完全歸入賈府總的財政收入。第六十五回，興兒向尤二姐介紹和評價王熙鳳時說她「心裏歹毒，口裏尖快」，「估著有好事，他就不等別人去說，他先抓尖兒；或有了不好事，或他自己錯了，他便一縮頭，推到別人身上來，他還在旁邊撥火兒。」「嘴甜心苦，兩面三刀；上頭一臉笑，腳下使絆子；明是一盆火，暗是一把刀：都佔全了。」（第 738～739 頁。）固然興兒作為賈璉的奴才，難免受到賈璉這一視角的限制，評價過於片面，但他的這段評語也不能說太冤枉王熙鳳。可以說，這段評語是王熙鳳自我中心，極端個人主義性格特點的一個較為準確的注腳。

王熙鳳善於分析各種形勢對她是否有利，「估著有好事，他就不等別人去說，他先抓尖兒」。（第 739 頁。）在賈府中，賈母是至尊無上的，是最高掌權人。王熙鳳祇要穩住賈母，其他人都容易擺平。她對這種形勢的把握是非常準確的。在處理尤二姐這一事情時，她對形勢和自己角色的正確分析，不

〔註11〕見馮其庸纂校訂定《八家評批紅樓夢》上冊，北京：文化藝術出版社，1991年 9 月版，第 155 頁。

〔註12〕羅書華《鳳凰惜作末世舞》，載《紅樓夢學刊》1998 年第 2 輯，第 300 頁。

但使她獲得了「賢良」的好名聲，最終還除掉了這一肉中之刺。在這件事情上，她一改往日的潑辣、幹練，裝出可憐巴巴，賢德非常的樣子。她不時挑撥一下秋桐，讓她天天撒野亂罵，自己裝病呆在屋裏，暗自高興，等到尤二姐吞金自盡之後，又剗除了秋桐。王熙鳳在這件事情上，不動聲色而坐收漁翁之利。王熙鳳深知賈府人事關係複雜，要想在賈府立穩腳根，必須照顧到方方面面。第十六回她對賈璉說過：「咱們家所有的這些管家奶奶們，那一位是好纏的。錯一點兒，他們就笑話打趣；偏一點兒，他們就指桑罵槐的抱怨。坐山觀虎鬥，借劍殺人，引風吹火，站乾岸兒，推倒油瓶不扶，都是全掛子的武藝。」（第 159 頁。）作爲總理榮國府的管家奶奶，她處身於長輩、平輩、小輩、本家、親戚和男女奴僕之間，種種糾葛，層層矛盾，無數衝突，都與她發生直接的關係。她需要仔細分析形勢，在與賈府各房老爺、少爺、夫人、小姐的交往中，她也有遷就、避讓，有放縱、籠絡。王善保家的慫恿著王夫人搜檢大觀園，她知道這會得罪眾人，但礙於王夫人的面子，她又無法迴避，因此便側面跟隨，消極應付。她臥病休養期間，探春代她理家，預料到探春必會先拿她「作法」，於是就以退避遷讓的態度避免衝突。她過分鋪張爲寶釵過生日，從各方面去優待襲人，不僅討好了賈母和王夫人，同時也向這兩位最有心機、最有希望接近權力中心的人物進行了感情投資。無論處於何種環境下，她都能分析各種形勢，看是否有利於自己，分別扮演不同角色。她駕馭各種事情，都顯得得心應手，遊刃有餘。

一般認爲女人比較熱愛孩子，尤其是對於自己的孩子，但王熙鳳對自己唯一的女兒如何呢？她對巧姐的照顧在小說中的描寫並不多見。固然大戶人家的孩子常常是由乳母等代爲照料，儘管如此，但作爲母親的她對自己孩子的關愛仍然顯得太少。現在我們再回過頭來看那次春節，她從除夕腆著大肚子奔波勞碌直至元宵深夜，結果導致胎兒流產。這一件事再一次證明了她對孩子的關愛是有限的，遠遠不如對現實事務的關心。她爭強好勝的心理勝過了對胎兒的關心。

我們文化中爲社會所希冀的女性特徵，一般是這樣的：性情溫柔，情誼綿綿，忠誠，柔順，被動，害羞，富有同情心，對他人的需求比較敏感，樂於安撫受傷的感情，談吐柔和，不講粗話，溫文爾雅，缺乏自信，處事幼稚，輕信，熱愛孩子。王熙鳳給人的整體印象與這些所謂的女性特徵相距甚遠。她處事老練、城府很深；粗野難馴、髒話聯篇；做事風風火火，絕不拖泥帶

水;取人性命,絕不心慈手軟;為人潑辣大膽,多威寡情。渾號「鳳辣子」、「一陣風」,頗為準確地概括了她處事的特點。

以上對她的論述雖然是針對其男性化的性格特徵,無意對她進行道德的評判,但其中還是涉及到了其不少惡德。其實王熙鳳也有著許多惹人喜愛的優點。不過她惹人喜愛的優點,也不是女人式的,而是男性化的。盧先駱《紅樓夢竹枝詞》評王熙鳳道:「斑衣學舞戲紅羅,謔浪無心惹趣多。一笑喧闐齊拍手,可人終讓鳳哥哥。」〔註13〕「斑衣學舞」、「謔浪無心」云云,都透露出了她開朗的心胸和男性化的特點。

## 第二節　王熙鳳男性化性格特徵的量化分析

以上這些分析為定性處理。現在我們用修訂後的貝姆性別角色量表（BSRI）對她性格當中的男性化特徵和女性特徵進行一次量化處理。儘管這樣處理有悖於傳統的行文方式,但它卻可以幫助我們對王熙鳳性格當中的男性品質和女性品質有更加清楚地瞭解。

下面我們逐條對照,對王熙鳳的性別角色特徵進行打分。儘管不同的人給她的分數會有所不同,但大概不會相差太多。

**王熙鳳男性性格特徵和女性性格特徵的數據對比:**

| 社會所希冀的男性特徵 | 得　分 | 社會所希冀的女性特徵 | 得　分 |
|---|---|---|---|
| （1）自立的 | 6 | （1）有感情的 | 4 |
| （2）堅守自己信念的 | 5 | （2）受人讚賞的 | 5 |
| （3）獨立的 | 6 | （3）忠誠的 | 3 |
| （4）武斷的 | 7 | （4）有同情心的 | 2 |
| （5）個性強的 | 6 | （5）對他人的需要敏感的 | 6 |
| （6）有力的 | 6 | （6）善解人意的 | 6 |
| （7）分析能力強的 | 6 | （7）憐憫他人的 | 2 |
| （8）有領導能力的 | 7 | （8）樂於撫慰受傷害情感的 | 2 |
| （9）愛冒險的 | 5 | （9）熱情的 | 5 |

〔註13〕見一粟編《紅樓夢資料彙編》北京:中華書局,1964年1月版,第501頁。

| （10）果斷的 | 6 | （10）文雅的 | 3 |
|---|---|---|---|
| （11）有立場的 | 5 | （11）愛孩子的 | 4 |
| （12）進取的 | 6 | （12）溫柔的 | 3 |
| （13）有競爭心的 | 6 | | |
| （14）有雄心的 | 7 | | |

　　王熙鳳男性心理特徵的總分為 84 分，除以 14 得 6.0 分；女性心理特徵總分為 45 分，除以 12 得 3.75 分。王熙鳳男性心理特徵高於 4.9 的中值，女性心理特徵低於 4.9 的中值。王熙鳳的心理性別顯然是男性化的。這一結果與前述的結論是完全一致的。

## 第三節　王熙鳳男性化性格形成的原因及其實質

　　一個人性格的形成往往會與他生活的環境和經歷有一定關係，王熙鳳也不例外。王熙鳳出身名門望族，且有兄長，她父母在教養子女問題上為什麼不太持重，「自幼假充男兒教養」呢？在這樣的世家大族，公子哥尚且不准像「活猴兒」一樣，為什麼對一個女孩子反而如此呢。王夫人、薛姨媽與她一樣生活在王家，就沒有像她那樣，反而頗顯得端莊、凝靜，充滿正統氣息。「為什麼到了王熙鳳這一輩突然就變出一個『潑辣貨』呢？」凌解放先生在一篇文章中作出了回答：「一六八四年，康熙宣佈廢止『禁海令』，曾下令在廣東、福建、江西、浙江設立對外貿易港口，管理來往商船，負責征收賦稅。」王熙鳳在第十六回說，那時她爺爺單管各國進貢朝賀的事，凡有的外國人都是她們家養活，粵、閩、滇、浙所有的洋船、貨物都是她們家的。凌解放先生認為這裡「滇」應是「贛」之誤。她爺爺應「是我國最早的外交、外貿大臣兼海關總管」，「是我國最早接觸外國新興資本主義的官僚富商」。「這樣一個有『國際』背景的人家養出一個『忘仁』（王仁）的兒子，養出一個不讀詩書、不遵婦道、不信鬼神、崇拜金錢、愛趕時髦的女兒，怕不算是什麼怪事。」〔註14〕不管讀者是否認可這一推論，但事實就是如此：她的性格不但不同於傳統的女性，甚至也不同於傳統文化塑造出來的標準的男人。「自幼假充男兒教養」，且不讓她讀書、識字，其結果，使她在成長過程中有意無意地習得了男人的行為模式，促成了她的男性心理的形成，同時也促成了她

---

〔註14〕凌解放《鳳凰巢還是鳳還巢》，載《紅樓夢學刊》1983 年第 4 輯。

對男性價值標準的認同。她不斷地以男人的價值標準規範自己的行為，像男人一樣追求權力的獲得和成功。再者，她生活其中以及她自小所耳聞目睹的賈、史、王、薛這樣的家族之所以會成為世家大族顯赫一時，也並不是因為這些家族中的女性以女性的賢良、謙讓獲得的，而是靠這些家族中的男人們縱橫捭闔成就的。男人們爭奪權力的勝利給他們帶來了無限的榮耀和財富。這些家族中的男性前輩們無疑會成為年輕後生們學習的榜樣，尤其對於一個頗有城府，不甘人後的年輕人。王熙鳳生活在具有這樣背景的大家族中，自覺不自覺地就以這些擁有權力的男人們的繼承者自居了。王熙鳳雖為女性，但由於她對男性價值標準的認同和她對男人行為模式的習得，也使她無意中背叛了女性的價值標準，遠離了女性的行為模式。

王熙鳳自幼沒有接受正規的傳統文化教育，不讀書、不識字。她不但沒有很好地接受傳統文化對女性三從四德的訓導，而且在她身上也看不出任何傳統士大夫那種愚腐的氣息。也即是說，她雖然自幼接受了男性化的培養，但她所受到的並非是男性士大夫式的訓練和薰陶。她雖然接受了男性的行為模式，但這種男性行為模式並非是男性士大夫式的。她不但超越了傳統社會中的女性行為規範，同時也超越了傳統社會中男性士大夫的立身處事原則。王熙鳳在追求權力和自我價值的過程中，常常是不擇手段，越超傳統的禮法等級規範。她嫁入賈府不久，就成了賈府中實際權力的掌有者和支配者，真正成了賈府的人中龍鳳。她在追求權力和成功的過程中，沒有遵循傳統社會的遊戲規則，完全是一個實用主義者，一切為了自己權力的獲得。有人把她看作「女曹操」是有一定根據的。這一「女曹操」的稱謂，也許是比較能說明她人格當中的某些性格特質的。一般認為，文學作品中的曹操能代表歷史上某一類型的人。這一類型人物的性格特徵是比較明顯的：陰狠險詐，唯我獨尊，極度的自我中心。這種人格類型姑且稱之為「王霸人格」，其男性主義品質非常明顯。在中國歷史上，無論是沈浮於宦海的上層官僚還是揚威下層和江湖的在野之人，曹操式的人物都不罕見。也許王熙鳳在她成長過程中，在家長們對她進行男性化教育的過程中，有意無意間認同了這種人格類型，習得了這類人的行為模式。於是「頑笑著就有殺伐決斷」，成了「脂粉隊裏的英雄」。她之所以取名為「鳳」，也許正是因為她雄健剛強，有王者氣象。

從環境對一個人潛移默化的影響以及個人對某種人格類型的自覺不自覺地認同這一方面，可以作出以上這些分析。那麼從另外一角度來看，一個人

是否有可能具有異性的某些心理素質呢？回答是肯定的。「每一個人都具有一些異性的特性，不僅僅從生物學的意義來看，男性和女性都分泌雄性和雌性的荷爾蒙，而且，從態勢和情感的心理學意義上來看，男女雙方皆具有其對方的種種特性。」〔註15〕榮格心理學派認為在男人的整個人格體系當中包含有某種陰性特質，即「男性的女性意向」，稱為阿妮瑪。同樣，在女人的人格體系當中也會包含「陽性特質」，即「女性的男性意向」，稱為阿尼姆斯。〔註16〕經過很多代「通過向男人展示自己來發展其阿尼姆斯原型，歷經了代代的朝夕相處和相互影響」，女性獲得了男性的種種特徵。這些特徵有助於其瞭解，懂得男性並對男性做出恰如其分的反應。〔註17〕每個女子心靈之中皆蘊含著男性的永恆意象，這意象不是這個或那個特定的男人形象，但卻是一具明確的男性意象。從根本上說，這意象是無意識的意象，它是銘刻在女子生命的有機系統之中的原始之源的遺傳因子，是所有男性祖先的經驗印跡或者原型，它簡直就是男人所留下的所有的印跡的積澱。不過「阿妮瑪和阿尼姆斯原型往往萎縮或者發育不良。解釋這種差異的一個原因是，西方文明彷彿賦予從眾求同原型一種強值，而輕視、貶低男子心靈中的女性特徵和女子心靈中的男性特徵。這種對於阿妮瑪和阿尼姆斯的歧視自從童年就已經開始，也就是『女人氣的男人』（sissy）和『男子氣的頑皮姑娘』（tomboy）遭人嘲笑時就開始了。人們期待男孩與文化特定的男性角色一致，期待女孩與文化特定的女性角色一致。」〔註18〕其實不但西方文明如此，中國傳統文化也是這樣。也正是因為如此，具有男子氣的女人不如具有女人味的女人多。也正因為如此，王熙鳳這一形象才格外引人注目，並稱之為「潑辣貨」、「鳳辣子」、「女曹操」。王熙鳳在她特殊的家庭背景中「假充男兒教養」，她人格當中的阿尼姆斯得以充分發育，從而使她在處理賈府的日常事務的過程中，表現出十足的男人氣，其陽性特質得以充分展現。

　　男人與女人，從根本上說祇存在生理上的區別。所謂的男性化是相對於

---

〔註15〕〔美〕卡爾文‧S‧霍爾，沃農‧J‧諾德拜著，張月譯《榮格心理學綱要》鄭州：黃河文藝出版社，1987年7月版，第41頁。

〔註16〕參閱〔瑞士〕卡爾‧榮格、漢德森、弗朗茲等著，張月譯《人及其表象》北京：中國國際廣播出版社，1989年版，第196～214頁。

〔註17〕〔美〕卡爾文‧S‧霍爾，沃農‧J‧諾德拜著，張月譯《榮格心理學綱要》鄭州：黃河文藝出版社，1987年7月版，第41頁。

〔註18〕〔美〕卡爾文‧S‧霍爾，沃農‧J‧諾德拜著，張月譯《榮格心理學綱要》鄭州：黃河文藝出版社，1987年7月版，第41頁。

文化環境、心理狀態對男女行爲準則的不同界定而發生的女性性別認同的錯位。進一步說，男性化並非是指生理上的變異，而是用來指涉社會、文化和心理結構的。社會性別是心理構造的，而非生理先決的。女性特徵和男性特徵，是根據社會慣例建構起來的，借著這種慣例，大多數情況下，女性主體通過一個摹擬過程而變得更像女人。同樣，男性主體也通過一個摹擬過程而變得更像男人，但王熙鳳正好走向反面。

王熙鳳性格當中的陽性特質是非常突出的。這種特徵在她日常生活的許多方面都有所表現。她雄心勃勃，樂於冒險的競爭意識和她傑出的領導才幹，使她穩操管家之權。她信賴自己的能力，常常武斷地作出決定，支配別人的生活，操縱他人的命運。在賈府中她是一個活躍分子，幾乎賈府中的一切事務都要經過她的裁處。她的所作所爲，她的處世風格也使她與賈府中的其他女性判然有別，從而使她的性格凸顯出較明顯的男性化特徵。

（這一章原發表於《紅樓夢學刊》2005 年第六輯，題爲《論王熙鳳的陽性特質及其成因》，曾被文化藝術出版社 2007 年版《名家圖說王熙鳳》收錄，收入本書時，稍作改動。）

# 第七章 尤三姐、司棋和芳官的男性化性格

## 第一節　潑辣強悍、剛烈獨立的尤三姐

　　尤三姐在《紅樓夢》中可謂來去匆匆，但她給讀者留下的印象卻是深刻的。她帶有市俗色彩和風月意味的潑辣剛烈，頗能給人以震憾。潑辣剛烈也正是尤三姐最為突出的特徵。也正是小說對她這種性格的描寫使她區別於其他紅樓女性。

　　盧先駱《紅樓夢竹枝詞》云：「酒兵隊裏女將軍，跌宕風騷總不群。除卻尤家三妹子，更無人敵史湘雲。」〔註1〕此詩意謂《紅樓夢》中可稱得上「跌宕風騷」的女性，祇有尤三姐、史湘雲二人。王希廉《新評繡像紅樓夢全傳》第六十五回評曰：「寫尤三姐倜儻不羈，英氣逼人，為後來剛烈飲劍描神。」〔註2〕大某山民姚燮在第六十五回回末評：「尤三姐傾倒而言，旁若無人，其激昂慷慨之氣概，為大觀園中所無。脫令今有其人，我欲且暮遇之，倒地拜之。」〔註3〕這些評論所構成的一個共同指向，即是：尤三姐有著男性化的性格特徵。太平閑人張新之明確指出：「三姐有男子氣，寶玉有女兒氣。」〔註4〕

---

〔註1〕見一粟編《紅樓夢資料彙編》北京：中華書局，1964年1月版，第504頁。
〔註2〕見朱一玄編《紅樓夢資料彙編》天津：南開大學出版社，2001年10月版，第629頁。
〔註3〕見馮其庸纂校訂定《八家評批紅樓夢》中冊，北京：文化藝術出版社，1991年9月版，第1626頁。
〔註4〕見馮其庸纂校訂定《八家評批紅樓夢》中冊，北京：文化藝術出版社，1991年9月版，第1632頁。

綜合分析起來，尤三姐男性化性格特徵主要表現為：潑辣直率、強悍霸道、識見卓特、獨立自主、果斷剛烈等。

潑辣直率是尤三姐性格的一個主要特徵。紅樓女性除了丫鬟奴僕之外大多都有一定的知識和教養，而顯得清靜文雅。而本不屬於下人的尤三姐卻與眾不同，頗有市井女子的世俗潑辣。用小說中的話說，就是「無恥老辣」。

這一特點在有關她的描寫中多有顯示。她第一次與賈珍、賈璉兄弟二人對飲，表現得尤其突出。賈珍、賈璉乘著酒興，試圖猥褻她：

> 尤三姐站在炕上，指賈璉笑道：「你不用和我花馬弔嘴的。清水下雜麵，你喫我看。見提著影戲人子上場，好歹別戳破這層紙兒。你別油蒙了心，打量我們不知道你府上的事。這會子花了幾個臭錢，你們哥兒倆拿著我們姐兒兩個權當粉頭來取樂兒，你們就打錯了算盤了。我也知道你那老婆太難纏。如今把我姐姐拐了來做二房，偷的鑼兒敲不得。我也要會會那鳳奶奶去，看他是幾個腦袋幾隻手。若大家好取和便罷；儻若有一點叫人過不去，我有本事先把你兩個的牛黃狗寶掏了出來，再和那潑婦拚了這命，也不算是尤三姑奶奶！喝酒怕什麼，咱們就喝！」說著，自己綽起壺來，斟了一杯，自己先喝了半杯，摟過賈璉的脖子來就灌，說：「我和你哥哥已經喫過了，咱們來親香親香。」嚇的賈璉酒都醒了。賈珍也不承望尤三姐這等無恥老辣。弟兄兩個本是風月場中耍慣的，不想今日反被這閨女一席話說住。尤三姐一疊聲又叫：「將姐姐請來。要樂，咱們四個一處同樂。俗語說『便宜不過當家』，他們是弟兄，咱們是姊妹，又不是外人，祇管上來。」（第六十五回，第735頁。）

尤三姐對賈璉偷娶尤二姐的尷尬處境和他們兄弟二人的不良用心都非常清楚，並且當面挑明。這段話可謂尖刻直率，潑辣粗俗。「說得惡妙尖刺」，「但聞紙上有火拉拉聲，可以已虐，可以愈風。」，「如單騎入萬人陣，左衝右突，四面俱催。」〔註5〕「爽快無倫，令躁者遍體清涼」〔註6〕「脂粉中有此生辣氣，素所未聞。」〔註7〕這些評論，主要突出了尤三姐言語的潑辣直率。

---

〔註5〕 第六十五回眉批。見馮其庸纂校訂定《八家評批紅樓夢》中冊，北京：文化藝術出版社，1991年9月版，第1615頁。

〔註6〕 第六十五回姚燮批語。見曹立波著《紅樓夢東觀閣本研究》北京：北京圖書館出版社，2004年1月版，第321頁。

〔註7〕 第六十五回眉批。見馮其庸纂校訂定《八家評批紅樓夢》中冊，北京：文化

這段透骨驚心的話「嚇的賈璉酒都醒了」，使「風月場中耍慣的」兄弟二人
瞠目結舌，後悔不迭。尤三姐「何止以螻蟻視璉、珍」。「不圖《漁陽三撾》
後復聽此鼓搥聲。」〔註8〕小說並用「站在炕上」、「指著」、「摟過」、「灌」、
「一疊聲」等一系列動詞，從語言到動作全方位地刻畫了這位潑辣直率的紅
樓女性。「辣手辣心，不意三姐之妙一至於斯。」〔註9〕「筆歌墨舞，三姐羞
殺鬚眉。」〔註10〕

　　尤三姐的粗俗潑辣、尖刻直率讓人震驚，但這還不是尤三姐的性格的全
部。制服了慣於皮膚濫淫的賈珍、賈璉二人之後，她接下來的表現則顯示出
其強悍霸道的一面：

　　　　賈珍得便就要一溜，尤三姐那裡肯放。賈珍此時方後悔，不承
　　望他是這種為人。……尤三姐放出手眼來，略試了一試，他弟兄兩
　　個竟全然無一點別識別見，連口中一句響亮話都沒了，不過是酒色
　　二字而已。自己高談闊論，任意揮霍灑落一陣，拿他兄弟二人嘲笑
　　取樂，竟真是他嫖了男人，並非男人淫了他。一時，他的酒足興盡，
　　也不容他弟兄多坐，攆了出去，自己關門睡去了。自此後，或略有
　　丫鬟婆娘不到之處，便將賈璉、賈珍、賈蓉三個潑聲屬言痛罵，說
　　他爺兒三個誆騙了他寡婦孤女。賈珍回去之後，以後亦不敢輕易再
　　來。有時尤三姐自己高了興，悄命小廝來請，方敢去一會。到了這
　　裡，也祇好隨他的便。（第六十五回，第736頁。）

兄弟二人坐不得、走不成。她「酒足興盡」之後，卻把他們兄弟二人給掃地
出門。賈珍、賈璉兩個風月老手本想拿她姐妹倆做粉頭戲耍取樂一番，沒承
望自己卻遭到這個年輕女子的盡情「淫辱」和笑罵，而無可奈何。「兄弟二人
此時已墮入苦海中，既不得生，又不得死，忽沉忽浮，那裏討一隻救生船來。」
〔註11〕這些描寫已出乎一般的潑辣直率，而呈現出她強悍霸道的特徵。讀者

　　　藝術出版社，1991年9月版，第1617頁。
〔註8〕第六十五回眉批。見馮其庸纂校訂定《八家評批紅樓夢》中冊，北京：文化
　　　藝術出版社，1991年9月版，第1616頁。）
〔註9〕第六十五回姚燮側批。見馮其庸纂校訂定《八家評批紅樓夢》中冊，北京：
　　　文化藝術出版社，1991年9月版，第1616頁。
〔註10〕曹雪芹《新增批評繡像紅樓夢》（東觀閣評本）第六十五回側批。轉引自曹立
　　　波著《紅樓夢東觀閣本研究》北京：北京圖書館出版社，2004年1月版，第
　　　321頁。
〔註11〕第六十五回眉批。見馮其庸纂校訂定《八家評批紅樓夢》中冊，北京：文化
　　　藝術出版社，1991年9月版，第1617頁。

可以想見兄弟二人此時的狼狽。

「尤三姐天生脾氣不堪」，故意拿賈珍、賈璉兄弟二人「作踐準折」：

> 尤三姐天天挑揀穿喫，打了銀的，又要金的；有了珠子，又要
> 寶石；喫著肥鵝，又宰肥鴨。或不稱心，連桌一推；衣裳不如意，
> 不論綾緞新整，便用剪刀剪碎，撕一條，罵一句。（第六十五回，第
> 736～737頁。）

尤三姐強悍霸道如此，致使賈珍輕易不敢見她，袛是「尤三姐自己高了興悄
命小廝來請，方敢去一會」。賈璉也承認她「是塊肥羊肉，袛是燙的慌。玫瑰
花兒可愛，刺太扎手。」（第737頁。）

　　小說雖然詳細描寫了尤三姐的輕狂潑辣，強悍霸道，但這並不意味著作
者對這個人物的否定。恰恰相反，小說中有關尤三姐這方面的描寫，有可能
是意在「以毒攻毒」，對付賈珍、賈璉這樣的皮膚濫淫之人，非尤三姐這樣的
輕狂潑辣，強悍霸道不可。從這個意義上說，小說中的這些描寫實際上是對
尤三姐的肯定。除了這些間接的肯定之外，作者對她也有正面的肯定，主要
表現在對她獨立自主，見識卓特的描寫。

　　賈府中的成年人大概沒有人不知道賈寶玉性情乖僻，缺少剛性。但首先
指出這種性格形成原因的人卻是偶來賈府小住與寶玉接觸不多的尤三姐。興
兒評論寶玉「外清內濁」，尤二姐也感歎「我們看他倒好，原來這樣。可惜了
一個好胎子。」但尤三姐卻慧眼獨具，一語道破其中緣由：

> 尤三姐道：「姐姐信他胡說。咱們也不是見一面兩面的。行事言
> 談喫喝，原有些女兒氣，那是袛在裏頭慣了的。若說糊塗，那些兒
> 糊塗！姐姐記得穿孝時，咱們同在一處，那日正是和尚們進來繞棺，
> 咱們都在那裡站著，他袛站在頭裏擋著人。人說他不知禮，又沒眼
> 色。過後他沒悄悄的告訴咱們說：『姐姐不知道，我並不是沒眼色，
> 想和尚們髒，恐怕氣味熏了姐姐們。』接著他喫茶，姐姐又要茶，
> 那個老婆子就拿了他的碗去倒。他趕忙說：『我喫髒了的，另洗了再
> 拿來。』這兩件上，我冷眼看去，原來他在女孩子們前，不管怎樣
> 都過的去，袛不大合外人的式，所以他們不知道。」（第六十六回，
> 第742～743頁。）

作者不讓賈府中的任何一個男人或女人，卻讓尤三姐說出這樣一段話，其用
意正是爲了突出尤三姐的識見非同一般。東觀閣梓行《新增批評繡像紅樓夢》

的評者在此感歎尤三姐有「識英雄的俊眼」，「寶玉又得一知己」，「實實知己之談」。〔註12〕作者有意通過興兒和尤二姐與之進行對比。興兒描述賈府中的其他人幽默風趣、細緻真切，但對小說的第一主人公、賈府的命根子寶玉的觀察卻失之皮相。這足以見出尤三姐獨具隻眼，見識卓特。王希廉《新評繡像紅樓夢全傳》第六十六回評曰：「興兒說寶玉『糊塗』是反襯尤三姐說寶玉『不糊塗』。」〔註13〕戚序本《石頭記》於此回後亦評曰：「尤三姐……能辨寶玉，能識湘蓮，活是紅拂、文君一流人物。」〔註14〕

　　小說對尤三姐識見超出眾人的描寫不獨見於此處。以上所述她站在炕上笑罵賈氏兄弟一段已有所表現。一開始即道破他們花言巧語哄騙她們姐妹二人尋歡作樂的真實用心，和賈璉怕老婆，偷娶尤二姐，不敢聲張之窘態。並且能「逆料後來，明如觀火。」〔註15〕對尤二姐說：「他家有一個極利害的女人，如今瞞著他不知，咱們方安；儻或一日他知道了，豈肯干休，勢必有一場大鬧，不知誰生誰死。」（第六十五回，第736頁。）她對尤二姐與王熙鳳之間將要發生的事情「無一層不料到」，「其見識直高出乃姐萬萬倍。」〔註16〕

　　尤三姐有見識、有膽量，「自命頗高，亦能担得斤兩」，〔註17〕故而處事應世獨立自主，果斷剛烈，不願受人挾制。傳統社會中女子無權決定自己的終身大事，全由長輩作主，但尤三姐不同，她要掌管自己：

> 我也要自尋歸結去，方是正禮。但終身大事，一生至一死，非同兒戲。我如今改過守分，衹要我揀一個素日可心如意的人方跟他去。若憑你們揀擇，雖是富比石崇，才過子建，貌比潘安的，我心裏進不去，也白過了一世。（第六十五回，第737～738頁。）

---

〔註12〕曹雪芹《新增批評繡像紅樓夢》（東觀閣評本）第六十六回側批。轉引自曹立波著《紅樓夢東觀閣本研究》北京：北京圖書館出版社，2004年1月版，第322頁。

〔註13〕見朱一玄編《紅樓夢資料彙編》天津：南開大學出版社，2001年10月版，第630頁。

〔註14〕見朱一玄編《紅樓夢資料彙編》天津：南開大學出版社，2001年10月版，第496頁。

〔註15〕第六十五回張新之批語。見馮其庸纂校訂定《八家評批紅樓夢》中冊，北京：文化藝術出版社，1991年9月版，第1618頁。

〔註16〕第六十五回眉批。見馮其庸纂校訂定《八家評批紅樓夢》中冊，北京：文化藝術出版社，1991年9月版，第1618頁。

〔註17〕第六十五回眉批。見馮其庸纂校訂定《八家評批紅樓夢》中冊，北京：文化藝術出版社，1991年9月版，第1618頁。

當她擇定柳湘蓮之後，尤二姐向賈璉說道：

> 「三妹子他從不會朝更暮改的。他已說了改悔，必是改悔的。
> 他已擇定了人，你祇要依他就是了。」賈璉忙問是誰。尤二姐笑道：
> 「這人此刻不在這裡，不知多早才來，也難為他眼力。他自己說了：
> 這人一年不來，他等一年；十年不來，等十年；若這人死了，再不
> 來了，他情願剃了頭當姑子去，喫長齋念佛，以了今生。」（第六十
> 六回，第 743 頁。）

賈璉擔心柳湘蓮萍蹤浪跡，不知何年才能見到他，白白耽擱她的青春。但尤
三姐一旦決定之後，再不改悔。三軍可奪帥，然而「匹婦不可奪志」。〔註18〕
「有定識，有遠見，吾服其人矣。」〔註19〕小說再次借尤二姐之口說道：

> 「我們這三丫頭，說的出來，幹的出來。他怎樣說，祇依他便
> 了。」二人正說之間，祇見尤三姐走來說道：「姐夫，你祇放心。我
> 們不是那心口兩樣的人，說什麼是什麼。若有了姓柳的來，我便嫁
> 他。從今日起，我喫齋念佛，祇伏侍母親，等他來了，嫁了他去。
> 若一百年不來，我自己修行去了。」說著，將一根玉簪敲作兩段，「一
> 句不真，就如這簪子。」說罷，回房去了，真個竟非禮不動，非禮
> 不言起來。（第六十六回，第 744 頁。）

東觀閣評本謂尤三姐為「女中丈夫」。〔註20〕大某山民姚燮評曰「剛決之至」，
「裝頭話便尖利異常，宛似《水滸傳》中武二郎口吻，捫之字字有棱。」〔註21〕
做事果斷而不游移，是受人肯定的典型的男性性格特徵。從以上引文可以看出
尤三姐這方面的表現是非常突出的。

　　以上所述小說對尤三姐性格的刻畫，其實還都屬於必要的鋪墊。尤三姐
性格塑造的最後完成，也即畫龍點睛之筆，則是尤三姐拔劍自刎一節。尤三

---

〔註18〕曹雪芹《新增批評繡像紅樓夢》（東觀閣評本）第六十六回側批。轉引自曹立
　　　波著《紅樓夢東觀閣本研究》北京：北京圖書館出版社，2004 年 1 月版，第
　　　322 頁。
〔註19〕第六十五回眉批。見馮其庸纂校訂定《八家評批紅樓夢》中冊，北京：文化
　　　藝術出版社，1991 年 9 月版，第 1620 頁。
〔註20〕曹雪芹《新增批評繡像紅樓夢》（東觀閣評本）第六十六回側批。轉引自曹立
　　　波著《紅樓夢東觀閣本研究》北京：北京圖書館出版社，2004 年 1 月版，第
　　　322 頁。
〔註21〕第六十六回側批、眉批。見馮其庸纂校訂定《八家評批紅樓夢》中冊，北京：
　　　文化藝術出版社，1991 年 9 月版，第 1635 頁。

姐得知湘蓮悔婚：

> 連忙摘下劍來，將一股雌鋒隱在肘後，出來便說：「你們不必出
> 去再議，還你的定禮。」一面淚如雨下，左手將劍並鞘送與湘蓮，
> 右手回肘，衹望項上一橫，可憐「揉碎桃花紅滿地，玉山傾倒再難
> 扶」，芳靈蕙性，渺渺冥冥，不知那裡去了。（第六十六回，第 748
> 頁。）

隨著尤三姐花容玉骨的傾倒，她果斷剛烈的形象更加生動起來。這一段描寫贏
得無數讀者的唏噓感歎：「剛烈之至」，〔註22〕「俠哉三姐，竟夭天年」，〔註23〕
「憤拔雙鋒劍」〔註24〕、「劍揮神颸爽」。〔註25〕周澍《紅樓新詠》之《哭尤三
姐》詩云：「色偏妖豔性偏剛，巾幗從來有俠腸。聘納龍泉欣得壻，讚成貝錦
怕羞郎。綠鬟竟斷鋒三尺，紅粉終無淚兩行。縱使臨邛方士覓，人間天上總
茫茫。」〔註26〕「色妖豔」、「性偏剛」、巾幗而俠腸，這些具有不同屬性的東
西組合在一起，給人造成了一種特殊的刺激。姜祺《紅樓夢詩》：「三尺龍泉
恁定情，鏡臺遠獻兆輕生。柳花漂泊空牽惹，千里良緣一劍橫。」〔註27〕尤
三姐雖有淫行，但知過能改，再不動搖，亦可謂之節烈。傳統文化對節烈女
子的讚美向來都不吝嗇，所以尤三姐最終贏得了眾人的感歎和讚賞。

尤三姐拔劍自刎，剛烈果斷地剖白了自己。她的一生雖不算轟轟烈烈，
卻也聲有色，豪爽任氣，大有男兒之風。「三姐直是《水滸》中之武行者。」
〔註28〕武松之比，良有以也。「尤三姐性情激烈，女中丈夫也。……《易》云：
『二女同居，其志不同行。』其三姐之謂與？至其相郎也，獨具隻眼，物色
於塵埃中，而自得快壻，豈亦因柳湘蓮偶爲優孟，有一種激昂忼慷之情，暗

---

〔註22〕第六十六回側批。見馮其庸纂校訂定《八家評批紅樓夢》中冊，北京：文化
　　　　藝術出版社，1991 年 9 月版，第 1641 頁。

〔註23〕曹雪芹《新增批評繡像紅樓夢》（東觀閣評本）第六十六回側批。轉引自曹立
　　　　波著《紅樓夢東觀閣本研究》北京：北京圖書館出版社，2004 年 1 月版，第
　　　　323 頁。

〔註24〕清・闕名《紅樓夢百美吟》，見一粟編《紅樓夢資料彙編》北京：中華書局，
　　　　1964 年 1 月版，第 515 頁。

〔註25〕清・丁嘉琳《紅樓夢百美吟》，見一粟編《紅樓夢資料彙編》北京：中華書局，
　　　　1964 年 1 月版，第 516 頁。

〔註26〕見一粟編《紅樓夢資料彙編》北京：中華書局，1964 年 1 月版，第 491 頁。

〔註27〕見一粟編《紅樓夢資料彙編》北京：中華書局，1964 年 1 月版，第 481 頁。

〔註28〕第六十五回眉批。見馮其庸纂校訂定《八家評批紅樓夢》中冊，北京：文化
　　　　藝術出版社，1991 年 9 月版，第 1616 頁。

投其臭味與？迨既聘以劍，旋復見疑，舉平日之屈抑而不得伸者，一朝發之。苟非自劌其頸，不足以表白於天下。嗚呼！其劍已化龍耶？不然，何以有驚雷怒濤，奔騰於粉白黛綠之地也？」〔註29〕這些論述所突出的正是她所秉具的男性化的氣質。

為了對尤三姐的性別角色有更為清楚細緻的瞭解，筆者再用修訂之後的貝姆性別角色量表（BSRI），對其性格當中的男性化性格特徵和女性性格特徵進行一次精細的測量：

**尤三姐男性性格特徵和女性性格特徵的數據對比：**

| 社會所希冀的男性特徵 | 得　分 | 社會所希冀的女性特徵 | 得　分 |
| --- | --- | --- | --- |
| （1）自立的 | 6 | （1）有感情的 | 7 |
| （2）堅守自己信念的 | 5 | （2）受人讚賞的 | 4 |
| （3）獨立的 | 7 | （3）忠誠的 | 7 |
| （4）武斷的 | 6 | （4）有同情心的 | 4 |
| （5）個性強的 | 6 | （5）對他人的需要敏感的 | 4 |
| （6）有力的 | 6 | （6）善解人意的 | 4 |
| （7）分析能力強的 | 6 | （7）憐憫他人的 | 4 |
| （8）有領導能力的 | 3 | （8）樂於撫慰受傷害情感的 | 4 |
| （9）愛冒險的 | 4 | （9）熱情的 | 5 |
| （10）果斷的 | 6 | （10）文雅的 | 2 |
| （11）有立場的 | 5 | （11）愛孩子的 | 4 |
| （12）進取的 | 4 | （12）溫柔的 | 4 |
| （13）有競爭心的 | 5 | | |
| （14）有雄心的 | 4 | | |

尤三姐男性特徵得分為73，除以14，約得5.21分；女性特徵得分為53，除以12，約得4.42分。尤三姐的男性心理特徵高於4.9的中值，女性心理特徵低於4.9的中值，故尤三姐的心理性別應該為男性化的類型。

這些數據對以上的文字論述是一種更為清晰化的說明。不同論證方式得出了相同的結論。總之，尤三姐的性別角色從整體上來看屬於男性化的類型。

---

〔註29〕清·二知道人《紅樓夢說夢》，見一粟編《紅樓夢資料彙編》北京：中華書局，1964年1月版，第95～96頁。

## 第二節　敢作敢爲、跋扈剛烈的司棋

《紅樓夢》中有關司棋的故事不是很多，主要有發生在第六十一、七十一、七十二、七十四和九十二回之中的大鬧廚房和戀愛風波。與尤三姐一樣，雖然有關的文字不多，但其敢作敢爲的剛烈形象卻比較鮮明。

賈府四位小姐的侍婢名字分別爲抱琴、司棋、侍書、入畫。琴、棋、書、畫，四者合在一起蘊含著一種濃厚的文化意味。但是，每個名詞前面的動詞——「抱」、「司」、「侍」、「入」，其意義指向卻大不相同。迎春性格內向，喜靜不喜鬧，故以下圍棋養性消遣。司棋的名字可能就是因她平日裏多伺候迎春下棋而取的。不過她的名字，用的不是「伺候」之「伺」，而是「司理」之「司」，有掌管之意。作爲丫鬟理應「伺候」，而不是掌管。這裡也許是在暗示掌管迎春本人日常生活的人不是迎春，而一定程度上是她的丫鬟司棋。張新之《評註金玉緣》在第六十一回「司棋姐姐說要碗雞蛋燉得嫩嫩的」處批曰：「特借其婢要雞蛋以演出之……是以奴定主法，而即司棋本傳。」〔註30〕司棋雖是侍婢，但她卻敢作敢爲，甚至有飛揚跋扈之嫌，剛烈有餘，而柔順不足。與其餘三位丫鬟相比，顯得有棱角，不屈服。其性格正與主子迎春形成鮮明的對照。

第六十一回司棋派小丫頭蓮花兒到廚房要一碗「燉得嫩嫩」的雞蛋，遭到了管理廚房的柳家的故意刁難。蓮花兒賭氣回去，添油加醋，告訴司棋。「司棋聽了，不免心頭火起」，率著一群小丫頭子們前往廚房向柳家的興師問罪：

> 見他來的勢頭不好，都忙起身陪笑讓坐。司棋便喝命小丫頭子動手，「凡箱櫃所有的菜蔬，祇管丟出來喂狗，大家賺不成。」小丫頭子們巴不得一聲，七手八腳搶上去，一頓亂翻亂擲的。慌的眾人一面拉勸，一面央告司棋……司棋被眾人一頓好言，方將氣勸的漸平。小丫頭們也沒得摔完東西，便拉開了。司棋連說帶罵，鬧了一回，方被眾人勸去。柳家的祇好摔碗丟盤，自己咕嘟了一回，蒸了一碗雞蛋令人送去。司棋全潑了地下了。那人回來也不敢說，恐又生事。（第 674 頁。）

司棋不過是迎春的侍婢，卻爲一碗雞蛋羹大鬧賈府廚房。姚燮評曰：「司棋何

---

〔註30〕見〔美〕浦安迪編釋《紅樓夢批語偏全》北京：北京大學出版社，2003 年 7 月版，第 312 頁。

一橫至此！」張新之評曰「寫司棋第一登場如此，而橫恣如見。」〔註31〕司棋一個奴才，其地位並不比廚房總管柳家的高到哪裡。她「前兒要喫豆腐」，「今兒要雞蛋」，雖然遭到柳家的故意刁難，但爲一碗雞蛋羹而興師動眾，也不十分得體。有人評曰：「就此看來，司棋亦不是安分的東西！一個女孩兒，其不顧臉面者如此，他可知矣。」〔註32〕如果拿她與探春和寶釵一比，其高下立見。柳家的說：

> 連前兒三姑娘和寶姑娘偶然商議了，要喫個油鹽炒构杞芽兒來，現打發個姐兒拿著五百錢來給我。我倒笑起來了，說二位姑娘就是大肚子彌勒佛，也喫不了五百錢的去，這三二十個錢的事，還預備的起。趕著我送回錢去，到底不收，說賞我打酒喫。又說：「如今廚房在裏頭，保不住屋裏的人不去叨登。一鹽一醬，那不是錢買的。你不給又不好，給了你又沒的賠。你拿著這個錢，全當還了他們素日叨登的東西窩兒。」這就是明白體下的姑娘。（第 673～674 頁。）

論作事得體，司棋固然不能與探春、寶釵相提並論，但就大鬧廚房一事而言，司棋敢作敢爲的性格卻表現得相當充分，甚至有飛揚跋扈、蠻橫霸道之嫌。她不但不能與嚴於律己的探春和寶釵同日而語，她的這種作爲和性格也不符合一個丫鬟的身份，更不符合傳統文化對一個女孩子的要求。

另一則能表現司棋敢作敢爲性格的事件是她與潘又安的戀愛風波。司棋與她的姑表兄弟潘又安自幼便私訂終身。買通園內老婆子們留門看道，兩人便在大觀園內幽期密約。即使後來被王熙鳳抓到物證，但「高大豐壯身材的」（第七十一回，第 808 頁）司棋也不膽怯、不屈服，既沒有慌亂無主，也沒有痛哭下跪求饒。「鳳姐見司棋低頭不語，也並無畏懼慚愧之意，倒覺可異。」（第七十四回，第 844 頁。）寥寥數字，寫出了司棋性格的倔強和敢作敢當。王希廉在重刻《增評補圖石頭記》中於此處批曰：「想司棋此時已定了主意。」〔註33〕司棋此時的冷靜沈著與其表兄弟潘又安在私情被鴛鴦撞破之後，就畏懼潛逃形成了鮮明的對比。洪秋蕃《紅樓夢抉隱》

---

〔註31〕見馮其庸纂校訂定《八家評批紅樓夢》中冊，北京：文化藝術出版社，1991年 9 月版，第 1486 頁。

〔註32〕見馮其庸纂校訂定《八家評批紅樓夢》中冊，北京：文化藝術出版社，1991年 9 月版，第 1486 頁。

〔註33〕見〔美〕浦安迪編釋《紅樓夢批語偏全》北京：北京大學出版社，2003 年 7 月版，第 378 頁。

評曰：「司棋見事已敗露，低頭不語，並無畏懼慚愧。蓋已胸有成竹，豈同庸懦之人。嗚呼俠矣！」〔註34〕

司棋作爲一個年輕女孩子，對於這件事居然並「無畏懼慚愧之意」。查獲贓物，她所表現出來的倔強冷靜、敢做敢當，大鬧廚房時她所表現出來的飛揚跋扈和蠻橫霸道，與傳統文化中一個女孩子的行爲規範相距甚遠，而呈現出男性化的特點。

司棋本來希望迎春能爲自己說些好話，以免被趕出大觀園。但懦弱、綽號爲「二木頭」的迎春卻隨人擺佈，無可如何。與迎春相反，身爲奴才的司棋其後卻表現出掌握自己命運的強烈意願。自己不能作主，則以死繼之。其寧折不彎的剛烈之舉讓人震驚。第九十二回寫到：

> 自從司棋出去，終日啼哭。忽然那一日他表兄來了，他母親見了，恨得什麼是的，說他害了司棋，一把拉住要打。那小子不敢言語。誰知司棋聽見了，急忙出來，老著臉和他母親道：「我是爲他出來的，我也恨他沒良心。如今他來了，媽要打他，不如勒死了我。」……「一個女人配一個男人。我一時失了腳上了他的當，我就是他的人了，決不肯再失身給別人的。我恨他爲什麼這樣膽小。一身作事一身當，爲什麼要逃。就是他一輩子不來了，我也一輩子不嫁人的。媽要給我配人，我原拚著一死的。今兒他來了，媽問他怎麼樣，若是他不改心，我在媽跟前磕了頭，祇當是我死了，他到那裡我跟到那裡，就是討飯喫也是願意的。」（第1042頁。）

妙復軒評本《評註金玉緣》，在此有夾批云：「侃侃而談，便立一篇紅拂影傳……」〔註35〕張新之在此把她與女中豪傑紅拂相類比，一定意義上也可以說明司棋性格的男性化特徵。

> 她媽氣得了不得，便哭著罵著說：「你是我的女兒，我偏不給他，你敢怎麼著！」那知道那司棋這東西糊塗，便一頭撞在牆上，把腦袋撞破，鮮血直流竟死了。（第1042頁。）

涂瀛《紅樓夢論贊·司棋贊》云：「從古以過而創爲奇節者，君子悲其志，未嘗不諒其人。司棋失身潘又安，過已。乃竟一其心相待，以死繼之。非節非

---

〔註34〕見馮其庸纂校訂定《八家評批紅樓夢》中冊，北京：文化藝術出版社，1991年9月版，第1830頁。

〔註35〕見〔美〕浦安迪編釋《紅樓夢批語偏全》北京：北京大學出版社，2003年7月版，第453頁。

烈，何莫非節非烈也！」〔註36〕涂瀛雖云司棋與潘又安私定終身，不合禮法，但最終還是肯定了她的氣節和剛烈的行為。重刻《增評補圖石頭記》王希廉總評曰：「司棋之死與尤三姐激烈相似。」〔註37〕無論前人還是今人都常常把她與尤三姐相提並論。這都說明了司棋與尤三姐性格的某些相近之處。

以上所舉發生在司棋身上的故事，說明了她性格當中有著倔強冷靜、敢作敢為、飛揚跋扈和蠻橫霸道等男性化的特徵。下面筆者再用貝姆性別角色量表從整體上對司棋的男性化性格特徵和女性性格特徵給予量化分析：

**司棋男性性格特徵和女性性格特徵的數據對比：**

| 社會所希冀的男性特徵 | 得　分 | 社會所希冀的女性特徵 | 得　分 |
|---|---|---|---|
| （1）自立的 | 5 | （1）有感情的 | 7 |
| （2）堅守自己信念的 | 5 | （2）受人讚賞的 | 4 |
| （3）獨立的 | 5 | （3）忠誠的 | 7 |
| （4）武斷的 | 6 | （4）有同情心的 | 4 |
| （5）個性強的 | 6 | （5）對他人的需要敏感的 | 4 |
| （6）有力的 | 5 | （6）善解人意的 | 4 |
| （7）分析能力強的 | 5 | （7）憐憫他人的 | 4 |
| （8）有領導能力的 | 5 | （8）樂於撫慰受傷害情感的 | 4 |
| （9）愛冒險的 | 5 | （9）熱情的 | 5 |
| （10）果斷的 | 6 | （10）文雅的 | 4 |
| （11）有立場的 | 5 | （11）愛孩子的 | 4 |
| （12）進取的 | 4 | （12）溫柔的 | 4 |
| （13）有競爭心的 | 5 | | |
| （14）有雄心的 | 4 | | |

司棋男性特徵得分為 71，除以 14，約得 5.1 分；女性特徵得分為 55，除以 12，約得 4.58 分。司棋的男性心理特徵高於 4.9 的中值，女性心理特徵低於 4.9 的中值，故司棋的心理性別應該為男性化的。

---

〔註36〕見一粟編《紅樓夢資料彙編》北京：中華書局，1964 年 1 月版，第 138 頁。
〔註37〕見〔美〕浦安迪編釋《紅樓夢批語偏全》北京：北京大學出版社，2003 年 7 月版，第 452 頁。

　　這些數據進一步印證了司棋男性化性格的文字分析。總的來說，司棋的性別角色應該屬於男性化這一類型。

## 第三節　驕狂任性、惹事生非的芳官

　　《紅樓夢》中的十二個學戲的女孩子，雖是最底層的小人物，但作者對她們的刻畫卻十分用心。芳官是「紅樓」十二個小優伶中最為活潑任性的女孩兒。她的名字第一次出現在第五十四回元宵夜宴之時。

　　作者對她外貌的特寫是王熙鳳、賈寶玉和林黛玉出場才有的待遇。作者對這一個小人物的鍾愛可見一斑。第六十三回這樣寫到：

> 芳官滿口嚷熱，祇穿著一件玉色紅青酡絨三色緞子鬥的水田小夾襖，束著一條柳綠汗巾；底下水紅撒花夾褲，也散著褲腿；頭上眉額編著一圈小辮，總歸至頂心，結一根鵝卵粗細的總辮，拖在腦後；右耳眼內祇塞著米粒大小的一個小玉塞子，左耳上單帶著一個白果大小的硬紅鑲金大墜子：越顯的面如滿月猶白，眼如秋水還清。引的眾人笑說：「他兩個倒像是雙生的弟兄兩個。」（第 701～702 頁。）

作者對她的描寫可謂詳細。從頭到腳細寫芳官的服飾，細到連芳官「右耳眼內祇塞著米粒大小的一個小玉塞子」，都要寫出來。這些描寫猶如第三回描寫寶玉出場的過程：寫完了繁複的服飾之後再寫面容。芳官的容貌與寶玉非常相似。這裡描寫芳官是「越顯的面如滿月猶白，眼如秋水還清」。第三回裏的寶玉是「面若中秋之月，色如春曉之花，鬢若刀裁，眉如墨畫，面如桃瓣，目若秋波。」作者唯恐讀者沒注意其用心，又特意借眾人之口點出她與寶玉「倒像是雙生的弟兄兩個」。儘管寶玉帶有一些女性氣質，但他畢竟是大觀園中的唯一的男人，而且作者絕對沒有，也絕不可能有把寶玉寫成女性的用意。男人的生理結構決定了賈寶玉男性的外貌和氣質特徵。作者對賈寶玉表現出的女性化氣質的特點描寫，如前所論祇不過是通過大觀園中這唯一的男人對女性的態度來表達他對女性文化某些特徵的肯定和他對理想的文化類型的預想。如此看來，作者濃墨重彩描寫芳官的外貌，特別指出她與大觀園中這唯一的男人賈寶玉極為相像，絕對不是閒閒之筆。

　　難道作者是有意突出芳官具有某些男性化的特徵？第六十三回接下來的描寫進一步證明了這一點：

（寶玉）因又見芳官梳了頭，挽起纂來，戴了些花翠，忙命他改妝：又命將周圍的短髮剃了去，露出碧青頭皮來，當中分大頂。又說：「冬天作大貂鼠臥兔兒戴。腳上穿虎頭盤雲五彩小戰靴；或散著褲腿，祇用淨襪厚底鑲鞋。」又說：「芳官之名不好，竟改了男名才別緻。」因又改作「雄奴」。芳官十分稱心，便說：「既如此，你出門也帶我出去。有人問，祇說我和茗煙一樣的小廝就是了。」寶玉笑道：「到底人看的出來。」芳官笑道：「我說你是無才的。咱家現有幾家土番，你就說我是個小土番兒。況且人人說我打聯垂好看，你想這話可妙？」寶玉聽了，喜出意外，忙笑道：「這卻很好。我也常見官員人等，多有跟從外國獻俘之種，圖其不畏風霜，鞍馬便捷。既這等再起個番名，叫作『耶律雄奴』。」（第 709～710）

寶玉把芳官打扮成男孩子的模樣，給她改了一個男性化的名字「雄奴」。芳官對此感到「十分稱心」，並且還要寶玉像對待小廝茗煙一樣帶她出去，伴其鞍前馬後。芳官的這些表現雖有小孩子淘氣的成份在內，但不能說此中沒有內心對男性特徵的認同。在這一點上，芳官似乎有著湘雲的影子。本回又言：

湘雲素習憨戲異常，他也最喜武扮的，每每自己束鸞帶，穿摺袖。近見寶玉將芳官扮成男子，他便將葵官也扮了個小子。（第 710 頁。）

男性化的打扮也是湘雲平時的最愛。二人可謂情趣相投。湘雲有著比較突出的男性化的性格特徵。（本編第九章將會論及。）芳官與湘雲這方面的相似之處，也正好可以說明芳官有著比較明顯的男性化的性格因素。

芳官與湘雲不但在妝扮上有著相近的心理要求，而且在其他方面還有著一些相似之處。第六十三回「壽怡紅群芳開夜宴」，眾人還沒安席，芳官便急不可耐地與寶玉劃起拳來。芳官喝酒也不像大多數女孩子那樣斯文，而是一仰而盡。「寶玉先飲了半杯，瞅人不見，遞與芳官，端起來便一揚脖。」芳官喝酒乾淨利落，大概也算得上是豪飲了。結果夜宴還沒結束，她就醉得不省人事，直與寶玉同榻而眠。

芳官喫的兩腮胭脂一般，眉稍眼角越添了許多丰韻，身子圖不得，便睡在襲人身上道：「好姐姐，心跳的很。」襲人笑道：「誰許你盡力灌起來！」……襲人見芳官醉的很，恐鬧他唾酒，祇得輕輕起來，就將芳官扶在寶玉之側，由他睡了。自己卻在對面榻上倒

下。大家黑甜一覺，不知所之。及至天明……祇見芳官頭枕著炕沿
上，睡猶未醒。（第 706 頁。）

小說中對芳官喝酒的描寫，與史湘雲猜拳行令、醉臥芍藥裀，以及蘆雪广腥
膻大嚼的表現有相近之處。似乎在芳官的身上看到了湘雲的氣度。芳官猜拳
行令、醉酒睡臥的描寫，雖不如湘雲那樣風雅曼妙，但芳官在這一過程中所
表現出的男性化的行爲特徵倒是並不見弱。

第五十八回芳官因洗頭之事與她乾娘發生爭吵。此事進一步表現出她不
像大多數女孩子安靜省事：

> 一時，芳官又跟了他乾娘去洗頭，他乾娘偏又先叫了他親女兒
> 洗過了後，才叫芳官洗。芳官見了這般，便說他偏心，「把你女兒的
> 剩水給我洗。我一個月的月錢都是你拿著，沾我的光不算，反倒給
> 我剩東剩西的。」他乾娘羞愧變成惱，便罵他：「不識擡舉的東西！
> 怪不得人人說戲子沒一個好纏的，憑你甚麼好人，入了這一行，都
> 弄壞了。這一點子猴崽子，挑么挑六，鹹嘴淡舌，咬群的騾子似的。」
> 娘兒兩個吵起來。襲人忙打發人去說：「少亂嚷。瞅著老太太不在家，
> 一個個連句安靜話也不說了。」晴雯因說：「都是芳官不省事，不知
> 狂的什麼。也不過是會兩齣戲，倒像殺了賊王，擒了反叛來的。」
> （第 647～648 頁。）

芳官這次與其乾娘發生爭執，責任並不全在芳官。若僅就此事，晴雯的批評
雖有不分青紅皂白之嫌，但就芳官平時的所作所爲而言，晴雯所說卻是事實，
並且點到了芳官的要害。任性驕狂、不安靜守分正是芳官的性格特點。自從
芳官被指與寶玉，到了怡紅院以後，確實給寶玉添了不少的麻煩。芳官爲了
洗頭之事與她乾娘之間的矛盾，吵鬧得寶玉、襲人、晴雯、麝月等人都出了
場。接著是茉莉粉、薔薇硝之事，沒有一件不與芳官相關。

第六十回芳官來廚房告訴柳家媳婦關於晚飯的事。柳家媳婦趁便邀芳官
到廚房看看：

> 芳官才進來，忽有一個婆子手裏托著一碟糕來，芳官便戲道：「誰
> 買的熱糕，我先嘗一塊兒。」蟬姐一手接了道：「這是人家買的。你
> 們還稀罕這個。」柳家的見了，忙笑道：「芳姑娘，你喜喫這個，我
> 這裡有。才買下給你姐姐喫的，他不曾喫，還收在那裡乾乾淨淨沒
> 動呢。」說著，便拿了一碟出來，遞與芳官，又說：「你等我進去替

你頓口好茶來。」一面進去,現通開火頓茶。芳官便拿著那糕問到蟬姐臉上說:「稀罕喫你那糕!這個不是糕不成!我不過說著頑罷了,你給我磕個頭我也不喫。」說著,便把手內的糕一塊一塊的掰了,擲著打雀兒頑,口內笑說:「柳嫂子,你別心疼,我回來買二斤給你。」(第 666～667 頁。)

這一故事把芳官任性驕狂的性格表現得淋漓盡致。她擲糕打雀的行為大有晴雯撕扇之風。同一回因薔薇硝之事,趙姨娘來到怡紅院向芳官興師問罪:

芳官挨了兩下打,那裡肯依,便撞頭打滾,潑哭潑鬧起來,口內便說:「你打得起我麼!你照照那模樣兒再動手。我叫你打了去,我還活著!」便撞在懷裏叫他打。眾人一面勸,一面拉他。……趙姨娘反沒了主意,祇好亂罵。蕊官藕官兩個一邊一個抱住左右手;葵官豆官前後頭頂住;四人祇說:「你祇打死我們四個就罷。」芳官直挺挺躺在地下,哭得死過去。(第 664 頁。)

芳官的任性驕狂,夾雜著憨稚無知。如果說史湘雲是大觀園的「假小子」,那麼芳官倒像是《紅樓夢》中的一個無知任性的「傻小子」。

按照傳統社會中嚴格的閨範來衡量,芳官的表現簡直與之格格不入。其驕憨無知甚至勝過有一定教養的男孩子。第六十二回寶玉告訴她晚上準備喝酒,現在不要賴在床上不起。她的回答是「若是晚上喫酒,不許教人管著我,我要盡力喫夠了才罷。」果然,夜宴怡紅,她恣情縱飲,醉得人事不知。她平時驕憨恃能,不安靜守分,就連寶玉都承認她「未免倚強壓倒了人」。麝月亦云:「提起淘氣,芳官也該打幾下」。她的驕狂恃強最終導致王夫人決定把她趕出大觀園。第七十七回王夫人批評她說:「你連你乾娘都欺倒了,豈止別人!」「該安分守己才是。你就成精鼓搗起來,調唆著寶玉無所不為。」芳官秉性難改,依然桀驁不馴,不服從讓其乾娘領出配人的安排,寧可跟了水月菴的智通出家。

芳官的男性化性格特徵是比較明顯的。用修訂之後的貝姆性別角色量表數據化之後,她的性別角色又呈現怎樣的情況呢?

**芳官男性性格特徵和女性性格特徵的數據對比:**

| 社會所希冀的男性特徵 | 得　分 | 社會所希冀的女性特徵 | 得　分 |
| --- | --- | --- | --- |
| (1) 自立的 | 5 | (1) 有感情的 | 5 |

| （2）堅守自己信念的 | 5 | （2）受人讚賞的 | 4 |
|---|---|---|---|
| （3）獨立的 | 6 | （3）忠誠的 | 5 |
| （4）武斷的 | 5 | （4）有同情心的 | 4 |
| （5）個性強的 | 7 | （5）對他人的需要敏感的 | 4 |
| （6）有力的 | 4 | （6）善解人意的 | 4 |
| （7）分析能力強的 | 4 | （7）憐憫他人的 | 4 |
| （8）有領導能力的 | 4 | （8）樂於撫慰受傷害情感的 | 4 |
| （9）愛冒險的 | 4 | （9）熱情的 | 5 |
| （10）果斷的 | 5 | （10）文雅的 | 5 |
| （11）有立場的 | 6 | （11）愛孩子的 | 4 |
| （12）進取的 | 4 | （12）溫柔的 | 5 |
| （13）有競爭心的 | 5 |  |  |
| （14）有雄心的 | 5 |  |  |

　　芳官的男性心理特徵之和為 69 分，除以 14，約得 4.93 分。女性心理特徵之和為 53，除以 12，約得 4.42 分。芳官男性心理特徵高於 4.9 的中值，女性心理特徵低於 4.9 的中值。所以芳官的社會性別角色應該屬於男性化的性格類型。

　　總之，芳官的性別角色整體上呈現出男性化的特徵。

# 第八章　賈探春的雙性化性格

　　探春和王熙鳳是小說正面展示的兩位真正的強者，也是正面展示其實際才幹最多的兩位紅樓女性。一個被稱作「巡海夜叉」，一個被稱作好看扎手的「玫瑰花」。這兩個綽號雖褒貶不同，卻顯示出二人具有某種相似的性格特徵：英爽堅毅的品質和敢作敢為的陽剛之氣。這種品質實際上是傳統文化和現代文明對男性的要求。

　　探春英敏果敢的特點早就有不少人注意到了。青山山農《紅樓夢廣義》云：「寶玉溫柔如女子態，探春英斷有丈夫風。」〔註1〕二知道人稱：「探春是巾幗中李贄皇。探春神情態度，近於跋扈。」〔註2〕姜祺《紅樓夢詩》云：「一帆風雨海天來，爽氣秋高遠俗埃。脂粉本饒男子氣，錫名排玉合玫瑰。」詩後註云：「賈氏孫男俱從玉旁，玫瑰之名，恰有深意，不獨色香刺也。此獨具著眼處。」〔註3〕姜祺《紅樓夢詩》詠艾官時，又從另一個角度再次說出探春的這一性格特點：「艾艾如何上錦絪，應知觸羽不模糊。鬑鬑隊裏鬚眉氣，合伴人間女丈夫。」詩後註曰：「侍探春。色配外。」〔註4〕總之，古人評論探春，大多強調探春身上有著英敏果斷的政治家的風度，和敢作敢為的男子氣。現代人也有類似的評價。「探春的確是一位與眾不同的女性，在她的身上既有著女性的柔美，又時時透露出一種男性的英爽剛毅。」〔註5〕「賈探春的男子

---

〔註1〕見一粟編《紅樓夢資料彙編》北京：中華書局，1964年1月版，第211頁。
〔註2〕清・二知道人《紅樓夢說夢》，見一粟編《紅樓夢資料彙編》北京：中華書局，1964年1月版，第94頁。
〔註3〕見一粟編《紅樓夢資料彙編》北京：中華書局，1964年1月版，第478頁。
〔註4〕見一粟編《紅樓夢資料彙編》北京：中華書局，1964年1月版，第487頁。
〔註5〕張慶善、劉永良著《漫說紅樓・怎樣看探春對待趙姨娘的態度》北京：人民

氣質表現爲政治風度」，〔註6〕「似乎是對王熙鳳虎虎生氣的一種襯托，讀者可以在探春形象上看到另一種豹的敏銳和兇猛。探春是在眾姐妹中惟一一個具有王熙鳳氣質的強者，也是惟一一個敢於與王熙鳳公開抗衡的貴族小姐。」〔註7〕與此相類的評論很多。這些評論都直接或間接地指出了探春身上的男性化氣質。

以上這些評論大多屬於直感式的或隨意性的，缺少深入的論證和分析。筆者將從文本出發對探春身上的這一品質進行細緻、深入的分析。

## 第一節　賈探春性格當中的陽性特質

### （一）想成爲男人、立一番事業

一個人如果夢想著成爲什麼樣的人，應該說在其靈魂深處就會有著這種潛在的心理傾向。即使沒有明確的相應的行爲，也可以說他在心理上具有相應的潛在的品質。如果受這種心理傾向的影響，進而產生相應的行動，那麼他身上的這種品質就是相當明確的了。

探春理家時曾說：「我但凡是個男人，可以出得去，我必早走了，立一番事業，那時自有我一番道理；偏我是女孩家，一句多話也沒有我亂說的。」（第五十五回，第 604 頁。）她非常遺憾自己不是一個男人。她想要出去做一番什麼樣的事業呢？小而言之，齊家立業；大而言之，安邦定國。而修身、齊家、治國、平天下，歷來就是傳統文化對男人的要求。女人則應該相夫教子，婦以夫貴。探春的這一願望顯然是越俎代庖式的「僭越」。一個女孩子，偏想成爲男人。她的這一強烈願望，已經可以說明她有著潛在的男性品質。

理家之時她對大觀園的種種弊端進行了大刀闊斧的改革，確實展現出了她治事的才幹。她有膽有識，堅毅明敏，雷厲風行，不徇私情。在她的強力推行下，大觀園一時間確實出現了一些新的氣象。其「齊家」的本領可以說在這一過程中得到了充分的展示。不過她畢竟不是一個男人，作爲一個女孩子她無法走出去，進一步實現治國、平天下的理想。儘管如此，她還是沒有

文學出版社，2000 年 5 月版，第 89 頁。

〔註6〕　薛瑞生《是眞名士自風流：史湘雲論》，載《紅樓夢學刊》1996 年第 3 輯，第 130 頁。

〔註7〕　李劼著《論紅樓夢：歷史文化的全息圖像》北京：新星出版社，2006 年 2 月版，第 34 頁。

停留在「齊家」這一層面。第三十七回她首倡發起「海棠詩社」。這一行為實際上已經超出了自我實現的道路上的「齊家」這一階段。組織社團，吟詩作賦，並不是女人的本分。這已經是大觀園中的她所能做到的極限了。她自我實現的願望，在大觀園中也祇能就此而止。可以相信這並不是她最終的理想。她甚至也不滿足於「立一番事業」，其遠大理想是要制訂「一番道理」。如果「一番事業」屬於「立功」的話，那麼，「一番道理」則屬於「立言」的範疇了。不過，無論所謂的「立功」還是「立言」，都祇是停留在她的夢想當中。因為她所追求的實際上是傳統文化和她所處的那個時代賦於男人的事業。

探春夢想著成為一個「立一番事業」的男人，但她畢竟屬於女性。這一事實更讓她有意無意地產生與男人一較短長的想法。她不像寶釵那樣認為女孩兒「祇該做些針線紡績的事」。在她看來男人的事情，她也可染指。第三十七回發起詩社時，她在給寶玉的信上說：「孰謂蓮社之雄才，獨許鬚眉，直以東山之雅會，讓余脂粉。」（第 389 頁。）這是公開向男人「叫板」，立志要蓋過男子。在她的倡導下，「海棠詩社」順利成立。黃昌麟《紅樓夢二百詠》詠探春云：「磊落襟期不自誇，才華長此壓群邪。詩壇韻事誠千古，風味居然學謝家。」〔註8〕「她夢想著她是一個男人，祇要一有機會，她便要把她的男人氣質和這種願望表露出來」〔註9〕

成為男人、出去成就一番事業，這是探春最為強烈的願望。這一願望清楚地說明了她心靈當中有著相當突出的陽性特質。她這種突出的陽性特質自然會使其言語行事表現出較為明顯的男性氣質。

## （二）敢作敢為、勇於承當、爭強好勝

敢作敢為，勇於承擔責任無論是在傳統文化還是在現代文明中都是受人肯定的一種男性品質。這也是衡量一個人是否為一個成熟的男人或「男子漢」的標準。一個人應該承當則勇於承當，就會被認為「像一個男子漢」，否則就會為人所不齒。探春對大觀園中種種弊端的改革，和頂撞王熙鳳、王善保家的對大觀園的抄檢，充分顯示了她治事的才幹，和敢作敢為、勇於承當、爭強好勝的心理。

第五十五回趙姨娘纏著探春，要她利用手中權力徇私違例多開賞銀，給

〔註 8〕　見一粟編《紅樓夢資料彙編》北京：中華書局，1964 年 1 月版，第 499 頁。
〔註 9〕　劉大杰著《〈紅樓夢〉的思想與人物·探春的道路》上海：古典文學出版社，1957 年版，第 61 頁。

她造成一個難堪的局面。她流著眼淚說：「如今因看重我，才叫我照管家務。還沒有做一件好事，姨娘倒先來作踐我。儻或太太知道了，怕我爲難，不叫我管，那才正經沒臉，連姨娘也眞沒臉。」（第 605 頁。）她把這一場理家的成敗得失看成是一個「有臉沒臉」的事情。並且還時時警戒著不使自己落人褒貶。她爭強好勝的心性，有如王熙鳳協理寧國府的心理狀態。她雖然明白她的理家祇是臨時性的代理工作，但她並不滿足於維持一時的局面，而是趁此機會提出了對大觀園較有影響的新的管理方案，並且還著力推行。她首先借王熙鳳和賈寶玉作法，革除一些不必要的開支。這不是因例循舊的守成，而是對其前的成規進行的一次重要的變革。西園主人《紅樓夢論辨》云：「《紅樓》一書，分情事、合家國而作。以情言，此書黛玉爲重；以事言，此書探春最要。以一家言，此書專爲黛玉；以家喻國言，此書首在探春。……攝理家政，洞悉利弊，……李氏之蕭穆和雍，濟之以探春之剛毅果斷，才德兼施，賈氏之家政其能敗乎？……至於探春不知有母，阿附王夫人者，乃其深心大略，猶如狄懷英之附武氏，冀以一身見任。」〔註 10〕這次理家雖名義上是探春、李紈和寶釵三人共事，其實探春才是這一過程的實際決策者和操作者。這件事充分展示了探春敢作敢爲的膽略和勇於承當的氣度。

第七十四回「惑奸讒抄檢大觀園」，王熙鳳同王善保家的率領眾人來到秋爽齋時，探春「秉燭開門而待」。一見鳳姐，她就「冷笑道：

> 我們的丫頭自然都是些賊。我就是頭一個窩主。既如此，先來搜我的箱櫃，她們所偷了來的，都交給我藏著呢！……我的東西倒許你們搜閱；要想搜我的丫頭，這卻不能。我原比眾人歹毒，凡丫頭所有的東西，我都知道，都在我這裡間收著，一針一線，她們也沒的收藏。要搜，所以祇來搜我。你們不依，祇管去回太太，祇說我違背了太太，該怎麼處治，我去自領。（第 840 頁。）

這是一種當仁不讓，勇於承當的品質。胡文彬先生說：「探春不愧爲巾幗不讓鬚眉的女中大丈夫，有見識，有氣魄，不畏權勢。就敢於爲下屬承擔責任這一點來說，實在讓今日某些官僚們無地自容！」〔註 11〕「探春眞令人可敬可畏。」「三姑娘一番議論，有見識、有肝膽、有力量，擔肩得住，擡頭得起，

---

〔註 10〕 見一粟編《紅樓夢資料彙編》北京：中華書局，1964 年 1 月版，第 203～204 頁。

〔註 11〕 胡文彬著《生於末世運偏消：探春之「敏」與「怒」》，見《紅樓夢人物談——胡文彬論紅樓夢》北京：文化藝術出版社，2005 年版，第 67 頁。

問心得過。何物鳳兒，而欲與之抗衡耶？自檜以下無譏矣。」「氣壯詞嚴，使老奸魂褫魄懾。」〔註12〕「平日有作為 ，斯臨事有擔當，用世者其知之。」〔註13〕「抄檢大觀園」是王夫人受王善保家的蟲惑做出的決定。探春認為這是「自殺自滅」的開始。王善保家的等一群人自恃有太太的授意，耀武揚威，不可一世。平時恃寵弄權的王熙鳳也不能阻止，祇能消極跟隨。而探春則敢於「頂風作案」，不懼怕太太的處治，並且當眾給了王善保家的一記響亮的耳光。這真是該出手時就出手，欲力輓狂瀾的大丈夫作為。探春有敢作敢為的氣魄，有樂於承擔眾人之事的熱情，也有爭強好勝，不願屈居人下的心性。詩社本來是她發起的，但結果卻是李紈任社長，迎春出題限韻，惜春謄錄監場。她就說：「好好的我起了個主意，反叫你們三個來管起我來了。」（第三十七回，第 392 頁。）此話雖是玩笑，卻也透露出她似有不服之意。她搶著先做個東道主，而且必定要今日此刻。探春的這些表現都可以讓人看出，她有領袖群倫之欲。至於詩社的名稱、日期的規劃等，她都搶先發言，為之定調。「俗了又不好，忒新了，刁鑽古怪也不好。可巧才是海棠詩開端，就叫個『海棠社』罷。雖然俗些，因真有此事，也就不礙了。」（第三十七回，第 395 頁。）頗有一言九鼎，不可移易之意。

### （三）做人嚴正、讓人敬畏，有一種獨具的威儀

探春雖是年輕的女孩子，卻有一種獨具的威儀，形象端莊文雅，氣度恢宏開朗。她做人嚴正，不違例徇私，作風硬朗，無論日常生活，還是她掌權理家之時都是如此。她是唯一一個讓人敬畏的紅樓少女。

最能表現探春做人嚴正的，莫過第五十五回探春理家之時趙姨娘纏著她徇私違例多開賞銀之事了。儘管趙姨娘來到議事廳大鬧一場，最終也沒有改變探春的態度。她的嚴正在一些小事上也有所表現。探春自己的日常生活一向謹嚴。她要廚房做一碟值不到「三二十個錢」的「油鹽炒枸杞芽兒」，就「現打發個姐兒拿著五百錢來」。（第 673 頁。）不但她個人如此，她對自己丫鬟的管理也相當嚴格，這一點與迎春、惜春頗為不同。迎春的丫鬟司棋為了喫蒸雞蛋而大鬧廚房；惜春的丫鬟入畫偷存哥哥的銀物，竟然為此而獲罪。探

〔註12〕第七十四回眉批。見馮其庸纂校訂定《八家評批紅樓夢》中冊，北京：文化藝術出版社，1991 年 9 月版，第 1811、1813 頁。

〔註13〕第七十四回張新之批語。見馮其庸纂校訂定《八家評批紅樓夢》中冊，北京：文化藝術出版社，1991 年 9 月版，第 1811 頁。

春的丫鬟從沒有發生過類似的事情。第六十二回黛玉與寶玉說：「你家三丫頭倒是個乖人。雖然叫他管些事，倒也一步兒不肯多走。差不多的人就早作起威福來了。」（第692頁。）探春擁權慎用，守禮知度，顯然不同於鳳姐的「逸才逾蹈」，〔註14〕擅作威福。做人如此嚴正，贏得他人的敬畏也就在情理之中了。

　　探春出身沒有元春身份高貴，也不及王熙鳳那樣兇猛潑辣，但她自有一種獨具的威儀。第七十四回抄檢大觀園，她認為這是自殺自滅的徵兆和開始，也感到自己的人格受到了損害。一見鳳姐，立即給她一個下馬威。慣於頤指氣使，讓人畏懼的鳳姐，在這個閨中少女的威勢之下，也完全失去了她所特有機靈潑辣，祇是連聲陪笑退避。賈府下人送給她「鎮山太歲」和好看扎人的「玫瑰花」的綽號良有以也。野鶴《讀紅樓箚記》云：「鳳姐抄檢大觀園，探春『秉燭開門而待』，此六字妙極，大有武鄉侯行師氣象。」〔註15〕青山山農《紅樓夢廣義》云：「探春英斷有丈夫風。生女莫生男，殆探春之謂歟？要其大過人處，尤在斥熙鳳、擊王善保家一節，理直氣壯，足寒小人之膽而為群豔干城。張良椎，陳琳檄，兼而有之。吾愛其人，吾畏其風。」〔註16〕第五十五回探春理家，因趙姨娘糾纏，探春發了脾氣。此時連最有地位的平兒也嚇得「不敢以往日喜樂之時相待，祇一邊垂手默侍」，「因探春才哭了，便有三四個小丫鬟捧了沐盆、巾帕、靶鏡等物來。……走至跟前，便雙膝跪下，高捧沐盆。」探春喫飯的時候，「眾媳婦皆在廊下靜候，裏頭祇有他們緊跟常侍的丫鬟伺候，別人一概不敢擅入。……祇覺裏面鴉雀無聲，並不聞碗箸之響。」（第 606、609 頁。）這樣嚴肅的場面，即使在賈府的老爺太太們面前也是少有的。平兒指著眾媳婦教訓說：「他是個姑娘家，不肯發威動怒，這是他尊重。……他撒個嬌兒，太太也得讓他一二分，二奶奶也不敢怎樣。你們就這麼大膽子小看他，可是雞蛋往石頭上碰。」「那三姑娘雖是個姑娘，你們都橫看了他。二奶奶這些大姑子小姑子裏頭，也就祇單怕他五分。」（第五十五回，第608～609頁。）一慣專橫跋扈，讓人畏懼的鳳姐單單怕她，可見探春之為人。

---

〔註14〕第五十六回脂評。見曹雪芹著《脂硯齋重評石頭記》（庚辰本）北京：人民文學出版社，2010年1月版，第1317頁。

〔註15〕見一粟編《紅樓夢資料彙編》北京：中華書局，1964年1月版，第292頁。

〔註16〕見一粟編《紅樓夢資料彙編》北京：中華書局，1964年1月版，第211頁。

　　探春理家之時，鳳姐特意囑咐平兒：「他雖是姑娘家，心裏卻事事明白，不過是言語謹慎；他又比我知書識字，更利害一層了。如今俗語說：『擒賊必先擒王』。他如今要作法開端，一定是先拿我開端。儻或他要駁我的事，你可別分辯，你祇越恭敬，越說駁的是才好。」（第五十五回，第612頁。）這雖可看作是王熙鳳的有意退讓成全，但也不能說探春的威嚴和才能沒有起到潛在的作用。探春的威儀和嚴正讓王熙鳳對她是既怕又愛，當平兒向鳳姐匯報探春理政情形時，鳳姐連聲喝采：「好，好，好！好個三姑娘！我說他不錯。」鳳姐的話真正是英雄相識、惺惺相惜。在賈府下人看來，「祇三四天後，幾件事過手，漸覺探春精細處不讓鳳姐。」威蓋榮寧二府的鳳姐尚且怕她五分，賈府的下人，就更不用說了。王住兒媳婦為婆婆的事，把懦弱的迎春纏得不可開交。一見探春來了，便「不勸而自止了，遂趁便要走」。探春一坐下就問：「才剛誰在這裡說話？倒像拌嘴似的。」「姐姐既沒有和他要，必定是我們或者和他們要了不成？你叫他進來，我倒要問問他。」「我和姐姐一樣，姐姐的事和我的事也一般。他說姐姐，即是說我。」（第七十三回，第828～829頁。）探春明知故問，一副抱打不平的氣勢。此處庚辰本脂評道：「瞧他寫探春氣宇。」〔註17〕王希廉評道：「探春鋒利可畏。」〔註18〕姚燮等評道：「探春爽利」，「三姑娘到底精明強幹」，「到底利害」。〔註19〕這裡不但寫出了她敢作敢為，勇於承當的性格，同時也透露出了探春平日的威名。第六十二回她和寶琴下棋時，林之孝家的帶了一個媳婦進來，不敢馬上稟告，探春專心於棋枰，讓她們等了半天，因回頭要茶時才看見。戚序本回前脂評曰：「探春圍棋理事，氣象嚴厲。」〔註20〕

　　鳳姐和探春雖可稱之為紅樓群釵中的絕世雙雄，但是她們的差別也是明顯的。鳳姐精細嚴厲，陰為己謀，有類政客；探春精細嚴正，不徇私違例，頗具政治家的風度。這種差別的形成與其高曠開朗的胸懷和氣度不無關係。

〔註17〕見曹雪芹著《脂硯齋重評石頭記》（庚辰本）北京：人民文學出版社，2010年1月版，第1758頁。

〔註18〕見馮其庸纂校訂定《八家評批紅樓夢》中冊，北京：文化藝術出版社，1991年9月版，第1795頁。

〔註19〕見馮其庸纂校訂定《八家評批紅樓夢》中冊，北京：文化藝術出版社，1991年9月版，第1791～1792頁。

〔註20〕見朱一玄編《紅樓夢資料彙編》天津：南開大學出版社，2001年10月版，第491頁。

## （四）高曠開朗的胸懷和從容不迫的政治家風度

探春高曠開朗的胸懷和氣度，是一種與生俱來的天然素質。從小說對其外貌的描寫即可看出。第三回林黛玉初進賈府，小說這樣描寫探春的神情：「俊眼修眉，顧盼神飛，文彩精華，見之忘俗。」（第 27 頁。）看過探春所居住的秋爽齋更能明白她胸襟的開闊：

> 探春素喜闊朗，這三間屋子並不曾隔斷；當地放著一張花梨大理石大案，上磊著各種名人法帖並數十方寶硯，各色筆筒筆海內插的筆如樹林一般；那一邊設著斗大的一個汝窯花囊，插著滿滿的一囊水晶球的白菊。西牆上當中掛著一大幅米襄陽煙雨圖，左右掛著一幅對聯，乃是顏魯公墨蹟。（第四十回，第 431 頁。）

「不爲隔斷」的「三間屋子」，配上「一張花梨大理石大案」、「大幅米襄陽《煙雨圖》」、遒勁剛正的顏眞卿墨蹟，把她「素喜闊朗」的胸懷和高雅的氣度給呈現出來了。「作者寫她的房間陳設，清雅闊朗，一派英爽氣概，無脂粉氣。」〔註21〕「夫惟大雅，卓爾不群，不獨無脂粉氣，且有瀟灑意。瀟湘館逼眞閨秀房，秋爽齋更是名士派。」〔註22〕讀者從大理石書案的冷硬的線條、顏眞卿墨蹟的端莊雄偉，也可以想像得出探春嚴峻剛正的理性人格和自我砥礪的大丈夫之志。「秋爽軒闊大疏落，恰配探春身份。」〔註23〕她室內如此，室外花草的點綴同樣也能顯示出她高曠開朗的心胸。她深愛的大葉舒展的芭蕉就種在秋爽齋的旁邊。這也是對這位「秋爽居士」胸懷的襯托。「人如其齋，齋如其人。秋爽，北國之秋氣象朗暢，日則杲杲，月則明明，一派清淡、高雅的氣韻。」〔註24〕

探春的識見和能力雖爲鳳姐所激賞，但賈母似乎並不十分在意她。賈母不斷地誇獎寶釵，卻對她不置一詞。不過探春並不怨歎賈母的冷落。必要的時候，她還是毅然站出來辨析其是非曲直。賈母爲了鴛鴦事錯怪王夫人時，探春坦然上前爲之從容辯解。「才自清明志自高」的探春固然不會被這種小事

〔註21〕 喬先之師《賈探春形象研究的多方面意義》，載《紅樓夢學刊》1981 年第 4 輯，第 75 頁。

〔註22〕 清・洪秋蕃著《紅樓夢抉隱》，轉引自馮其庸纂校訂定《八家評批紅樓夢》上冊，北京：文化藝術出版社，1991 年 9 月版，第 986 頁。

〔註23〕 清・王希廉評。轉引自馮其庸纂校訂定《八家評批紅樓夢》上冊，北京：文化藝術出版社，1991 年 9 月版，第 981 頁。

〔註24〕 胡文彬《生於末世運偏消：探春之「敏」與「怒」》，見《紅樓夢人物談——胡文彬論紅樓夢》北京：文化藝術出版社，2005 年版，第 61 頁。

所羈縻。她有著「立一番事業」的更爲高遠的志向。這是一種政治家的氣魄和風度。「有識見，有能力，靈敏審愼，且又敢作敢爲，可謂一個天生的政治家。……雖然議事廳上風波迭起，但探春從容不迫，應對如流，最後順勢立法，並且在鳳姐寶玉身上作筏，以泰山壓頂之勢將新法推展開去。比之於鳳姐當年協理寧國府的威嚴，探春更勝一籌，而且運籌自如，風度翩翩。想來歷史上的明君賢相，也不過如此。」〔註25〕但遺憾的是她畢竟是一個女性，無法施展其雄才大略。沈慕韓《紅樓百詠》云：「三娘才調見英奇，桃李容顏冰雪姿。投簡聯吟先啓社，片言判事怎停棋。花明海國妖知警，月黯湘雲淚不支。豈是榮寧應衰歇，此身竟使屬蛾眉。」〔註26〕探春從容不迫，果斷凌厲地處理事務的能力在一些小事上也有所表現。第七十三回王住兒媳婦要挾迎春，迎春無法轄治，恰好被探春撞上。她想插手此事，但調停的權責在鳳姐，她馬上使眼色給自己的丫頭。侍書立刻找來平兒。寶琴說探春似乎「有驅神召將的符術」，黛玉則說她用兵最精，「所謂『守如處女，脫如狡兔』，出其不備之妙策。」探春一陣抱怨、諷刺和譴責逼得平兒不得不馬上處理此事。東觀閣本評曰：「妙在不測，快人快事。」〔註27〕

　　在傳統文化中政治是男人的事情，而女人則完全屬於家庭。甚至祇要女人染指政治都被視爲極其嚴重的錯誤。固然歷史上也有個別女人進入政界，並且操縱整個王朝，但這畢竟屬於少數，並不爲傳統文化所認可。不但此前幾千年的政治變遷史，基本上都是男人的歷史，即便現代也有「男人是政治動物」的說法。探春的這種風度和政治家的素質，在傳統文化中顯然使其呈現出較爲明顯的男性氣質。

### （五）明辨是非、善於分析、講究原則

　　探春有著政治家的氣魄和風度，同時也有著清醒的政治頭腦和明察一切的識見。所以在賈府內她最早感覺出這個大家族所潛伏的種種危機。

　　第七十四回「惑奸讒抄檢大觀園」雖非明智之舉，卻也事出有因，更不是針對探春一人。一些讀者也許不明白探春爲什麼會如此憤怒，竟出手打了

---

〔註25〕李劼著《論紅樓夢：歷史文化的全息圖像》北京：新星出版社，2006 年 2 月版，第 228 頁。

〔註26〕見一粟編《紅樓夢資料彙編》北京：中華書局，1964 年 1 月版，第 559 頁。

〔註27〕曹雪芹著《新增批評繡像紅樓夢》（東觀閣評本）第七十三回側批。轉引自曹立波著《紅樓夢東觀閣本研究》北京：北京圖書館出版社，2004 年 1 月版，第 337 頁。

王善保家的一記耳光。探春反應如此激烈，除了園中的姐妹也包括她自己的
清譽受到損害的憤慨之外，更有對賈府未來的擔憂：

> 你們別忙，自然連你們抄的日子有呢。你們今日早起不曾議論
> 甄家自己家裏好好的抄家，果然今日真抄了。咱們也漸漸的來了。
> 可知這樣大族人家，若從外頭殺來，一時是殺不死的。這是古人曾
> 說的，「百足之蟲，死而不僵」，必須先從家裏自殺自滅起來，才能
> 一敗塗地呢！（第 840 頁。）

她是賈府子孫中最具憂患意識的人，以這個大家族的興衰為己任。在她看來
這正是自殺自滅的徵兆和開始。這一段讓人心驚肉跳的分析，也是對一群得
意宵小憤怒的撻伐。「必須先從家裏自殺自滅起來，才能一敗塗地！」這是何
等深刻的洞察，何等陰森冷峻的警示。東觀閣梓行《新增批評繡像紅樓夢》
評曰：「探春明令人可敬」，「惟探春知是醜態。」〔註28〕大某山民姚燮評曰：
「議論見識迥不同兒女子。後來抄沒，豈非兆禍於此耶？」「鑿鑿有理，不是
撒潑空談。」〔註29〕這樣的結局祇有探春才能敏銳地體察出來，並且敢於指
出它的嚴重後果。顯然她深邃的洞察力和理性的分析能力在眾釵之上。李劼
先生在《論紅樓夢》中說：

> 幾百年後中國文化的研究者們似乎好不容易發現了該文化深層
> 結構中的秘密之一，叫做「窩裏鬥」；又有一些政治鬥爭的研究者們
> 把「堡壘是最容易從內部攻破」的所謂至理名言奉為金科玉律，殊
> 不知，這一切見地早就由探春生動準確地表達過了。在元春對父母
> 的奉勸中還是含糊朦朧的洞見，在探春卻闡述得淋漓盡致，一氣道
> 破整個中國歷史文本的密碼之一：自相殘殺，國人之間的自相殘殺，
> 家族或家庭內部的自相殘殺，當然還有同一陣營或同一政黨內部的
> 自相殘殺；……由此可見，目光如炬的探春看得多麼透徹深遠，其
> 遠見卓識具有驚人的歷史穿透力，目力所及不啻家族興衰，遠抵整
> 個民族歷史及其末日。〔註30〕

〔註28〕曹雪芹著《新增批評繡像紅樓夢》（東觀閣評本）第七十四回側批。轉引自曹
　　　立波著《紅樓夢東觀閣本研究》北京：北京圖書館出版社，2004 年 1 月版，
　　　第 340 頁。

〔註29〕見馮其庸纂校訂定《八家評批紅樓夢》中冊，北京：文化藝術出版社，1991
　　　年 9 月版，第 1812 頁。

〔註30〕李劼著《論紅樓夢：歷史文化的全息圖像》北京：新星出版社，2006 年 2 月

探春對事情的前因後果有著非凡的洞察力，對現實有著清醒的認識。她雖然言語不多，「心裏卻事事明白」，「出言直捷痛快」，「句句入髓，字字起棱，」〔註31〕第五十五回探春理家，平兒來議事廳笑對探春說道「奶奶說，趙姨奶奶的兄弟沒了，恐怕奶奶和姑娘不知有舊例。若照常例，衹得二十兩；如今請姑娘裁度著，再添些也使得。」探春說道：「好好的添什麼！……你主子真個倒巧，叫我開了例，他做好人，拿著太太不心疼的錢樂得做人情。」（第606頁。）此處有人評道：「直揭鳳姐之心，句句爽快。」「探春之言只是踏得理正，所以說得嘴響，奶奶亦當退避三分。」〔註32〕

　　她眼見賈府一天天衰敗下去，心如火燎。她痛心地指出：

　　　咱們倒是一家子親骨肉呢，一個個不像烏眼雞，恨不得你喫了我，我喫了你！（第七十五回，第849頁。）

　　　我說，倒不如小人家人少，雖然寒素些，倒是歡天喜地大家快樂。我們這樣人家，外頭看著我們不知千金萬金小姐何等快樂，殊不知我們這裡說不出來的煩難更利害。（第七十一回，第807頁。）

這是她對賈府複雜的人際關係的認識。探春接替鳳姐理家，擺在她面前的是一個艱難的局面。正如第十六回王熙鳳所說：

　　　咱們家所有的這些管家奶奶們，那一位是好纏的。錯一點兒，他們就笑話打趣；偏一點兒，他們就指桑說槐的抱怨。坐山觀虎鬥，借劍殺人，引風吹火，站乾岸兒，推倒油瓶不扶，都是全掛子的武藝。（第159頁。）

賈府之中既有專橫的主子，又有刁悍的奴才，再有世故的執事婆子們，加上得空再「難他一難」的鳳姐。這都會讓她落入上下為難、左右掣肘的窘境。探春審時度勢，清楚地看到首先必須樹立自己的威信，然後才能方便行事。於是「擒賊必先擒王」，她先揭穿吳新登老婆的存心刁難，煞其鋒芒，再拿鳳姐、寶玉作法，以顯示自己令出必行。這一連串的措施，使探春徹底扭轉了不利的局面。那些媳婦們都「慢慢的安分回事，不敢如先前輕慢疏忽了」。第五十六回戚序本回後脂評云：「探春看得透，拿得定，說得出，辦得來，是有

版，第230～231頁。
〔註31〕第七十五回眉批。見馮其庸纂校訂定《八家評批紅樓夢》中冊，北京：文化藝術出版社，1991年9月版，第1834頁。
〔註32〕轉引自馮其庸纂校訂定《八家評批紅樓夢》中冊，北京：文化藝術出版社，1991年9月版，第1335頁。

才幹者，故贈以『敏』字。」〔註33〕

探春明辨是非，善於分析的特點在第四十六回賈赦逼迫鴛鴦爲妾的事件中，也有清楚的表現。賈母當著眾人責備王夫人。王夫人「不敢還一言」。在「老祖宗」的氣頭上，眾人不敢言語。探春先在心裏作了明快的分析：

> 想王夫人雖有委屈，如何敢辯；薛姨媽現是親姊妹，自然也是
> 不好辯的；寶釵也不便爲姨母辯；李紈、鳳姐、寶玉一概不敢辯；
> 這正用著女孩兒之時，迎春老實，惜春小。（第 504 頁。）

她在窗外聽了一聽便走進來陪笑向賈母道：「這事與太太什麼相干？老太太想一想，也有大伯子要收屋裏的人，小嬸子如何知道！便知道也推不知道。」（第 504 頁。）這幾句話可謂簡捷扼要，理明辭達，不但化解了剛才的緊張氣氛，也使賈母的怒氣立刻煙消雲散，並笑道：「可是我老糊塗」了，承認自己剛才錯怪了王夫人。第六十回艾官向她密告夏媽和趙姨娘聯手欺負芳官、藕官等人，「探春聽了，雖知情弊，亦料定他們皆一黨，本皆淘氣異常，便袛答應，也不肯據此爲實。」（第 666 頁。）

「《紅樓夢》作者在『探春理家』中，集中、突出地表現了探春的這些品質：堅持封建原則，不徇私情（如對親舅舅趙國基的喪葬費用，一仍舊例）；不避權勢（如有意拿鳳姐、寶玉開刀）；精明果斷而又注意分寸（如對待吳新登家的，先明察其意圖，次揭露其欺瞞，終使其在曉知厲害、丟失臉面的情況下，乖乖地奔走辦事）；威重令行而又有自知之明（在明確的職權範圍內，說一不二；而在權限之外，則不多說一句，不多走一步）。」〔註34〕她受命理家，趙姨娘想讓她利用當家的職權「額外照看趙家」。儘管她被趙姨娘糾纏得不可開交，但最終還是堅持原則，不肯徇私違例，而且處理得更加嚴格。她說：「我並不敢犯法違理」，並「拿帳翻與趙姨娘瞧，又念與他聽，又說道：『這是祖宗手裏的舊規矩，人人都依著，偏我改了不成！』」（第 604 頁。）張新之在此評曰「聲口託大，見有定分。」有人批曰：「句句有刺，字字有棱，探姑娘亦可畏也。」「說得決決烈烈，無一句游移之語。」〔註35〕接著她又蠲免

---

〔註33〕見朱一玄編《紅樓夢資料彙編》天津：南開大學出版社，2001 年 10 月版，第 487 頁。

〔註34〕喬先之師《賈探春形象研究的多方面意義》，載《紅樓夢學刊》1981 年第 4 輯，第 73 頁。

〔註35〕轉引自馮其庸纂校訂定《八家評批紅樓夢》中冊，北京：文化藝術出版社，1991 年 9 月版，第 1332 頁。

了寶玉、賈環、賈蘭每日浮支的銀子和姑娘們包括她自己每月的脂粉費。由於趙姨娘的愚蠢，「耳朵又軟，心裏又沒算計」，周圍的人乘勢捉弄她。探春曾經查過欺侮趙的人，另一方面又衹能無可奈何的歎氣。當趙姨娘責怪她不拉扯趙家時，探春在氣頭上當著眾人之面說「誰家姑娘拉扯奴才了！」這雖然是探春的挾氣之言，顯得偏激，甚至讓人感到不近人情，但從這也可以看出探春不講情面和堅持原則的品質。

講究原則，不爲人情所動，堅持正義是受人肯定的男性品質。女性一般心慈面軟，易爲感情所動，而探春則不然。她做事講究原則，不爲人情所動，明辨是非，善於分析，有極強的洞察力。這一切都顯示出她有著比較突出的男性品質。

# 第二節　探春的雙性化性格特徵及其性別角色的量化分析

現代心理學研究表明女性並非衹有溫柔、敏感的一面，男性也並非衹有勇敢、堅強的特徵。男性化和女性化特徵並非是性別角色行爲連續體的兩端，而是兩種相對獨立的特質。一個人性格當中的男性化特徵的增強，並不意味著其女性化的性格特徵就相應地減少。

前面比較詳細地分析了探春身上的男性品質，不過我們也不能忽略她本來就具有的閨閣之氣。作爲一位女性，如果缺少應有的女性氣質，一定不會讓人感到可親可愛。涂瀛《紅樓夢論贊》這樣評價探春：「可愛者不必可敬，可畏者不復可親，非致之難，兼之實難也。……然春華秋實，既溫且肅，玉節金和，能潤而堅，殆端莊雜以流麗，剛健含以婀娜者也。其光之吉與？其氣之淑與？吾愛之，旋復敬之畏之，亦復親之。」〔註36〕探春確實是一位讓人敬畏而又可愛可親的紅樓女子。「又紅又香，無人不愛的，衹是有刺戳手」的「玫瑰花」（第六十五回，第 740 頁）這一綽號最能說明探春所擁有的這兩個方面。「有刺戳手」，言其銳利、威嚴、剛正等男性品質；「又紅又香，無人不愛」，則言其可親、可愛的女性特點。因此，這一綽號是對探春雙性化性格最形象、最恰當的概括。

前哲時賢的研究比較多地論述了探春敢作敢爲、心胸開闊、讓人敬畏這

〔註36〕見一粟編《紅樓夢資料彙編》北京：中華書局，1964 年 1 月版，第 128 頁。

一側面,而對探春的溫婉和順、淡雅清爽的一面卻較少談論。治事的才幹與閨閣風度雖是完全不同性質的東西,但這兩者卻在探春身上得到了統一,兩不相害。探春是一位善於生活的人,也像一般的女孩子一樣喜歡新奇精緻的玩意兒。她攢下十來弔錢,交給寶玉,託他到外面買一些精緻的字畫,「柳枝兒編的小籃子,整竹子根摳的香盒兒,膠泥垛的風爐兒」一類的輕巧玩意兒。對於寶玉替她買來的這些「樸而不俗、直而不作」的東西,她說「我喜歡的什麼似的,誰知他們都愛上了,都當寶貝似的搶了去了。」這雖然意在突出探春的高雅脫俗,但這同時顯示出她也有著與一般女孩子一樣的女性性格特徵。之後,她對寶玉說「我還像上回的鞋做一雙你穿,比你那雙還加工夫如何呢?」(第二十七回,第 287 頁。)這樣的態度和語氣,是非常具有女性特點的。不過探春的女性氣質並沒有一般「侯門繡戶」的小姐的脂粉氣。她一洗貴族女性的綺羅香澤的庸俗,而呈現出清爽高雅的氣度。第三十七回發起詩社,她把一封四六駢體的邀請函寫在精美的花箋上送給寶玉。這不但顯示出探春的志向和才華,同時還顯示出她追求精美雅致的綿繡心腸。

探春「言語安靜,性情和順」,做人做事精細周到可比寶釵。她們兩人也常相互合作,彼此稱道。第五十七回寶釵見邢岫煙帶著探春給她的碧玉珮,點頭笑道:「她見人人皆有,獨你一個沒有,怕人笑話,故此送你一個。這是他聰明細緻處。」(第 637 頁。)第四十九回寶琴等人入園,寶玉迫不及待要起詩會。探春說:

> 越性等幾天,等他們新來的混熟了,咱們邀上他們豈不好。這會子,大嫂子寶姐姐心裏自然沒有詩興的:況且湘雲沒來,顰兒才好了,人人不合式。不如等著雲丫頭來了,這幾個新的也熟了,顰兒也大好了,大嫂子和寶姐姐心也閒了,香菱詩也長進了:如此邀一滿社豈不好。(第 529 頁。)

探春的周到細緻讓寶玉喜得眉開眼笑,直說探春明白,而自己終究是個糊塗心腸。

探春這一形象旨在表達「金紫萬千誰治國,裙釵一二可齊家」的思想。作者對她不同凡俗的治事才能的描寫,掩過了對她女性氣質的細節刻畫。因而小說中旨在突出探春言行的女性特徵的描寫不是很多。不過有以上這些已經足夠了,探春給人的印象並不缺少女孩子的活潑可愛和悅人的親切感。

為了對探春的女性心理特徵和男性心理特徵有一個更為準確的瞭解,下

面筆者再用貝姆性別角色量表對其性別角色進行一次量化處理：

**探春男性心理特徵和女性心理特徵的數據對比：**

| 社會所希冀的男性特徵 | 得　分 | 社會所希冀的女性特徵 | 得　分 |
|---|---|---|---|
| （1）自立的 | 5 | （1）有感情的 | 6 |
| （2）堅守自己信念的 | 6 | （2）受人讚賞的 | 5 |
| （3）獨立的 | 5 | （3）忠誠的 | 5 |
| （4）武斷的 | 5 | （4）有同情心的 | 5 |
| （5）個性強的 | 6 | （5）對他人的需要敏感的 | 5 |
| （6）有力的 | 6 | （6）善解人意的 | 5 |
| （7）分析能力強的 | 7 | （7）憐憫他人的 | 5 |
| （8）有領導能力的 | 7 | （8）樂於撫慰受傷害情感的 | 4 |
| （9）愛冒險的 | 6 | （9）熱情的 | 5 |
| （10）果斷的 | 6 | （10）文雅的 | 7 |
| （11）有立場的 | 7 | （11）愛孩子的 | 5 |
| （12）進取的 | 6 | （12）溫柔的 | 4 |
| （13）有競爭心的 | 6 | | |
| （14）有雄心的 | 7 | | |

　　探春男性心理特徵的總分為 85 分，除以 14 約得 6.0 分；女性心理特徵總分為 61 分，除以 12 約得 5.0 分。探春無論男性心理特徵還是女性心理特徵均高於 4.9 的中值，故探春的性別角色應該是雙性化的類型。

　　如前所述，探春和王熙鳳都是小說正面展示的真正的強者，也都同時具有比較明顯的男性化氣質。但二者比較起來，讀者也可以非常清楚地看出王熙鳳缺少探春的淑女品格。正是探春的淑女品格讓她區別於整體性格具有男性化特徵的王熙鳳而呈現出雙性化的性格特徵。「靜如淑女、動若英豪」，「綿裏藏針、柔中帶剛」的雙性化性格同時具有男性和女性性格的優點：既細緻謹慎，又機智果敢；既爽朗豁達，又溫和敏感；既獨立自信，又周到合作；既文雅熱情，又冷靜沈著。雙性化的個體有較高的自尊，較少的心理疾病，較好的社會適應能力。在這一點上探春明顯優于迎春、惜春、黛玉和王熙鳳等其他紅樓女性。

（這一章原發表於《紅樓夢學刊》2009 年第四輯，題為《靜如淑女，動若英豪——論探春的雙性性格特徵》，收入本書時，稍作改動。）

# 第九章　紅樓女性中的「假小子」
## 史湘雲的雙性化性格

　　在紅樓十二釵中，最淘氣、最會憨鬧、最任性不羈的莫過史湘雲了。雖然王熙鳳的男性性格非常突出，探春也有著明顯的陽性特質，但從外在行為和內在心性看，金陵十二釵中最像男孩子的紅樓女性無疑還是史湘雲。湘雲性格豁達豪爽、敢愛敢恨、直率淘氣，經常像男孩子一樣大說大笑，對兒女之情似乎非常淡漠，甚至硬充好漢，抱打不平。這些特點集中到她的身上，就使她成為紅樓女性中一位最為人喜愛的「假小子」。

## 第一節　史湘雲性格當中的陽性特質

### （一）頑皮淘氣、愛穿男裝

　　湘雲像一個淘氣的男孩子，指出這一點的有紅學前輩，也有時下紅學名家。沈慕韓《紅樓百詠》詠湘雲有句云：「生來豪邁出風塵，曼倩襟懷妙語新。……撲朔迷離渾莫辨，木蘭原是女兒身。」〔註1〕青山山農《紅樓夢廣義》云：「湘雲英氣勃勃，純乎豪者也。……寶玉鬚眉而巾幗，湘雲巾幗而鬚眉。儻令易男子裝，黃崇嘏不得獨擅千古矣。」〔註2〕楊維屏《紅樓夢戲詠》曰：「森森瑤圃出瓊芝，通脫如君信不羈。……一事定饒崇嘏妒，愛更裝束學男兒。」〔註3〕花木蘭和黃崇嘏都是女扮男裝走進男人社會的女人。現代著名紅學家王崑崙先生在《政治風度的探春》一文中也說：「湘雲天真渾樸、豪放忘

〔註1〕見一粟編《紅樓夢資料彙編》北京：中華書局，1964年1月版，第558頁。
〔註2〕見一粟編《紅樓夢資料彙編》北京：中華書局，1964年1月版，第211頁。
〔註3〕見一粟編《紅樓夢資料彙編》北京：中華書局，1964年1月版，第510頁。

形，像個男孩子。」〔註4〕「大觀園裏有兩位男子氣質的女子，這就是賈探春和史湘雲。……史湘雲的男子氣質則表現爲名士風度。……所謂名士風流，蓋不拘禮教，行跡無轍，奇才俊邁，任性不羈。」〔註5〕

　　第六十三回介紹「湘雲素習憨戲異常，他也最喜武扮的，每每自己束鸞帶，穿摺袖。」（第710頁。）她的淘氣和愛著男裝是出了名的。作者曾三次交代她女扮男裝。第三十一回史湘雲進榮國府時，作者通過薛寶釵和林黛玉之口介紹道：

> 「可記得舊年三四月裏，他在這裡住著，把寶兄弟的袍子穿上，靴子也穿上，領子也勒上，猛一瞧，倒像是寶兄弟，就是多兩個墜子。他站在那椅子背後，哄的老太太祇是叫『寶玉，你過來，仔細那上頭掛的燈穗子招下灰來迷了眼。』他祇是笑，也不過去。後來大家撐不住笑了，老太太才笑了，說：『倒扮上小子好看了』」。林黛玉道：「這算什麼。惟有前年正月裏接了他來，住了沒兩日，下起雪來，老太太和舅母那日想是才拜了影回來，老太太的一個簇新的大紅猩猩氈斗篷放在那裡。誰知眼錯見，他就披了，又大又長，他就拿了個汗巾子攔腰繫上，和丫頭們在後院子裏撲雪人兒去。一跤栽在溝跟前，弄了一身泥水。」（第333頁。）

小說通過寶釵和黛玉之口，對她的頑皮淘氣、愛穿男裝這一特點，進行了相當有趣的描述。第四十九回眾人在蘆雪广賞雪時，她也是一身男裝：

> 一時，史湘雲來了，穿著賈母與他的一件貂鼠腦袋面子大毛黑灰鼠裏子裏外發燒大褂子，頭上戴著一頂挖雲鵝黃片金裏大紅猩猩氈昭君套，又圍著大貂鼠風領。黛玉先笑道：「你們瞧瞧，孫行者來了。他一般的也拿著雪褂子，故意裝出個小騷達子來。」湘雲笑道：「你們瞧我裏頭打扮的。」一面說，一面脫了褂子。祇見他裏頭穿著一件半新的靠色三鑲領袖秋香色盤金五彩繡龍窄褙小袖掩襟銀鼠短襖，裏面短短的一件水紅妝緞狐肷褶子，腰裏緊緊束著一條蝴蝶結子長穗五色宮條，腳下也穿著鹿皮小靴，越顯得蜂腰猿臂、鶴勢螂形。眾人都笑道：「偏他祇愛打扮成個小子的樣子，原比他打扮女

---

〔註4〕王崑崙著《紅樓夢人物論》北京：北京出版社，2004年1月版，第68頁。
〔註5〕薛瑞生《是真名士自風流：史湘雲論》，載《紅樓夢學刊》1996年第3輯，第130頁。

兒更俏麗了些。」（第 533～534 頁。）

小說中說她穿上男裝「越顯得蜂腰猿背，鶴勢螂形」，「偏他衹愛打扮成個小子的樣子，原比他打扮女兒更俏麗了些。」黛玉也打趣她，說她是「孫行者」、「小騷達子」。服飾是人體的延伸。湘雲女扮男裝正好把她原本身體的某些特點給凸顯出來了。穿上男裝更俏麗了些，衹是突出她體形的一些特點。湘雲特特在眾人面前炫耀她的這種裝扮：「一面說，一面脫了褂子……」。這說明她的淘氣和心理上對這種形象的認可和喜愛。作者通過多維視角細緻地描繪了湘雲的男裝形象，突出了她的「豪」情、「憨」態和頑皮淘氣。

　　湘雲愛穿男裝，頑皮淘氣是出自天然的一段心性。她沒有一般貴族小姐所特有的那種自矜身份與扭捏作態，更沒有傳統社會中一般姑娘都具有的那種嬌羞柔弱與斂聲屏氣。

### （二）大說大笑、心直口快、敢愛敢恨、任情率直

　　傳統文化對婦德、女容皆有嚴格的規定。所有的女子坐臥言笑都應該遵守這些規定。《女四書》要求女子「坐莫動膝，立莫搖裙；喜莫大笑，怒莫高聲」，而湘雲的言語動作卻與此格格不入。她任情率直，大說大笑的形象與傳統文化中貴族小姐的形象相距甚遠，倒像一個瘋瘋顛顛的「假小子」。

　　第二十回史湘雲初次出場，作者就用了「大笑大說」來介紹這一人物。「（寶玉、寶釵）一齊來至賈母這邊。衹見史湘雲大笑大說的，見他兩個來，忙問好廝見。」（第 212 頁。）抽籤喝酒她會「揎拳擄袖」；蘆雪广聯詩，她一人力戰群芳，直對搶得「笑彎了腰」，「伏著已笑軟」。「大笑大說」是史湘雲最具標誌性的特徵。她大笑之時有可能「一口飯都噴了出來」，甚至笑得連人帶椅一起歪倒。顯然她的這種行為特點是不合乎傳統閨範要求的，而且很快就引來了賢淑的寶釵的批評。木訥的迎春也表示不能理解：「我就嫌他愛說話。也沒見睡在那裡，還咭咭呱呱笑一陣說一陣，也不知那裡來的那些話。」（第三十一回，第 333 頁。）不過，「她的話多，並非絮絮叨叨的老婆舌頭，而是詞鋒剛健的雄談高論」。〔註6〕

　　湘雲心直口快，真人真語，絲毫不會作假、繞彎。什麼「指桑罵槐」，什麼「機帶雙敲」等等，史湘雲完全不來這一套。她也不把自己說話「咬舌」的毛病放在心上。儘管有此毛病，也絲毫不影響她的「大笑大說」和「高談

〔註 6〕呂啟祥《湘雲之美與魏晉風度》，見《紅樓夢尋：呂啟祥論紅樓夢》北京：文化藝術出版社，2005 年 2 月版，第 134 頁。

闊論」。她從不掩飾自己的眞實感情，愛說愛笑，敢怒敢罵。第二十二回人人都看出小戲子的扮相像林黛玉，但人人都不說出來，唯有湘雲不防頭，說了出來。寶玉使眼色給她，更讓她生氣，並聲稱：「明兒一早就走。在這裡作什麼！看人家的鼻子眼睛，什麼意思。」她從不知看人眼色，順人心意說話。當寶玉向她發誓「要有外心，立刻化成灰，叫萬人踐踏。」湘雲更是不留情面，直言自己的憤怒：「這些沒要緊惡誓、散話、歪話，說給那些小性兒、行動愛惱的人，會轄治你的人聽去。別叫我啐你。」（第226頁。）林黛玉的「小性兒」是出了名的，不過，敢於公開挑明並直言指責的就祇有史湘雲一個人。

　　湘雲的感情一點兒也做不了假。她原先常和黛玉在一起，可不久她就常住到蘅蕪苑去了，甚至當著林黛玉的面讚揚寶釵。第二十回寶玉見過湘雲之後，因黛玉賭氣回房，寶玉便跟了過去。很快湘雲便走來笑道：「二哥哥，林姐姐，你們天天一處玩，我好容易來了，也不理我一理兒。」湘雲的這句話雖有可能含有撒嬌的成份，但她的率直卻是顯而易見的。因黛玉打趣她「咬舌」，「二」、「愛」不分，湘雲便說：「他再不放人一點兒，專挑人的不好。你自己便比世人好，也不犯著見一個打趣一個。」「你敢挑寶姐姐的短處，就算你是好的。我算不如你，他怎麼不及你呢。」（第213頁。）黛玉心中最介意的便是寶釵了，而湘雲當面卻拿她與寶釵相比，並誇獎寶釵。史湘雲眞是口無遮攔。與寶釵、黛玉相比，她心中太少曲曲彎彎了。湘雲敢愛敢恨，怒則形於色，喜則溢於言。她在賈府居住日久，與寶釵相處甚得。人前人後讚美寶釵。第三十二回湘雲與寶玉、襲人說話，無意間又把黛玉與寶釵進行了一次對比：

> 「我天天在家裏想著這些姐姐們，再沒一個比寶姐姐好的。可惜我們不是一個娘養的。我但凡有這麼個親姐姐，就是沒了父母，也是沒妨礙的。」說著，眼睛圈兒就紅了。寶玉道：「罷，罷，不用提這話。」史湘雲道：「提這個便怎麼？我知道你的心病，恐怕你的林妹妹聽見，又怪嗔我贊了寶姐姐。可是爲這個不是？」（第339頁。）

湘雲說話直來直去，不會轉彎抹角。襲人在旁聽了湘雲與寶玉這段對話，不覺「嗤的一笑」，說道：「雲姑娘，你如今大了，越發心直口快了。」襲人的這句評價，不論是褒是貶，卻道出了湘雲自小到大心直口快，不掩飾自己的喜怒哀樂的性格特點。

湘雲任情率直，行動風風火火。第三十七回她來到大觀園，一聽到結詩社的消息，立刻「急的了不的」，馬上表示：「容我入社，掃地焚香，我也情願。」（第399頁。）並主動要求罰自己做東道先邀一社，興興沖沖設東擬題，而完全忘了自己做不起這個東道。第二十一回湘雲為寶玉梳頭。寶玉順手拿起鏡臺兩邊的妝盒等物賞玩，「不覺又順手拈了胭脂，意欲要往口邊送，因又怕史湘雲說。正猶豫間，湘雲果在身後看見，一手攏著辮子，便伸手來拍的一下，從手中將胭脂打落，說道：『這不長進的毛病兒，多早才改過。』」（第215～216頁。）她毫不猶豫從寶玉手中打落胭脂，並罵他不長進。其率直已近於潑辣。

總之，湘雲大說大笑、心直口快、任情率直的性格特點與傳統文化對女孩子的要求大相徑庭。賈府眾人謂之「憨戲異常」的「假小子」是不無道理的。

### （三）襟懷曠達、言動豪爽

史湘雲在襁褓中就父母雙亡，幼年時過著坎坷的生活，生活在叔嬸身邊也有許多外人不知的苦處。她的不幸比之黛玉，似有過之，但二人的性格卻形成鮮明的對照。林黛玉多愁善感、悲悲戚戚，史湘雲則豁達開朗、言動豪爽。林黛玉作為女性，似乎已經被剝奪了所有的生命的歡愉；而史湘雲則以男人般的豪放不羈和開闊胸襟享受著生命的歡樂。

湘雲之襟懷曠達、言動豪爽，前人多有道及。邱煒菱《紅樓夢分詠絕句》云：「百花叢裏出群難，佔斷豪情便大觀。」〔註7〕周澍《紅樓新詠》云：「閒恨閒愁不上心，豪情一往轉難禁。酒懷渴處忘酣醉，詩興狂時笑苦吟」〔註8〕所有這些評論都突出了湘雲的「豪爽」。的確，這種豪情在十二釵正冊中是史湘雲獨有的。二知道人《紅樓夢說夢》云：「史湘雲純是晉人風味」〔註9〕涂瀛《紅樓夢論贊》又云：「湘雲出而顰兒失其辨，寶姐失其妍，非韻勝人，氣爽人也。……青絲拖於枕畔，白臂擱於牀沿，夢態決裂，豪睡可人，至燒鹿大嚼，裀藥酣眠，尤有千仞振衣，萬里濯足之概，更覺豪之豪也。不可以千古與！」〔註10〕這兩段評論不但指出了湘雲的豪爽，同時也指出了她的曠達

---

〔註7〕見一粟編《紅樓夢資料彙編》北京：中華書局，1964年1月版，第543頁。
〔註8〕見一粟編《紅樓夢資料彙編》北京：中華書局，1964年1月版，第490頁。
〔註9〕見一粟編《紅樓夢資料彙編》北京：中華書局，1964年1月版，第95頁。
〔註10〕見一粟編《紅樓夢資料彙編》北京：中華書局，1964年1月版，第127頁。

和不羈。

　　小說對湘雲言動豪爽、豁達不羈的性格進行了多次正面的展示。第三十二回湘雲勸寶玉留意仕途經濟，被寶玉搶白道：「姑娘，請別的姊妹屋裏坐坐，我這裡仔細髒了你知經濟學問的。」對寶玉過激的言辭她付之一笑，表現得相當豁達大度，而「又展樣」，又有雅量的寶釵就不同了。寶玉聽到寶釵勸他留意仕途經濟後，「咳了一聲」，拿起腳來就走。寶釵的反應是「登時羞得臉通紅，說又不是，不說又不是。」襲人說「幸而是寶姑娘，那要是林姑娘，不知又鬧到怎麼樣，哭的怎麼樣呢。」（第 341 頁。）小說在這裡，實際上借襲人之口對釵、黛、雲三人的胸懷進行了一次對比。「小性兒」的黛玉無需贅言，即使是素以寬厚賢淑聞名的寶釵也不及湘雲豁達大度。

　　第六十三回「壽怡紅群芳開夜宴」，眾人掣花名簽喝酒。湘雲的肢體語言顯得非常豐富。寶釵抽出一根簽，上面畫著一枝牡丹，在「豔冠群芳」四字下面，有一句唐詩「任是無情也動人。」眾人喝酒唱曲，寶玉卻衹管拿著那簽，口內顛來倒去念「任是無情也動人」。「湘雲忙一手奪了，擲與寶釵。」輪到湘雲掣簽，她便「笑著揎拳擄袖的伸手掣了一根出來。」上面畫著一枝海棠，題著「香夢沈酣」。註曰：「掣此簽者不便飲酒，衹令上下二家各飲一杯。」上下兩家正是黛玉和寶玉。「湘雲拍手笑道：『阿彌陀佛！真真好簽。』」（第 703～704 頁。）這場群芳夜飲，湘雲顯得特別活潑愛動，無拘無束。作者運用「奪」、「擲」、「揎」、「伸」、「拍」等多個動詞來表現她的動作。

　　「脂粉香娃割腥啖膻」一回，當知道有新鮮鹿肉，湘雲便拉了寶玉去燒烤。她又邀了平兒一起去弄。湘雲一面喫，一面說道「我喫這個方愛喫酒，喫了酒才有詩。若不是這鹿肉，今兒斷不能作詩。」並招呼視此為「罕事」薛寶琴說：「傻子，你來嘗嘗。」後來引著鳳姐「也湊著一處喫起來」。她不僅自己隨心任性，還要帶著其他人一起幹。當林黛玉打趣她為叫花子時，她反而說：「你知道什麼！『是真名士自風流』，你們都是假清高，最可厭的。我們這會子腥膻大喫大嚼，回來卻是錦心繡口。」（第四十九回，第 537 頁。）不想「脂粉香娃」卻作此任性隨意，震驚眾人的喫態。湘雲真可謂敢說敢幹，豪放不羈。洪秋蕃《紅樓夢抉隱》在這一回評道「此回書多為湘雲設色，打扮則俏麗動人，性情則豪邁可喜。」〔註11〕接著是蘆雪广聯詩，她一人力戰

---

〔註11〕見馮其庸纂校訂定《八家評批紅樓夢》中冊，北京：文化藝術出版社，1991年 9 月版，第 1199 頁。

眾芳。開始不久湘雲即獨戰寶釵、寶琴、黛玉三人。這情景讓寶玉看得呆了。他剛一開口要聯，湘雲笑道：「你快下去。你不中用，倒耽擱了我。」最後祇剩下寶琴、黛玉與她對搶。湘雲直對搶得「笑的彎了腰」，「伏著，已笑軟」，「祇伏在寶釵懷裏笑個不住。」那情景「不是作詩，竟是搶命呢。」（第五十回，第538～542頁。）湘雲爭強好勝並不是顯能賣乖，祇是感覺好玩，渲泄其天成的才情。

　　第六十二回寶玉生日宴席上，她又帶頭破壞行令規則，嫌射覆「沒的垂頭喪氣悶人，我祇劃拳去了。」「這個簡斷爽利，合了我的脾氣。」（第687頁。）「湘雲等不得，早和寶玉三五亂叫，劃起拳來」，引得其他人也捉對兒劃了起來，一時間「叮叮噹噹」祇聽得腕上的鐲子響」。（第688頁。）湘「雲實在豪爽，閨閣中另是一流。」〔註12〕即使在現代社會中女孩子劃拳的事情也不十分多見。《紅樓夢》中有關史湘雲最活躍生動的篇章，都與詩和酒的生活場景有關。戚序本第六十二回回批云：「湘雲喜飲酒，何等疏爽。」〔註13〕「男性的嗜酒也許是中國男子唯一能夠突出地顯示自己雄風壯行的方式」〔註14〕古代社會像男孩子一樣任性隨意，豪爽不羈的女孩子大概是不多的。

　　湘雲的「酒風」、「喫態」讓人驚奇，但還不如她的「豪睡」更讓人拍案叫絕。湘雲來賈府有時與黛玉住在一起。二人的睡態對照鮮明。「林黛玉嚴嚴密密裏著一幅杏子紅綾被，安穩合目而睡」，而湘雲卻是「一把青絲拖於枕畔，被祇齊胸，一彎雪白的膀子掠於被外。」（第二十一回，第214頁。）不過，最為著名的還是她「醉眠芍藥裀」一回。她「喫醉了圖涼快，在山子後頭一塊青板石凳上睡著了」：

> 　　湘雲臥於山石僻處一個石凳子上，業經香夢沈酣。四面芍藥花飛了一身，滿頭臉衣襟上皆是紅香散亂。手中的扇子在地下，也半被落花埋了。一群蜂蝶，鬧穰穰的圍著他。又用鮫帕包了一包芍藥花瓣枕著。眾人看了又是愛，又是笑，忙上來推喚輓扶。湘雲口內猶作睡語說酒令，唧唧嘟嘟。（第691頁。）

---

〔註12〕曹雪芹《新增批評繡像紅樓夢》（東觀閣評本）第六十二回側批。轉引自曹立波著《紅樓夢東觀閣本研究》北京：北京圖書館出版社，2004年1月版，第310頁。

〔註13〕見朱一玄編《紅樓夢資料彙編》天津：南開大學出版社，2001年10月版，第491頁。

〔註14〕范揚著《陽剛的隳沉》北京：國際文化出版公司，1988年版，第38頁。

這一故事已成爲紅樓畫廊中有名的畫題了。古人表現湘雲的詩詞和繪畫，大多都與其酒風、喫態和豪睡有關。盧先駱《紅樓夢竹枝詞》云：「酒兵隊裏女將軍，跌宕風騷總不群。除卻尤家三妹子，更無人敵史湘雲。」〔註15〕廷奭《紅樓夢八詠》：「孰入紅香亂舞杯，雲兒豪氣絕塵埃。笑拚爛醉嬌無力，一枕春酣臥綠苔。」〔註16〕這些詩在詠及湘雲的酒風和豪睡的同時，也都言及她的豪爽和豁達。事實上這兩者之間確實存在著某種聯繫。

湘雲的酒風、喫態和豪睡，使她有別於其他紅樓女兒，同時也使她表現出一定程度的男性化的性格特徵。馮家晉《紅樓夢小品》云：「湘雲豪邁不羈，是其本色，園中人無不與之契合者。其襟懷之坦白可慕。」〔註17〕更有人云：「湘雲天性爽快，……然粗豪二字，在所不免。」〔註18〕「大花面葵官，一味粗豪，則惟湘雲相稱。」〔註19〕總之，無論「粗豪」、「本色」還是「豪邁不羈」，都不大適合於評論一位年輕的女孩子，但這些又確確實實都是在評論紅樓女兒史湘雲的。也正是因爲如此，這恰好從另一個角度說明了湘雲性格所秉具的男性化的性格特徵。

### （四）充好漢、淡漠兒女之情

一般來說，女孩子比男孩子成熟更早，對於男女之事，兒女之情，也比男孩子更早開始關注。女人可以爲愛情而活著，而對一個男人來說，愛情一般不會成爲其生活的全部。

在紅樓女兒中史湘雲顯然要比黛玉、寶釵等更少關心兒女之情。釵、黛二人爲兒女私情，費盡心機，流盡眼淚，而史湘雲對此卻似乎顯得懵懂無知，非常漠然。《紅樓夢曲》第六支《樂中悲》對湘雲之於兒女之情作了非常準確的概括：「幸生來英豪闊大寬宏量，從未將兒女私情略縈心上。好一似霽月光風耀玉堂」。（第五回，第57頁。）從上下文意來看，「從未將兒女私情略縈心上」，與其生來的「英豪闊大寬宏量」這種性格有著密切的關係。西園主人《紅樓夢本事詩》對湘雲的評價爲「最憐襁褓一身孤，兒女情懷我獨

---

〔註15〕見一粟編《紅樓夢資料彙編》北京：中華書局，1964年1月版，第504頁。

〔註16〕見一粟編《紅樓夢資料彙編》北京：中華書局，1964年1月版，第512頁。

〔註17〕見一粟編《紅樓夢資料彙編》北京：中華書局，1964年1月版，第233頁。

〔註18〕清‧謝鴻申《答周同甫》，見一粟編《紅樓夢資料彙編》北京：中華書局，1964年1月版，第384頁。

〔註19〕清‧洪秋蕃著《紅樓夢抉隱》，見馮其庸纂校訂定《八家評批紅樓夢》中冊，北京：文化藝術出版社，1991年9月版，第1438頁。

無」。〔註20〕西園主人《紅樓夢金陵十二釵本事詞‧調寄高陽臺》詠湘雲道：
「……麒麟佩合婚姻券，任怡紅，釵黛誰調。不相關，金玉文同，木石魂消。」
〔註21〕小說文本和前人的評價都言及湘雲淡漠兒女之情的性格。顯然在這一
點上，湘雲與一般女孩子不同，而更接近男性的情感模式。

　　湘雲更讓人感到好笑的是她身爲柔弱的女孩子，有時卻有一副俠義心
腸，硬充好漢，抱打不平。大某山民批曰「小女子全然大丈夫。」〔註22〕第
五十七回邢岫煙在大觀園中，寄人籬下，受到迎春屋裏老婆子、丫頭的冷眼，
被逼得當衣度日。在大觀園作客的湘雲便動了氣，要出頭抱打不平：「等我問
著二姐姐去。我罵那起老婆子丫頭一頓，給你們出氣如何？」說著，便要走。
黛玉譏諷她道：「你要是個男人，出去打一個抱不平兒。——你又充什麼荊軻
聶政，眞眞好笑。」湘雲道：「既不叫我問他去，明兒也把他接到咱們苑裏一
處住去，豈不好？」（第641頁。）湘雲慷慨助人的豪情俠風通過這一個小故
事得以顯示。不過她的俠肝義膽最終並沒有帶來什麼實際的效果。

　　「凹晶館聯詩悲寂寞」一回，時值中秋，皓月當空。黛玉、湘雲聯句，詩
興正濃，黛玉忽然看見池中有一黑影，疑是鬼物。湘雲笑道：「可是又見鬼了。
我是不怕鬼的，等我打他一下。」（第七十六回，第869頁。）彎腰拾了一塊小
石片向那池中打去。女孩子硬充好漢，有時雖然好笑，卻也見出其性格的一面。

　　湘雲除了充好漢，淡漠兒女之情這些特點外，她還頗有形而上的思考能
力。一般來說，女性重情感體驗，形而上的思索則不是她們的愛好。第三十
一回湘雲與丫頭翠縷大談陰陽二氣。她向翠縷講萬物皆有陰陽，陰陽二氣如
何順逆消長，賦物成形等等。她們二人的探討雖然還比較膚淺，但這些談話
卻也能顯示出湘云「探求的熱忱和邏輯的頭腦」。「關於宇宙人生的哲理和萬
物運化的規律，似乎不可能是閨閣小姐和丫鬟談論的話題。然而《紅樓夢》
的作者以其獨特的審美情趣和藝術需要，寫了湘雲和翠縷之間的這樣一段對
話，成爲塑造人物個性的重要一筆。」「湘雲同翠縷縱論陰陽的談話，實在也
不失爲一種形而上學的探討，有某種思辨析理的精神含蘊其中。」〔註23〕

〔註20〕見一粟編《紅樓夢資料彙編》北京：中華書局，1964年1月版，第518頁。
〔註21〕見一粟編《紅樓夢資料彙編》北京：中華書局，1964年1月版，第520頁。
〔註22〕見馮其庸纂校訂定《八家評批紅樓夢》中冊，北京：文化藝術出版社，1991
　　　　年9月版，第1191頁。
〔註23〕呂啓祥《湘雲之美與魏晉風度》，見《紅樓夢尋：呂啓祥論紅樓夢》北京：文
　　　　化藝術出版社，2005年2月版，第133、134頁。

充好漢、淡漠兒女之情，關注形而上的東西一般是男人的特點，但小說作者卻把這些屬於男人的特徵賦予了湘雲這一年輕女孩子。

湘雲在金陵十二釵中是獨具一格的，與一般女孩子不同，整飭的閨範對她似乎沒有太大的約束力。也許正是因為她有著頑皮淘氣、任情率直、襟懷曠達、言動豪爽、大說大笑等男性性格特點，所以她才一來賈府便要找大觀園中唯一的男人寶玉玩耍，一起憨鬧。湘雲喜歡與「淘氣異常」的寶玉一塊玩耍，除了兄妹親情這一原因之外，還應該是因著她秉有的男孩子的心理素質。因為具有男性氣質的女孩子也常常樂於與男孩子一起玩耍。

# 第二節　湘雲的雙性化性格特徵及其性別角色的量化分析

湘雲性格豁達豪爽，開朗活潑，無視物議，其言談舉止頗有陽剛之氣。《紅樓夢曲》「英豪闊大寬宏量，……霽月光風耀玉堂」，對她這一方面的性格進行了準確的概括。湘雲這方面的性格，研究者的論述已多，而對湘雲作為女性，其陰柔的一面卻因其本有，而少人談及。湘雲作為讓人喜愛的紅樓女兒，其實也不乏秀美和陰柔。

經常為讀者津津樂道的湘云「醉眠芍藥裀」，雖然主要顯示的是湘雲性格的豁達豪爽，但整個畫面和場景，其色調卻顯得秀美華豔。在這一段詩情畫意的故事中湘雲所呈現給讀者的形象也不乏陰柔之美：

> 四面芍藥花飛了一身，滿頭臉衣襟上皆是紅香散亂。手中的扇子在地下，也半被落花埋了。一群蜂蝶，鬧穰穰的圍著他。又用鮫帕包了一包芍藥花瓣枕著。眾人看了又是愛，又是笑，……原是來納涼避靜的，不覺的因多罰了兩杯酒，嬌媚不勝，便睡著了，心中反覺自愧。連忙起身扎掙著同人來至紅香圃中。（第六十二回，第691頁。）

湘雲的嬌憨嫵媚、天真純潔、秀美嬌柔以及誘人的豔質，在這一段文字中表現得淋漓盡致。

第三十一回湘雲向丫頭翠縷講萬物皆有陰陽，當翠縷問湘雲她宮條上繫的金麒麟的雌雄和人是否也分陰陽之時，湘雲一改平時放言無忌的習慣，顯示出年輕女性特有的羞澀和含蓄：

> 看見湘雲宮條上繫的金麒麟，便提起來，笑道：「姑娘這個，難

> 道也有陰陽？」湘雲道：「走獸飛禽：雄爲陽，雌爲陰；牝爲陰，牡
> 爲陽；怎麼沒有呢！」翠縷道：「這是公的，到底是母的呢？」湘雲
> 道：「這連我也不知道。」翠縷道：「這也罷了。怎麼東西都有陰陽，
> 咱們人倒沒有陰陽呢？」湘雲照臉啐了一口道：「下流東西！好生走
> 罷。越問越問出好的來了。」（第 336 頁。）

男人談論這樣的內容，一般不會有不好意思的時候，而傳統社會中的年輕女性則常常會羞於談論這些東西。這段談話表露出她怕羞的女性特徵。

湘雲性格雖英豪闊大，但有時也會像一般女孩子一樣撒嬌賣乖。第二十回因黛玉賭氣回房，寶玉跟了過去。湘雲很快追過來：「二哥哥，林姐姐，你們天天一處玩，我好容易來了，也不理我一理兒。」第四十九回蘆雪广賞雪，眾人都笑她一身男裝：「偏他袛愛打扮成個小子的樣子，原比他打扮女兒更俏麗了些。」（第 534 頁。）她雖一身男裝，但在眾人眼中她仍是一個「俏麗」的女孩子。這一套男人的衣服並沒有掩蓋得了她女性的特點。男性化的特點與其作爲女性本有的氣質，在此得到了很好的結合，使她呈現出比較典型的雙性化的氣質。

用貝姆性別角色量表對湘雲的性格特徵進行量化之後，我們會對她的男性心理特徵和女性心理特徵有更爲精確的認識。

## 史湘雲男性心理特徵和女性心理特徵的數據對比：

| 社會所希冀的男性特徵 | 得　分 | 社會所希冀的女性特徵 | 得　分 |
|---|---|---|---|
| （1）自立的 | 4 | （1）有感情的 | 6 |
| （2）堅守自己信念的 | 6 | （2）受人讚賞的 | 5 |
| （3）獨立的 | 5 | （3）忠誠的 | 5 |
| （4）武斷的 | 5 | （4）有同情心的 | 6 |
| （5）個性強的 | 6 | （5）對他人的需要敏感的 | 5 |
| （6）有力的 | 5 | （6）善解人意的 | 4 |
| （7）分析能力強的 | 5 | （7）憐憫他人的 | 5 |
| （8）有領導能力的 | 3 | （8）樂於撫慰受傷害情感的 | 4 |
| （9）愛冒險的 | 6 | （9）熱情的 | 5 |
| （10）果斷的 | 6 | （10）文雅的 | 5 |

| | | | |
|---|---|---|---|
| （11）有立場的 | 7 | （11）愛孩子的 | 5 |
| （12）進取的 | 4 | （12）溫柔的 | 5 |
| （13）有競爭心的 | 5 | | |
| （14）有雄心的 | 4 | | |

　　湘雲男性心理特徵的總分為 71 分，除以 14 約得 5.0 分；女性心理特徵總分為 60 分，除以 12 得 5.0 分。湘雲無論男性心理特徵還是女性心理特徵均高於 4.9 的中值，故湘雲的性別角色應該為雙性化的類型。

　　由以上的論述和表中數據可知，湘雲性格雖然有著比較明顯的男性化的特徵，但處處又沒有失落她作為女性本有的女性氣質。「豪秀」一詞庶幾最能概括其獨有之美：既豁達豪爽，又秀美嬌羞。總之，湘雲既不失年輕女性的嬌柔含蓄，秀美羞澀，同時又具有比較男性化的豁達和豪爽。「寓剛健於婀娜之中，行遒勁於婉媚之內」，（笪重光《畫筌》語）才是史湘雲的廬山眞面目。

# 第十章　晴雯與鴛鴦的雙性化性格

## 第一節　性直暴躁、恃寵而驕的晴雯

晴雯儘管祇是大觀園中的一個女奴，但這一形象在《紅樓夢》眾多女性中可以說光彩照人。不但「風流靈巧」，而且人品一流。不過，這位死後讓寶玉幻爲芙蓉花神的年輕丫鬟，其行爲舉止卻完全不符合傳統文化的女性規範，更不符合一個女奴的爲人標準，而是一位「任情任性，剛強急躁，帶有一身的『野氣』」〔註1〕的女孩子。

晴雯比較突出的一個特點就是暴烈急躁。用小說中的話說就是性如「爆炭」。第五十二回「俏平兒情掩蝦鬚鐲」一節說小丫頭墜兒偷了蝦鬚鐲被人發現。平兒認爲此事不便張揚，告訴麝月說：「晴雯那蹄子是塊爆炭，要告訴了他，他是忍不住的。一時氣了，或打或罵，依舊嚷出來不好。所以單告訴你，留心就是了。」（第564頁。）此話恰好被在窗下的寶玉聽到。

> （寶玉）回至房中，把平兒之語，一長一短，告訴了晴雯。又說：「他說你是個要強的，如今病著，聽了這話，越發要添病，等好了再告訴你。」晴雯聽了，果然氣的蛾眉倒蹙，鳳眼圓睜，即時就叫墜兒。寶玉忙勸道：「你這一喊出來，豈不辜負了平兒待你我之心了！不如領他這個情，過後打發他就完了。」晴雯道：「雖如此說，祇是這口氣如何忍得。」……晴雯喫了藥，仍不見病退，急的亂罵大夫，說：

---

〔註1〕 劉大杰《晴雯的性格》，見《紅樓夢的思想與人物》上海：古典文學出版社，1957年版，第67頁。

-137-

「祇會騙人的錢，一劑好藥也不給人喫。」麝月笑勸他道：「你太性
急了。……你祇靜養幾天，自然就好了。你越急越著手。」晴雯又罵
小丫頭子們：「那裡鑽沙去了！瞅我病了，都大膽子走了。明兒我好了，
一個一個的才揭你們的皮呢。」嚇的小丫頭子篆兒忙進來問：「姑娘
作什麼？」晴雯道：「別人都死絕了，就剩了你不成！」說著，祇見
墜兒也蹭了進來。……晴雯便冷不防欠身一把將他的手抓住，向枕邊
取了一丈青向他手上亂戳，口內罵道：「要這爪子作什麼！拈不得針，
拿不動線，祇會偷嘴喫。眼皮子又淺，爪子又輕，打嘴現世的，不如
戳爛了。」墜兒疼的亂哭亂喊。（第 564、570、571 頁。）

用「爆炭」一詞形容晴雯的性格再恰當不過。她急躁暴烈、嫉惡如仇、敢恨
敢罵，簡直就如《水滸傳》中路見不平即拔刀行兇的綠林好漢。如此比方雖
有些不倫不類，但晴雯這種「爆炭」性格，確實有些像遇事便發，仗義而為
的英雄。就此而言，晴雯雖為年輕女性，但其性格的男性化特徵卻非常突出。

晴雯不但嚴厲管教了丫鬟墜兒，而且持有王夫人的尚方寶劍的王熙鳳和
王善保家的，她也敢於當面頂撞，不留情面。第七十四回「惑奸讒抄檢大觀
園」一節，王熙鳳和王善保家的秉承王夫人意旨，帶著大隊人馬氣勢洶洶直
撲怡紅院眾丫鬟的住所進行搜查：

襲人因見晴雯這樣，必有異事，又見這番抄檢，祇得自己先出
來打開了箱子並匣子，任其搜檢一番，不過是平常通用之物。隨放
下，又搜別人的。挨次都一一搜過。到了晴雯的箱子，因問：「是誰
的？怎麼不打開叫搜？」襲人方欲替晴雯開時，祇見晴雯挽著頭髮
闖進來，嘑啷一聲，將箱子掀開，兩手提著底子，往地下一倒，將
所有之物盡都倒出來。王善保家的也覺沒趣兒，便紫脹了臉，說道：
「姑娘，你別生氣。我們並非私自就來的，原是奉太太的命來搜察；
你們叫翻呢，我們就翻一翻，不叫翻，我們還許回太太去呢。那用
急的這個樣子！」晴雯聽了這話，越發火上澆油，便指著他的臉說
道：「你說你是太太打發來的，我還是老太太打發來的呢！太太那邊
的人我也都見過，就祇沒看見你這麼個有頭有臉大管事的奶奶！」
〔註2〕

小說通過襲人、麝月等人的對比映襯，晴雯剛烈的性格在這一段情節中得到

〔註2〕見曹雪芹、高鶚著《紅樓夢》北京：人民文學出版社，1974 年版，第 963 頁。

了更爲清晰的表現。身爲一個女奴，居然在氣勢上壓倒王熙鳳等人。用剛烈驕橫和盛氣凌人來形容她當時的表現，一點都不過分。張新之評曰：「犀利無前，至死不變。」〔註3〕有人比較晴雯與麝月、襲人之後，謂之「剛莽」，〔註4〕良有以也。按照傳統的性別角色的劃分標準，剛烈驕橫和盛氣凌人顯然是不符合傳統文化中的女性規範的。

　　晴雯雖爲身份低賤的女奴，但她卻有骨氣，不馴順，心比天高。一般的奴才都以得到主子的小恩小惠，自鳴得意，而晴雯卻不同。第三十七回秋紋偶然得到王夫人賞賜的兩件舊衣服，正在揚揚得意，卻遭到晴雯的盡情嘲弄：

> 晴雯笑道：「呸，沒見世面的小蹄子！那是把好的給了人，挑剩下的才給你，你還充有臉呢。」秋紋道：「憑他給誰剩的，到底是太太的恩典。」晴雯道：「要是我，我就不要。若是給別人剩下的給我也罷了，一樣這屋裏的人，難道誰又比誰高貴些。把好的給他，剩的才給我，我寧可不要，衝撞了太太，我也不受這口軟氣。」（第397頁。）

晴雯雖然身爲奴才，卻有著與主子一樣，甚或有著勝過主子的心理高度。主子訓斥打罵奴才是非常平常的事。對於主子的打罵訓斥，奴才祇能默默承受，但晴雯卻不同。晴雯失手把扇子跌在地下，將股子跌折。寶玉說了一句「蠢才」，結果反被她氣得「渾身亂戰」，臉色發黃：

> 晴雯冷笑道：「二爺近來氣大的很，行動就給臉子瞧。前兒連襲人都打了，今兒又來尋我們的不是。要踢要打憑爺去。就是跌了扇子，也是平常的事。先時連那麼樣的玻璃缸、瑪瑙碗，不知弄壞了多少，也沒見個大氣兒。這會子一把扇子就這麼著了！何苦來！要嫌我們，就打發我們，再挑好的使。好離好散的倒不好？」寶玉聽了這些話，氣的渾身亂戰，因說道：「你不用忙，將來有散的日子。」襲人在那邊早已聽見，忙趕過來向寶玉道：「好好的，又怎麼了？可是我說的，一時我不到，就有事故兒。」晴雯聽了，冷笑道：「姐姐既會說，就該早來，也省了爺生氣。自古以來，就是你一個人伏侍爺的，我們原沒伏侍過。因爲你伏侍的好，昨日才挨窩心腳。我們

---

〔註3〕見馮其庸纂校訂定《八家評批紅樓夢》中冊，北京：文化藝術出版社，1991年9月版，第1809頁。

〔註4〕見馮其庸纂校訂定《八家評批紅樓夢》中冊，北京：文化藝術出版社，1991年9月版，第1431頁。

不會伏侍的，明兒還不知是個什麼罪呢。」襲人聽了這話，又是惱，又是愧，待要說幾句話，又見寶玉已經氣的黃了臉，少不得自己忍了性子，推晴雯道：「好妹妹，你出去逛逛，原是我們的不是。」晴雯聽他說「我們」兩個字，自然是他和寶玉了，不覺又添了酸意，冷笑幾聲道：「我倒不知你們是誰，別教我替你們害臊了。便是你們鬼鬼祟祟幹的那事兒，也瞞不過我去，那裡就稱起『我們』來了。明公正道，連個姑娘還沒掙上去呢，也不過和我似的，那裡就稱上『我們』了。」（第三十一回，第328～329頁。）

晴雯對待寶玉，正如西園主人《紅樓夢論辨》所說：「襲人之事寶玉也用柔，而晴雯則用剛；襲人之事寶玉也以順，而晴雯則以逆；」〔註5〕晴雯如此對待寶玉，哪裡像是奴才對待主子，她完全不把寶玉這位「主子」放在眼裏。僅就此事而言，其心理高度至少可以說與寶玉平等，甚至勝過寶玉。

　晴雯頂撞寶玉，卻夾三帶四地把襲人給裹進去了。如果說她嘲笑秋紋，頂撞寶玉還祇是表現出她有骨氣，無奴顏卑膝的話，那麼她對襲人的肆意嘲諷則顯示出了她的尖刻性直和鋒芒畢露。第二十七回她對紅玉的嘲諷也是這樣。紅玉偶被王熙鳳差遣，綺霞、晴雯等不知內情怪她閒逛：

　　紅玉道：「你們再問問我逛了沒逛，二奶奶才使喚我說話取東西的。」說著，將荷包舉給他們看，方沒言語了。大家分路走開。晴雯冷笑道：「怪道呢，原來爬上高枝兒去了，把我們不放在眼裏。不知說了一句話半句話，名兒姓兒知道了不曾呢，就把他興的這樣。這一遭半遭兒的算不得什麼，過了後兒還得聽呵。有本事從今兒出了這園子，長長遠遠的在高枝兒上，才算得。」一面說著去了。（第284頁。）

晴雯性情坦直，不會隱忍，而且口舌如刀，毫不留情。正如野鶴在《紅樓夢箚記》中所說：「其言詞辨給，如一把昆吾刀又爽又利。」〔註6〕涂瀛《紅樓夢論贊》云：晴雯「有過人之節，而不能以自藏，此自禍之媒也。晴雯人品心術，都無可議，惟性情卞急，語言犀利，爲稍薄耳。」〔註7〕從爲人的道德

---

〔註5〕見一粟編《紅樓夢資料彙編》北京：中華書局，1964年1月版，第199～200頁。

〔註6〕見一粟編《紅樓夢資料彙編》北京：中華書局，1964年1月版，第287頁。

〔註7〕見一粟編《紅樓夢資料彙編》北京：中華書局，1964年1月版，第129頁。

品質方面評價晴雯，涂瀛所論固然無可爭議，但如果從傳統文化對於女性的要求來說，晴雯剛烈坦直，盛氣凌人的品性，顯然與傳統女性的行爲規範相去甚遠，而表現出男性化的性格特徵。

　　按照人們的對性別角色的刻板印象，外向好動是對男人性格特徵的描述，但晴雯在這方面的表現卻非常突出。小說敘事開始不久就對晴雯的這一特點有所展示。第八回寶玉寫了「絳雲軒」三字囑咐貼在門斗上。晴雯「生怕別人貼壞了」，她「親自爬高上梯的貼上」。第六十四回寶玉從寧府回到怡紅院，正要打開簾子：

> 祗見芳官自内帶笑跑出，幾乎與寶玉撞個滿懷。一見寶玉，方含笑站著，說道：「你怎麼來了？你快與我攔住晴雯，他要打我呢。」一語未了，祗聽得屋内嘻溜嘩喇的亂響，不知是何物撒了一地。隨後晴雯趕來罵道：「我看你這小蹄子往那裡去！輸了不叫打。寶玉不在家，我看你有誰來救你。」……晴雯也不想寶玉此時回來，乍一見不覺好笑，遂笑說道：「芳官竟是個狐狸精變的。就是會拘神遣將的符咒也沒有這樣快。」又笑道：「就是你請了神來，我也不怕。」遂奪手仍要捉拿芳官。芳官早已藏在寶玉身後。寶玉遂一手拉了晴雯，一手攜了芳官，進入屋内看時，祗見西邊炕上麝月、秋紋、碧痕、紫綃等正在那裡抓子兒，贏瓜子兒呢。卻是芳官輸與晴雯，芳官不肯叫打，跑了出來。晴雯因趕芳官，將懷内的子兒撒了一地。（第716～717頁。）

晴雯和芳官是怡紅院中兩個最活躍好動的人物。怡紅院有了她們兩個就不會清靜。晴雯雖然批評芳官輕狂不省事，其實她自己也常常會生出一些事端。第五十一回襲人不在家，麝月半夜起床，侍候寶玉喫茶之後，來到門外：

> 晴雯等他出去，便欲嚇他玩耍。仗著素日比別人氣壯，不畏寒冷，也不披衣，祗穿著小襖，便躡手躡腳的下了熏籠，隨後出來。寶玉笑勸道：「看凍著，不是頑的。」晴雯祗擺手，隨後去了。……（第556～557頁。）

結果，麝月沒被她嚇著，她自己反而至次日起來，有些鼻塞聲重，懶怠動彈。怡紅院中的兩個大丫鬟，襲人和晴雯，一個息事寧人，一個則無事生非。

　　雖然外向好動一般被認爲是男性化的特徵，但笑打芳官、嚇唬麝月，此類事情卻也是比較典型的年輕女孩子的作爲。晴雯的女性性格特徵在小說中

也有不少表現。大觀園中的所有丫鬟，晴雯是最受寶玉寵愛的。而晴雯也自恃其能和寶玉對她的寵愛而顯得有些驕縱，甚至有「飛揚跋扈」之嫌。較能體現其恃寵而驕這一特點的是第三十一回撕扇作千金一笑：

> 寶玉將他一拉，拉在身旁坐下，笑道：「你的性子越發慣嬌了。早起就是跌了扇子，我不過說了那兩句，你就說上那些話。你說我也罷了。襲人好意來勸，你又括上他。你自己想想該不該？」晴雯道：「怪熱的，拉拉扯扯作什麼！叫人來看見像什麼！……寶玉笑道：「你愛打就打。這些東西原不過是借人所用。你愛這樣，我愛那樣，各自性情不同。比如那扇子，原是扇的，你要撕著玩也可以使得，祗是不可生氣時拿他出氣。就如杯盤，原是盛東西的，你喜歡聽那聲響，就故意的碎了，也可以使得，祗是別在生氣時拿他出氣。這就是愛物了。」晴雯聽了，笑道：「既這麼說，你就拿了扇子來我撕。我最喜歡撕的。」寶玉聽了，便笑著遞與他。晴雯果然接過來，嗤的一聲撕了兩半，接著嗤嗤又聽幾聲。寶玉在旁笑著說：「響的好，再撕響些！」正說著，祗見麝月走過來，笑道：「少作些孽罷！」寶玉趕上來，一把將他手裏的扇子也奪了，遞與晴雯。晴雯接了，也撕了幾半子。二人都大笑。麝月道：「這是怎麼說？拿我的東西開心兒。」寶玉笑道：「打開扇子匣子，你揀去。什麼好東西。」麝月道：「既這麼說，就把匣子搬了出來，讓他盡力的撕，豈不好？」寶玉笑道：「你就搬去。」麝月道：「我可不造這孽。他也沒折了手，叫他自己搬去。」晴雯笑著，倚在床上，說道：「我也乏了，明兒再撕罷。」寶玉笑道：「古人云：千金難買一笑。幾把扇子，能值幾何。」
> （第 331、332 頁。）

晴雯撕扇，雖是無端作孽，但此類事情卻也正是古來受寵妃子的作派。晴雯這一「受寵妃子」，雖暴殄天物，但對寶玉卻無限忠誠。七十三回為了寶玉免遭賈政訓斥，晴雯與眾人一樣，深夜不睡，最後還是她急中生智，讓寶玉裝病：

> 祗聽金星玻璃從後房門跑進來，口內喊說：「不好了，一個人從牆上跳下來了。」眾人聽說忙問在那裡，即喝起人來各處尋找。晴雯因見寶玉讀書苦惱，勞費一夜神思，明日也未必妥當，心下正要替寶玉想出一個主意來脫此難，正好忽逢此一驚，即便生計向寶玉

道：「趁這個機會，快裝病，祇說嚇著了。」正中寶玉心懷，……晴
雯和玻璃二人果出去要藥，故意鬧的眾人皆知寶玉嚇著了。（第822
頁。）

晴雯忠誠於寶玉，甚至不顧惜自己身體。第五十二回「勇晴雯病補雀金裘」
一節，寶玉不小心把老太太剛給他的雀金裘燒了一個洞。能幹的織補匠人，
裁縫繡匠都不能補。晴雯不顧自己正在病中，連夜「挣命」織補：

> 一面說，一面坐起來，挽了一挽頭髮，披了衣裳，祇覺頭重身
> 輕，滿眼金星亂迸，實實撑不住。待不做，又怕寶玉著急，少不得
> 狠命咬牙捱著。……無奈頭暈眼黑，氣喘神虛，補不上三五針，便
> 伏在枕上歇一會。寶玉在傍，一時又問喫些滾水不喫，一時又命歇
> 一歇，一時又拿一件灰鼠斗篷替他披在背上，一時又命拿個拐枕與
> 他靠著。急的晴雯央道：「小祖宗，你祇管睡罷。再熬上半夜，明兒
> 把眼睛摳摟了，怎麼處！」寶玉見他著急，祇得胡亂睡下，仍睡不
> 著。一時，祇聽自鳴鐘已敲了四下，剛剛補完。又用小牙刷慢慢的
> 剔出絨毛來。麝月道：「這就很好。若不留心，再看不出的。」寶玉
> 忙要了瞧瞧，說道：「真真一樣了。」晴雯已嗽了幾陣，好容易補完
> 了，說了一聲：「補雖補了，到底不像。——我也再不能了。」嗳喲
> 了一聲，便身不由主倒下了。（第573～574頁。）

晴雯為寶玉解難救急，「挣命」而為，其為人真是肝膽照人。作者謂之曰「勇」，
非常恰當。不過晴雯此時之勇，其內在的動力卻是她對寶玉的忠誠和深厚的
感情。忠誠一詞在中國傳統文化中雖然所適用的範圍包括男性士大夫與君王
之間的倫際關係，但在貝姆性角色量表中，忠誠卻屬於社會所希冀的女性性
格特徵。

歷來的評論者，大多都比較強調晴雯品性的高朗卓絕。野鶴《紅樓夢箚
記》云：「諸丫鬟中第一是晴雯，……其胸襟高忱，實在萬夫以上，不第窈窕
風流，雄視諸婢已也。人亦有言晴姑娘是瀟湘影子，我則謂晴姑娘天性照人，
自然磊落，瀟湘反有小家氣。」〔註8〕嬾蝶《紅樓雜詠·晴雯》：「兒女亦英雄，
情絲一縷中。」〔註9〕前人的這些評論，雖然重在強調晴雯品性的過人，但同
時又都無意中指出了她男性化的性格特徵。寶玉《芙蓉女兒誄》云：「高標見

〔註8〕見一粟編《紅樓夢資料彙編》北京：中華書局，1964年1月版，第287頁。
〔註9〕見一粟編《紅樓夢資料彙編》北京：中華書局，1964年1月版，第561頁。

嫉，閨幃恨比長沙；直烈遭危，巾幗慘於羽野。」所謂「高標」、「直烈」其實也突出了她剛烈率直，襟懷坦蕩的男性化的性格。

　　儘管前人的評論大多有意無意地談到了晴雯性格的男性化，但由上面的論述可以看出，她女性的性格因素也是明顯的。其性別角色量表中的數據，可以進一步地說明問題：

**晴雯男性性格特徵和女性性格特徵的數據對比：**

| 社會所希冀的男性特徵 | 得　分 | 社會所希冀的女性特徵 | 得　分 |
|---|---|---|---|
| （1）自立的 | 5 | （1）有感情的 | 5 |
| （2）堅守自己信念的 | 5 | （2）受人讚賞的 | 6 |
| （3）獨立的 | 6 | （3）忠誠的 | 6 |
| （4）武斷的 | 4 | （4）有同情心的 | 5 |
| （5）個性強的 | 7 | （5）對他人的需要敏感的 | 5 |
| （6）有力的 | 5 | （6）善解人意的 | 5 |
| （7）分析能力強的 | 4 | （7）憐憫他人的 | 4 |
| （8）有領導能力的 | 4 | （8）樂於撫慰受傷害情感的 | 4 |
| （9）愛冒險的 | 4 | （9）熱情的 | 5 |
| （10）果斷的 | 5 | （10）文雅的 | 6 |
| （11）有立場的 | 6 | （11）愛孩子的 | 4 |
| （12）進取的 | 5 | （12）溫柔的 | 4 |
| （13）有競爭心的 | 6 | | |
| （14）有雄心的 | 6 | | |

　　晴雯的男性心理特徵之和為 72 分，除以 14，得 5.14 分。女性心理特徵之和為 59，除以 12，約得 4.92 分。晴雯男性心理特徵和女性心理特徵均高於 4.9 的中值。所以晴雯的心理特徵應該屬於雙性化類型。

　　以上的論述和此表中的數據說明了晴雯性別角色是屬於雙性化這一類型的。

## 第二節　正直公道、心懷惻隱的鴛鴦

　　鴛鴦是《紅樓夢》中一位剛烈的女子。她作為賈母最信得過的丫鬟，其

地位之高可以說在賈府其他所有丫鬟之上。她之所以能得到賈母的寵信，並不是因爲她像襲人一樣一概柔順，曲意迎合，而是靠她做事的周到細緻和嚴正公道。

　　賈母最喜歡的事情就是與兒孫們一處同樂，安度晚年。她最希望做一個甩手掌櫃，賈府中的一切事務都交給晚輩處理。由於精力見衰，她個人的事情也需要別人去周到的打點。在這一點上，鴛鴦是賈母最可依恃的丫頭。賈母雖然不願過問府中的一切事務，但她畢竟是賈府的最高權力人。許多事情還不能越過她這位德高望重的老者。在某些場合她還不得不行使她的最高權威。而在這些場合實際上具體行使其權力的人並不是她自己，而是她最信得過的大丫鬟——鴛鴦。因此鴛鴦的領導才能就有了充分展示的機會了。

　　鴛鴦在許多場合的表現確實像個領導。「探春有興利除弊的舉措，王熙鳳有協理寧國府的輝煌，鴛鴦有三宣牙牌令的風采。」〔註10〕小說第四十回「金鴛鴦三宣牙牌令」一節，她的領導才能得到了比較充分的表現。在鳳姐的提議下，爲鴛鴦端一張椅子放在王熙鳳的席上。「鴛鴦也半推半就，謝了坐，便坐下，也喫了一鍾酒，笑道：『酒令大如軍令，不論尊卑，惟我是主。違了我的話，是要受罰的。』」（第435頁。）鴛鴦行令如風，自始至終，疾徐有致。「鴛鴦在三宣牙牌令那樣令人矚目的場面上不卑不亢，得體有致，風度翩翩。」〔註11〕

　　鴛鴦不但有領導的風度和才能，而且也是一個有見識和領導胸懷的丫鬟。第七十一回眾人議論賈母慮事周全，無人能趕得上她：

　　　　李紈道：「鳳丫頭仗著鬼聰明兒，還離腳蹤兒不遠。咱們是不能的了。」鴛鴦道：「罷喲，還提鳳丫頭虎丫頭呢，他也可憐見兒的！雖然這幾年沒有在老太太跟前有個錯縫兒，暗裏也不知得罪了多少人。總而言之，爲人是難作的：若太老實了，沒有個機變，公婆又嫌太老實了，家里人也不怕；若有些機變，未免又治一經損一經。如今咱們家裏更好，新出來的這些底下奴字號的奶奶們，一個個心滿意足，都不知要怎麼樣才好，少有不得意，不是背地裏咬舌根，就是挑三窩四的。我怕老太太生氣，一點兒也不肯説；不然，我告

---

〔註10〕　李劼著《歷史文化的全息圖像——論紅樓夢》北京：新星出版社，2006年2月版，第278頁。

〔註11〕　李劼著《歷史文化的全息圖像——論紅樓夢》北京：新星出版社，2006年2月版，第278頁。

　　訴出來，大家別過太平日子。這不是我當著三姑娘說，老太太偏疼寶玉，有人背地裏怨言還罷了，算是偏心；如今老太太偏疼你，我聽著也是不好。這可笑不可笑？」探春笑道：「糊塗人多，那裡較量得許多。我說，倒不如小人家人少，雖然寒素些，倒是歡天喜地大家快樂。我們這樣人家，外頭看著我們不知千金萬金小姐何等快樂，殊不知我們這裡說不出來的煩難更利害。」（第 806～807 頁。）

鴛鴦承認王熙鳳的管理才能，也明白王熙鳳的苦處，無論老實還是機變都難免落人褒貶。「她像與其他丫鬟姐妹相好一樣地與鳳姐交好，不僅暗中周全相助，而且在賈母跟前為之鳴不平。在整個賈府中，除了平兒，鴛鴦是鳳姐最見理解體貼的一個知音。」〔註12〕鴛鴦與探春二人你一言，我一語，所言皆是一個大家族讓人痛心的問題。其分析透骨入髓，刀刀見血。在這裡作者讓頗有政治家胸懷和見識的探春接過她的高論，議論總理賈府的巾幗英雄王熙鳳，繼續她鞭辟入理的分析，應該說是有意以英雄映襯英雄。「她在第七十一回中在眾人面前有關『鳳丫頭虎丫頭』的議論，其識見……超出賈府中的所有能人，……正是這樣的識見和心胸，才使……鴛鴦有三宣牙牌令的風采。」〔註13〕鴛鴦深刻的識見和領導者的胸懷，透露出她有著男性化的性格特徵。

　　鴛鴦不但有胸懷、有識見，不卑不亢，而且做事嚴正公道，從不倚勢欺人。第三十九回李紈道：

　　　　大小都有個天理。譬如老太太屋裏，要沒那個鴛鴦，如何使得。從太太起，那一個敢駁老太太的回，他現敢駁回。偏老太太祗聽他一個人的話。老太太的那些穿帶的，別人不記得，他都記得，要不是他經管著，不知叫人誆騙了多少去呢。那孩子心也公道，雖然這樣，倒常替人說好話兒，還倒不倚勢欺人的。（第 414 頁。）

中國是一個人情社會，執事者往往易為人情所動，放棄自己一貫的原則，嚴正公道隨即也就不存在了。公道嚴正是需要強大的理性、堅定的信念和原則等男性品質的支持的。

　　鴛鴦是一位信念堅定，心性要強的人，也是一位不甘卑賤、自尊自強、

---

〔註12〕李劼著《歷史文化的全息圖像——論紅樓夢》北京：新星出版社，2006 年 2 月版，第 278 頁。

〔註13〕李劼著《歷史文化的全息圖像——論紅樓夢》北京：新星出版社，2006 年 2 月版，第 278 頁。

有尊嚴的丫頭。第四十六回賈赦要強娶鴛鴦，鴛鴦不答應：

> 「別說大老爺要我做小老婆，就是太太這會子死了，他三媒六
> 聘的娶我去作大老婆，我也不能去。」……「縱到了至急為難，我
> 剪了頭髮當姑子去。不然，還有一死。一輩子不嫁男人，又怎麼樣？
> 樂得乾淨呢。」……「我是橫了心的。當著眾人在這裡，我這一輩
> 子，別說是寶玉，便是寶金、寶銀、寶天王、寶皇帝，橫豎不嫁人
> 就完了。就是老太太逼著我，我一刀子抹死了，也不能從命。若有
> 造化，我死在老太太之先；若沒造化，該討喫的命，伏侍老太太歸
> 了西，我也不跟著我老子娘哥哥去，或是尋死，或是剪了頭髮當姑
> 子去。若說我不是真心，暫且拿話來支吾，日後再圖別的，天地鬼
> 神，日頭月亮照著嗓子，從嗓子裏頭長疔，爛了出來，爛化成醬在
> 這裡。」原來他一進來時，便袖了一把剪子，一面說著，一面左手
> 打開頭髮右手便鉸。眾婆娘丫鬟忙來拉住，已剪下半綹來了。（第
> 497～503頁。）

鴛鴦當著老太太和眾人的面剪髮立誓，寧死也不肯屈服。賈母去世之後，她
認為以後必定是「亂世為王」，賈赦不會放過自己，於是自縊而死，踐履了自
己當初的誓言。鴛鴦雖然出身微賤，是一個家生的奴才，但在她身上卻看到
了孟子所謂「威武不能屈，貧賤不能移」的浩然正氣，和大丈夫品格。

　　如前所述鴛鴦做事嚴正公道，從不倚勢欺人，同時她還有一幅好心腸
和惻隱之心。第七十一回，司棋與潘又安幽會，無意間被鴛鴦撞見。鴛鴦
安慰司棋，讓她放心，一定替她嚴守秘密。後來潘又安逃走，司棋因擔心
而生病：

> 鴛鴦聞知那邊無故走了一個小廝，園內司棋又病重，要往外挪，
> 心下料定是二人懼罪之故，生怕我說出來，方嚇到這樣。因此自己
> 反過意不去，指著來望候司棋，支出人去，反自己立身發誓，與司
> 棋說：「我要告訴一個人，立刻現死現報。你祗管放心養病，別白糟
> 踏了小命兒。」……一面說，一面哭，這一席話反把鴛鴦說的心酸，
> 也哭起來了。因點頭道：「正是這話，我又不是管事的人，何苦我壞
> 你的聲名，我白去獻勤。況且這事我自己也不便開口向人說。你祗
> 放心。從此養好了，可要安分守己，再不許胡行亂作了。」（第七十
> 二回，第809～810頁。）

鴛鴦替司棋保守秘密，是出於對她的同情和愛護。富有同情心和樂於撫慰受傷的情感，也是比較典型的正性的女性心理特徵。

　　鴛鴦的女性性格特徵和男性化的性格特徵都有比較充分的表現。其性別角色量表中的各項數據更能清楚地說明這種情況。

### 鴛鴦男性性格特徵和女性性格特徵的數據對比：

| 社會所希冀的男性特徵 | 得　分 | 社會所希冀的女性特徵 | 得　分 |
|---|---|---|---|
| （1）自立的 | 5 | （1）有感情的 | 5 |
| （2）堅守自己信念的 | 5 | （2）受人讚賞的 | 6 |
| （3）獨立的 | 6 | （3）忠誠的 | 6 |
| （4）武斷的 | 5 | （4）有同情心的 | 5 |
| （5）個性強的 | 6 | （5）對他人的需要敏感的 | 7 |
| （6）有力的 | 5 | （6）善解人意的 | 7 |
| （7）分析能力強的 | 4 | （7）憐憫他人的 | 5 |
| （8）有領導能力的 | 6 | （8）樂於撫慰受傷害情感的 | 4 |
| （9）愛冒險的 | 5 | （9）熱情的 | 5 |
| （10）果斷的 | 5 | （10）文雅的 | 6 |
| （11）有立場的 | 6 | （11）愛孩子的 | 4 |
| （12）進取的 | 4 | （12）溫柔的 | 5 |
| （13）有競爭心的 | 5 | | |
| （14）有雄心的 | 4 | | |

　　鴛鴦的男性心理特徵之和爲71分，除以14，約得5.1分。女性心理特徵之和爲65，除以12，得5.4分。鴛鴦男性心理特徵和女性心理特徵均高於4.9的中值。所以鴛鴦的性別角色應該屬於雙性化類型。

　　鴛鴦不但有著比較明顯的男性性格特徵，如做事嚴正公道，有見識，有胸懷，像個領導等，同時也有著明顯的女性性格特徵，如富有同情心和樂於撫慰受傷的情感等。因此從整體來看，鴛鴦的性格類型應該是屬於雙性化的。

# 第十一章　黛玉、妙玉與寶釵、李紈等人的性別角色

## 第一節　黛玉、妙玉與寶釵、李紈等人性別角色類型的量化分析

### 1、黛玉

| 社會所希冀的男性特徵 | 得　分 | 社會所希冀的女性特徵 | 得　分 |
|---|---|---|---|
| （1）自立的 | 2 | （1）有感情的 | 7 |
| （2）堅守自己信念的 | 7 | （2）受人讚賞的 | 5 |
| （3）獨立的 | 4 | （3）忠誠的 | 7 |
| （4）武斷的 | 4 | （4）有同情心的 | 5 |
| （5）個性強的 | 6 | （5）對他人的需要敏感的 | 5 |
| （6）有力的 | 1 | （6）善解人意的 | 2 |
| （7）分析能力強的 | 1 | （7）憐憫他人的 | 3 |
| （8）有領導能力的 | 1 | （8）樂於撫慰受傷害情感的 | 3 |
| （9）愛冒險的 | 2 | （9）熱情的 | 4 |
| （10）果斷的 | 3 | （10）文雅的 | 7 |
| （11）有立場的 | 6 | （11）愛孩子的 | 4 |
| （12）進取的 | 4 | （12）溫柔的 | 5 |
| （13）有競爭心的 | 6 | | |
| （14）有雄心的 | 4 | | |

黛玉的男性心理特徵之和為 51 分，除以 14，得 3.6 分。女性心理特徵之和為 57，除以 12，得 4.75 分。無論男性心理特徵還是女性心理特徵都低於 4.9 的中值，所以黛玉的性別角色應該屬於未分化型。

## 2、妙玉

| 社會所希冀的男性特徵 | 得　分 | 社會所希冀的女性特徵 | 得　分 |
|---|---|---|---|
| （1）自立的 | 5 | （1）有感情的 | 4 |
| （2）堅守自己信念的 | 5 | （2）受人讚賞的 | 4 |
| （3）獨立的 | 6 | （3）忠誠的 | 4 |
| （4）武斷的 | 4 | （4）有同情心的 | 3 |
| （5）個性強的 | 6 | （5）對他人的需要敏感的 | 4 |
| （6）有力的 | 3 | （6）善解人意的 | 4 |
| （7）分析能力強的 | 4 | （7）憐憫他人的 | 3 |
| （8）有領導能力的 | 2 | （8）樂於撫慰受傷害情感的 | 4 |
| （9）愛冒險的 | 3 | （9）熱情的 | 1 |
| （10）果斷的 | 3 | （10）文雅的 | 7 |
| （11）有立場的 | 5 | （11）愛孩子的 | 2 |
| （12）進取的 | 2 | （12）溫柔的 | 4 |
| （13）有競爭心的 | 2 | | |
| （14）有雄心的 | 2 | | |

妙玉的男性心理特徵之和為 52 分，除以 14，約得 3.6 分；女性心理特徵之和為 44，除以 12，約得 3.75 分。無論男性心理特徵還是女性心理特徵都低於 4.9 的中值，所以妙玉的性別角色應該屬於未分化型。

## 3、迎春

| 社會所希冀的男性特徵 | 得　分 | 社會所希冀的女性特徵 | 得　分 |
|---|---|---|---|
| （1）自立的 | 2 | （1）有感情的 | 6 |
| （2）堅守自己信念的 | 2 | （2）受人讚賞的 | 4 |
| （3）獨立的 | 2 | （3）忠誠的 | 5 |
| （4）武斷的 | 2 | （4）有同情心的 | 5 |

| 社會所希冀的男性特徵 | 得分 | 社會所希冀的女性特徵 | 得分 |
|---|---|---|---|
| （5）個性強的 | 1 | （5）對他人的需要敏感的 | 5 |
| （6）有力的 | 1 | （6）善解人意的 | 4 |
| （7）分析能力強的 | 2 | （7）憐憫他人的 | 5 |
| （8）有領導能力的 | 1 | （8）樂於撫慰受傷害情感的 | 4 |
| （9）愛冒險的 | 1 | （9）熱情的 | 1 |
| （10）果斷的 | 1 | （10）文雅的 | 5 |
| （11）有立場的 | 1 | （11）愛孩子的 | 5 |
| （12）進取的 | 2 | （12）溫柔的 | 6 |
| （13）有競爭心的 | 2 | | |
| （14）有雄心的 | 1 | | |

　　迎春的男性心理特徵之和為 21 分，除以 14，得 1.5 分；女性心理特徵之和為 54，除以 12，約得 4.6 分。無論男性心理特徵還是女性心理特徵都低於 4.9 的中值，所以迎春的性別角色應該屬於未分化型。

## 4、惜春

| 社會所希冀的男性特徵 | 得　分 | 社會所希冀的女性特徵 | 得　分 |
|---|---|---|---|
| （1）自立的 | 3 | （1）有感情的 | 5 |
| （2）堅守自己信念的 | 6 | （2）受人讚賞的 | 3 |
| （3）獨立的 | 5 | （3）忠誠的 | 5 |
| （4）武斷的 | 5 | （4）有同情心的 | 5 |
| （5）個性強的 | 5 | （5）對他人的需要敏感的 | 5 |
| （6）有力的 | 2 | （6）善解人意的 | 3 |
| （7）分析能力強的 | 3 | （7）憐憫他人的 | 5 |
| （8）有領導能力的 | 1 | （8）樂於撫慰受傷害情感的 | 4 |
| （9）愛冒險的 | 2 | （9）熱情的 | 1 |
| （10）果斷的 | 5 | （10）文雅的 | 5 |
| （11）有立場的 | 6 | （11）愛孩子的 | 5 |
| （12）進取的 | 2 | （12）溫柔的 | 3 |
| （13）有競爭心的 | 2 | | |
| （14）有雄心的 | 1 | | |

惜春的男性心理特徵之和為 48 分，除以 14，約得 3.4 分；女性心理特徵之和為 49，除以 12，約得 4.1 分。無論男性心理特徵還是女性心理特徵都低於 4.9 的中值，所以惜春的性別角色應該屬於未分化型。

## 5、寶釵

| 社會所希冀的男性特徵 | 得　分 | 社會所希冀的女性特徵 | 得　分 |
|---|---|---|---|
| （1）自立的 | 4 | （1）有感情的 | 5 |
| （2）堅守自己信念的 | 2 | （2）受人讚賞的 | 6 |
| （3）獨立的 | 3 | （3）忠誠的 | 5 |
| （4）武斷的 | 4 | （4）有同情心的 | 5 |
| （5）個性強的 | 4 | （5）對他人的需要敏感的 | 7 |
| （6）有力的 | 4 | （6）善解人意的 | 7 |
| （7）分析能力強的 | 6 | （7）憐憫他人的 | 5 |
| （8）有領導能力的 | 6 | （8）樂於撫慰受傷害情感的 | 4 |
| （9）愛冒險的 | 3 | （9）熱情的 | 4 |
| （10）果斷的 | 5 | （10）文雅的 | 7 |
| （11）有立場的 | 4 | （11）愛孩子的 | 4 |
| （12）進取的 | 5 | （12）溫柔的 | 7 |
| （13）有競爭心的 | 6 | | |
| （14）有雄心的 | 7 | | |

寶釵的男性心理特徵之和為 63 分，除以 14，得 4.5 分。女性心理特徵之和為 66，除以 12，得 5.5 分。寶釵男性心理特徵低於 4.9 的中值，女性心理特徵高於 4.9 的中值。所以寶釵的性別角色屬於女性化這一類型。

## 6、李紈

| 社會所希冀的男性特徵 | 得　分 | 社會所希冀的女性特徵 | 得　分 |
|---|---|---|---|
| （1）自立的 | 5 | （1）有感情的 | 5 |
| （2）堅守自己信念的 | 6 | （2）受人讚賞的 | 6 |
| （3）獨立的 | 5 | （3）忠誠的 | 6 |
| （4）武斷的 | 2 | （4）有同情心的 | 5 |

| | 得分 | | 得分 |
|---|---|---|---|
| （5）個性強的 | 4 | （5）對他人的需要敏感的 | 5 |
| （6）有力的 | 4 | （6）善解人意的 | 5 |
| （7）分析能力強的 | 4 | （7）憐憫他人的 | 5 |
| （8）有領導能力的 | 4 | （8）樂於撫慰受傷害情感的 | 5 |
| （9）愛冒險的 | 3 | （9）熱情的 | 5 |
| （10）果斷的 | 3 | （10）文雅的 | 6 |
| （11）有立場的 | 4 | （11）愛孩子的 | 6 |
| （12）進取的 | 3 | （12）溫柔的 | 6 |
| （13）有競爭心的 | 3 | | |
| （14）有雄心的 | 3 | | |

　　李紈的男性心理特徵之和為 53 分，除以 14，約得 3.8 分；女性心理特徵之和為 65，除以 12，約得 5.4 分。李紈的男性心理特徵低於 4.9 的中值，女性心理特徵高於 4.9 的中值。故李紈的性別角色屬於女性化這一類型。

## 7、元春

| 社會所希冀的男性特徵 | 得　分 | 社會所希冀的女性特徵 | 得　分 |
|---|---|---|---|
| （1）自立的 | 4 | （1）有感情的 | 5 |
| （2）堅守自己信念的 | 2 | （2）受人讚賞的 | 7 |
| （3）獨立的 | 3 | （3）忠誠的 | 7 |
| （4）武斷的 | 4 | （4）有同情心的 | 6 |
| （5）個性強的 | 4 | （5）對他人的需要敏感的 | 6 |
| （6）有力的 | 5 | （6）善解人意的 | 7 |
| （7）分析能力強的 | 6 | （7）憐憫他人的 | 5 |
| （8）有領導能力的 | 5 | （8）樂於撫慰受傷害情感的 | 4 |
| （9）愛冒險的 | 3 | （9）熱情的 | 4 |
| （10）果斷的 | 5 | （10）文雅的 | 7 |
| （11）有立場的 | 5 | （11）愛孩子的 | 7 |
| （12）進取的 | 5 | （12）溫柔的 | 7 |
| （13）有競爭心的 | 6 | | |
| （14）有雄心的 | 6 | | |

元春的男性心理特徵之和為 63 分，除以 14，得 4.5 分。女性心理特徵之和為 72，除以 12，得 6.0 分。元春男性心理特徵低於 4.9 的中值，女性心理特徵高於 4.9 的中值。所以元春的性別角色屬於女性化這一類型。

## 8、秦可卿

| 社會所希冀的男性特徵 | 得　分 | 社會所希冀的女性特徵 | 得　分 |
|---|---|---|---|
| （1）自立的 | 3 | （1）有感情的 | 6 |
| （2）堅守自己信念的 | 3 | （2）受人讚賞的 | 6 |
| （3）獨立的 | 3 | （3）忠誠的 | 4 |
| （4）武斷的 | 3 | （4）有同情心的 | 5 |
| （5）個性強的 | 4 | （5）對他人的需要敏感的 | 5 |
| （6）有力的 | 3 | （6）善解人意的 | 5 |
| （7）分析能力強的 | 5 | （7）憐憫他人的 | 5 |
| （8）有領導能力的 | 5 | （8）樂於撫慰受傷害情感的 | 5 |
| （9）愛冒險的 | 4 | （9）熱情的 | 5 |
| （10）果斷的 | 4 | （10）文雅的 | 6 |
| （11）有立場的 | 3 | （11）愛孩子的 | 5 |
| （12）進取的 | 3 | （12）溫柔的 | 6 |
| （13）有競爭心的 | 4 | | |
| （14）有雄心的 | 3 | | |

秦可卿的男性心理特徵之和為 50 分，除以 14，約得 3.6 分；女性心理特徵之和為 65，除以 12，約得 5.4 分。秦可卿的男性心理特徵低於 4.9 的中值，女性心理特徵高於 4.9 的中值。故秦可卿的性別角色屬於女性化這一類型。

## 9、香菱

| 社會所希冀的男性特徵 | 得　分 | 社會所希冀的女性特徵 | 得　分 |
|---|---|---|---|
| （1）自立的 | 2 | （1）有感情的 | 4 |
| （2）堅守自己信念的 | 2 | （2）受人讚賞的 | 6 |
| （3）獨立的 | 2 | （3）忠誠的 | 5 |
| （4）武斷的 | 2 | （4）有同情心的 | 5 |

| | | | |
|---|---|---|---|
| （5）個性強的 | 3 | （5）對他人的需要敏感的 | 5 |
| （6）有力的 | 2 | （6）善解人意的 | 5 |
| （7）分析能力強的 | 3 | （7）憐憫他人的 | 5 |
| （8）有領導能力的 | 3 | （8）樂於撫慰受傷害情感的 | 4 |
| （9）愛冒險的 | 2 | （9）熱情的 | 4 |
| （10）果斷的 | 2 | （10）文雅的 | 7 |
| （11）有立場的 | 2 | （11）愛孩子的 | 4 |
| （12）進取的 | 2 | （12）溫柔的 | 7 |
| （13）有競爭心的 | 3 | | |
| （14）有雄心的 | 2 | | |

　　香菱的男性心理特徵之和爲 32 分，除以 14，約得 2.3 分。女性心理特徵之和爲 61，除以 12，約得 5.1 分。香菱男性心理特徵低於 4.9 的中值，女性心理特徵高於 4.9 的中值。所以香菱的性別角色屬於女性化這一類型。

## 10、襲人

| 社會所希冀的男性特徵 | 得　分 | 社會所希冀的女性特徵 | 得　分 |
|---|---|---|---|
| （1）自立的 | 4 | （1）有感情的 | 5 |
| （2）堅守自己信念的 | 2 | （2）受人讚賞的 | 6 |
| （3）獨立的 | 3 | （3）忠誠的 | 5 |
| （4）武斷的 | 2 | （4）有同情心的 | 5 |
| （5）個性強的 | 3 | （5）對他人的需要敏感的 | 7 |
| （6）有力的 | 4 | （6）善解人意的 | 7 |
| （7）分析能力強的 | 4 | （7）憐憫他人的 | 5 |
| （8）有領導能力的 | 5 | （8）樂於撫慰受傷害情感的 | 4 |
| （9）愛冒險的 | 3 | （9）熱情的 | 5 |
| （10）果斷的 | 3 | （10）文雅的 | 6 |
| （11）有立場的 | 4 | （11）愛孩子的 | 4 |
| （12）進取的 | 5 | （12）溫柔的 | 7 |
| （13）有競爭心的 | 6 | | |
| （14）有雄心的 | 4 | | |

襲人的男性心理特徵之和爲 52 分，除以 14，約得 3.7 分。女性心理特徵之和爲 66，除以 12，得 5.5 分。襲人男性心理特徵低於 4.9 的中值，女性心理特徵高於 4.9 的中值。所以襲人的性別角色屬於女性化這一類型。

## 11、平兒

| 社會所希冀的男性特徵 | 得　分 | 社會所希冀的女性特徵 | 得　分 |
| --- | --- | --- | --- |
| （1）自立的 | 4 | （1）有感情的 | 5 |
| （2）堅守自己信念的 | 3 | （2）受人讚賞的 | 6 |
| （3）獨立的 | 2 | （3）忠誠的 | 6 |
| （4）武斷的 | 2 | （4）有同情心的 | 5 |
| （5）個性強的 | 3 | （5）對他人的需要敏感的 | 7 |
| （6）有力的 | 3 | （6）善解人意的 | 7 |
| （7）分析能力強的 | 4 | （7）憐憫他人的 | 5 |
| （8）有領導能力的 | 5 | （8）樂於撫慰受傷害情感的 | 5 |
| （9）愛冒險的 | 3 | （9）熱情的 | 5 |
| （10）果斷的 | 3 | （10）文雅的 | 6 |
| （11）有立場的 | 5 | （11）愛孩子的 | 4 |
| （12）進取的 | 5 | （12）溫柔的 | 7 |
| （13）有競爭心的 | 5 | | |
| （14）有雄心的 | 4 | | |

平兒的男性心理特徵之和爲 51 分，除以 14，約得 3.64 分。女性心理特徵之和爲 68，除以 12，約得 5.67 分。平兒男性心理特徵低於 4.9 的中值，女性心理特徵高於 4.9 的中值。所以平兒的性別角色屬於女性化這一類型。

## 12、紫鵑

| 社會所希冀的男性特徵 | 得　分 | 社會所希冀的女性特徵 | 得　分 |
| --- | --- | --- | --- |
| （1）自立的 | 4 | （1）有感情的 | 6 |
| （2）堅守自己信念的 | 5 | （2）受人讚賞的 | 6 |
| （3）獨立的 | 4 | （3）忠誠的 | 7 |
| （4）武斷的 | 4 | （4）有同情心的 | 7 |

| | | | |
|---|---|---|---|
| （5）個性強的 | 5 | （5）對他人的需要敏感的 | 6 |
| （6）有力的 | 5 | （6）善解人意的 | 7 |
| （7）分析能力強的 | 5 | （7）憐憫他人的 | 6 |
| （8）有領導能力的 | 4 | （8）樂於撫慰受傷害情感的 | 7 |
| （9）愛冒險的 | 4 | （9）熱情的 | 5 |
| （10）果斷的 | 5 | （10）文雅的 | 6 |
| （11）有立場的 | 5 | （11）愛孩子的 | 4 |
| （12）進取的 | 4 | （12）溫柔的 | 6 |
| （13）有競爭心的 | 4 | | |
| （14）有雄心的 | 4 | | |

　　紫鵑的男性心理特徵之和為 62 分，除以 14，約得 4.43 分。女性心理特徵之和為 73，除以 12，得 6.1 分。紫鵑男性心理特徵低於 4.9 的中值，女性心理特徵高於 4.9 的中值。所以紫鵑的性別角色屬於女性化這一類型。

## 13、麝月

| 社會所希冀的男性特徵 | 得　分 | 社會所希冀的女性特徵 | 得　分 |
|---|---|---|---|
| （1）自立的 | 4 | （1）有感情的 | 5 |
| （2）堅守自己信念的 | 2 | （2）受人讚賞的 | 6 |
| （3）獨立的 | 3 | （3）忠誠的 | 5 |
| （4）武斷的 | 2 | （4）有同情心的 | 5 |
| （5）個性強的 | 3 | （5）對他人的需要敏感的 | 7 |
| （6）有力的 | 4 | （6）善解人意的 | 7 |
| （7）分析能力強的 | 4 | （7）憐憫他人的 | 5 |
| （8）有領導能力的 | 5 | （8）樂於撫慰受傷害情感的 | 4 |
| （9）愛冒險的 | 3 | （9）熱情的 | 5 |
| （10）果斷的 | 3 | （10）文雅的 | 6 |
| （11）有立場的 | 4 | （11）愛孩子的 | 4 |
| （12）進取的 | 5 | （12）溫柔的 | 7 |
| （13）有競爭心的 | 6 | | |
| （14）有雄心的 | 4 | | |

麝月的男性心理特徵之和為 52 分，除以 14，約得 3.7 分。女性心理特徵之和為 66，除以 12，得 5.5 分。麝月男性心理特徵低於 4.9 的中值，女性心理特徵高於 4.9 的中值。所以麝月的性別角色屬於女性化這一類型。

由以上數據可以看出寶釵、元春、李紈、秦可卿、襲人、香菱、平兒、紫鵑、麝月等人的性別角色屬於女性化這一類型；而黛玉、妙玉、迎春、惜春四人則屬於未分化這一類型。性別角色研究的成果已經證明心理最健康的性別類型是雙性化，其次是男性化，再次是女性化，未分化型心理健康情況最差。事實上，根據小說的描寫，寶釵、平兒等人的心理健康情況明顯要優於黛玉、妙玉、迎春、惜春等人。

## 第二節　黛玉、妙玉、迎春、惜春的性別角色類型與其心理健康情況分析

黛玉、妙玉、迎春和惜春的性別角色的量化分析，已如上文所述，其性別角色是屬於未分化這一類型。國內外心理學界的大量性別角色研究的結果證明：這一性別類型的人，其心理健康的程度要低於其他三種性別角色類型的人。事實上，小說的具體敘述也表明了寶釵、李紈、襲人、平兒等人的心理狀態要比黛玉、妙玉、迎春和惜春等人的心理狀態健康一些。為了對黛玉、妙玉、迎春和惜春四人的心理特點有更為清楚的瞭解，本章以下部分將對她們四人的心理特徵作進一步的分析。

### （一）抑鬱悲戚、自卑多疑的林黛玉

林黛玉是《紅樓夢》的第一女主角。小說通過大量生動的情節塑造出了這位「古今未見之人」。黛玉是一位有名的「病美人」。病態美的林黛玉甚至一定意義上可以說是最具中國文化特色的美人形象。第六十五回興兒向尤二姐、尤三姐介紹黛玉說：她「一肚子文章，衹是一身多病。這樣的天，還穿夾的，出來風兒一吹就倒了。我們這起沒王法的嘴都悄悄的叫他『多病西施』。」「就藏開了，自己不敢出氣。生怕這氣大了，吹倒了林姑娘。」（第741 頁。）這是說黛玉的病弱。她從幼時起就一直與藥為伴。

不但身體如此，其實黛玉的心理與其身體一樣也是病態的，明顯具有抑鬱悲戚、自卑多疑的心理。紅學前輩王崑崙先生說：「有不少的男人在說：『我受不了那種陰鬱的氣質』，不少的女人認為黛玉暴露了女人的纖弱與狹窄，黛

玉的心情實在是病態的。」〔註1〕一個人心理的健康情況一定程度上可以從他與別人和周圍環境的關係中得到說明。「一年三百六十日，風刀霜劍嚴相逼」，黛玉的這一名言，正可以說明她與周圍環境和他人關係的緊張：

> 她對周圍的人和事缺乏應有的信任，總以為別人有輕視、取笑、欺負自己的動機，按照自己主觀的想當然去懷疑寶釵她們，甚至因此出口傷人；她不能客觀地面對承受和忍耐自己父母雙亡投奔外祖母的現實處境，一味主觀地膨脹和擴大自己的痛苦，人為製造悲淒慘淡的氣氛，整日沈浸於感傷之中；她過分地自尊自愛自賞自憐，總以為自己最尊貴、最出眾、最可憐、最不幸，強烈渴望寶玉及家人給予她超出一般人的關懷、愛護和讚美，對其他姐妹獲得的重視或讚揚心存嫉妒，生怕自己被忽視；她沒有控制和把握自己情緒的能力，隨心所欲地發洩感傷、憂鬱、悲苦、煩悶、惱怒等惡劣情緒。她自覺地營造著、品嘗著悲傷和不幸，一點點將自己逼進無望、無助、無力、無為的死胡同里。林黛玉的生活沒有坦然、沒有從容、沒有安全感，甚至沒有多少快樂，人生的路徑十分狹窄。這正是偏執型人格障礙和自戀型人格障礙的具體反映，說穿了，這就是林黛玉的病態人格。〔註2〕

周圍的一切不可能都是為了一個人的開心而存在。一個人如果因為幾次心理的挫折而認定周圍的一切都與之為敵，祗能說明他的心理和認知出現了問題。賈母是賈府的核心，也是最高掌權人。受到賈母百般疼愛的黛玉卻感到周圍的一切對於她來說都是「風刀霜劍」。這所謂的「風刀霜劍」其實是緣於黛玉病態心理的幻妄。

　　《紅樓夢》的詩詞與情節的發展是相輔相成的。大多數讀者對黛玉印象的獲得和對這一形象的理解主要是通過故事情節來實現的。為了印證和加深讀者通過小說的散文敘事獲得的黛玉這一病態的印象，筆者在此主要通過解讀《紅樓夢》中黛玉的詩詞來分析她的性格和心理。

　　哭泣是林黛玉最具標誌性的特徵，偶有的笑聲並不能真正拭去掛在她面頰上的兩行眼淚。這兩滴永遠不能流到盡頭的眼淚積鬱著她無限的抑鬱和悲

---

〔註1〕　王崑崙《紅樓夢人物論》北京：北京出版社，2004年1月版，第258～259頁。

〔註2〕　黃錦秋《林黛玉病態人格及其文化意義》，載《哈爾濱工業大學學報》2001年第4期，第92～93頁。

戚。第三回林黛玉初進賈府的當天晚上就在自己房間裏「淌眼抹淚」。白日裏寶玉因見到這位「神仙般的妹妹」沒有通靈玉而「登時發作起癡狂病」。林黛玉故而傷心自責，以淚洗面。之後，黛玉幾乎無日不哭，無事不哭。無論獨處還是有人在傍都暗撒明拋，淚流不已。正如《枉凝眉》詞所云「秋流到冬盡、春流到夏」。第二十六回林黛玉來到怡紅院，晴雯不知是黛玉來訪不給開門，引起她的誤會。「林黛玉心中一發動了氣。……越想越傷感起來，也不顧蒼苔露冷，花徑風寒，獨立牆角邊花陰之下，悲悲戚戚，嗚咽起來。」（第 279 頁。）第二十七回「埋香塚飛燕泣殘紅」一節，林黛玉「一腔無明正未發洩，又勾起傷春愁思，因把些殘花落瓣去掩埋，由不得感花傷己」，（第 290 頁）在山坡那邊，她「一行數落著，哭的好不傷感」。於此時她把所有的抑鬱悲戚都融入了這首哀感頑豔的《葬花吟》。

此時，黛玉傷心流淚是因為不能確定寶玉是否真情待她。「不肖種種大承笞撻」之後，黛玉終於明白寶玉為了她可以忍受巨大的痛苦，而且至死不改。不過黛玉的淚水依然不斷地「暗灑閒拋」。寶玉讓晴雯送給黛玉兩條半新不舊的手帕。黛玉會意，不覺神魂馳蕩。在手帕上題詩三首，其一云：

> 眼空蓄淚淚空垂，暗灑閒拋卻為誰。尺幅鮫綃勞解贈，叫人焉
> 得不傷悲！

其二云：

> 拋珠滾玉祇偷潸，鎮日無心鎮日閒。枕上袖邊難拂拭，任他點
> 點與斑斑。（第三十四回，第 362 頁。）

黛玉雖然已經明白寶玉之心，但其哭泣並未見少。仍然是花自嫵媚，淚自流。第七十回的《桃花行》一詩云：

> 胭脂鮮豔何相類，花之顏色人之淚；若將人淚比桃花，淚自長
> 流花自媚。淚眼觀花淚易乾，淚乾春盡花憔悴。憔悴花遮憔悴人，
> 花飛人倦易黃昏。（第七十回，第 788 頁。）

這首詩中，黛玉已經哭泣帶血，斑斑點點有如鮮紅的桃花。實際上這首詩已經預示了命薄如花的黛玉的夭亡。斑斑血淚就是她將要夭亡的象徵。「寶玉看了，並不稱讚，卻滾下淚來。便知出自黛玉。」儘管薛寶琴騙寶玉說此詩出於己手，但敏感的寶玉一望即知，這種「哀音」非黛玉莫屬。

小說中黛玉哭泣之多，無法進行統計。毫不誇張地說，就黛玉而言，真正是生命不息，哭泣不止。祇要她的生命存在一日，其哭泣就不會真正停止。

黛玉的哭泣是其情緒的表達，是其抑鬱悲戚心態的呈現。她不停的哭泣顯示出她抑鬱心態的相對穩定。每個人都同時擁有不同類型的性格特徵。當某人的某種性格特徵比較突出，並且相對穩定不變時，則可稱某人秉有某種類型的性格。當某種性格類型突出到與大多數人相比偏離常態，並影響其自身和他人的社會功能時，就構成了心理問題和相應類型的心理疾病。顯然林黛玉所顯示出來的抑鬱心態是相當穩定的，而且對其自身和他人也都形成了程度不等的影響。因此可以說林黛玉具有比較明顯的抑鬱質人格特徵。她工愁善病、脆弱自卑、抑鬱悲觀、敏感多疑。其抑鬱性心理認知使她習慣於用過於主觀的眼光來看待人和事，也容易使她自我封閉、苦悶頹傷、自卑自憐，又高度自尊，最終導致心理的失衡，而侈言死亡。

她在詩詞之中常常設想自己的死亡。第三十八回「林瀟湘魁奪菊花詩」一節，她所作的《詠菊》、《問菊》、《菊夢》比較清楚地呈現出她自我封閉、孤零悲戚的形象：

> 滿紙自憐題素怨，片言誰解訴秋心？（《詠菊》）
>
> 圃露庭霜何寂寞？鴻歸蛩病可相思？休言舉世無談者，解語何妨話片時。（《問菊》）
>
> 醒時幽怨同誰訴，衰草寒煙無限情。（《菊夢》，第三十八回，第409～410頁。）

同樣的心態在《代別離‧秋窗風雨夕》一詩中也有所顯示。第四十五回林黛玉臥病瀟湘館，秋夜聽雨聲淅瀝，燈下看古人詩詞，見《秋閨怨》、《別離怨》等詞，「心有所感，亦不禁發於章句，遂成《代別離》一首」：

> 秋花慘淡秋草黃，耿耿秋燈秋夜長，已覺秋窗秋不盡，那堪風雨助淒涼。助秋風雨來何速，驚破秋窗秋夢綠。抱得秋情不忍眠，自向秋屏移淚燭。淚燭搖搖爇短檠，牽愁照恨動離情。誰家秋院無風入，何處秋窗無雨聲。羅衾不奈秋風力，殘漏聲催秋雨急，連宵霢霢復颼颼，燈前似伴離人泣。寒煙小院轉蕭條，疏竹虛窗時滴瀝。不知風雨幾時休，已教淚灑窗紗濕。（第489～490頁。）

這首詩主要突出了她的頹怨和苦悶。同樣的愁苦和煩悶在她最著名的《葬花吟》一詩中也有明確的表現：

> 閨中女兒惜春暮，愁緒滿懷無釋處，……花開易見落難尋，階前悶殺葬花人，獨把花鋤淚暗灑，灑上空枝見血痕。杜鵑無語正黃

昏，荷鋤歸去掩重門。青燈照壁人初睡，冷雨敲窗被未溫。（第二十七回，第288～289頁。）

《葬花吟》的寫作緣於林黛玉在怡紅院喫了閉門羹，深感委曲。她轉身回到瀟湘館，無精打采地卸了殘妝：

> 紫鵑雪雁素日知道林黛玉的情性，無事悶坐，不是愁眉，便是長歎，且好端端的不知為什麼常常的便自淚道不乾的。……那林黛玉倚著床欄杆，兩手抱著膝，眼睛含著淚，好似木雕泥塑的一般，直坐二更多天方才睡了。一宿無話。（第二十七回，第280頁。）

這一段文字所刻畫出來的黛玉憂愁苦悶的形象最具典型性，也最能展示黛玉日常生活的樣態。

黛玉父母雙亡，幼小即寄人籬下。這樣的身世使她產生了強烈的漂泊無依之感和自哀自憐的情緒。這種情緒從她的不少詩詞中都可以看得出來。如《唐多令》詞云：

> 粉墮百花州，香殘燕子樓。一團團逐對成毬。飄泊亦如人命薄，空繾綣，說風流。　草木也知愁，韶華竟白頭。歎今生誰拾誰收。嫁與東風春不管，憑爾去，忍淹留。（第七十回，第792頁。）

黛玉的這種情感在《葬花吟》等詩中也有流露：

> 花謝花飛花滿天，紅消香斷有誰憐。遊絲軟繫飄春榭，落絮輕沾撲繡簾。……　怪奴底事倍傷神，半為憐春半惱春：憐春忽至惱忽去，至又無言去不聞。（第二十七回，第288～289頁。）

一個人如果長期被無法釋解的壓抑苦悶、憂愁頹想所困繞，很可能會產生一種自虐的傾向。這種變態的心理甚至會誘使他，朝著死亡來設置與自己相關的一切。《紅樓夢》中的林黛玉就是如此。王崑崙先生在《紅樓夢人物論》中有一段精彩的表述：

> 作者表現黛玉的出身、身體狀態、精神特徵，以及她所住的庭院景象、所用的丫鬟命名等等，無一不是從入手就向著幻滅的歸宿點逐漸集中：換言之，以她所具有十分充足的條件，到處都可以說明這姑娘的結局是失敗，是夭亡。試看竹林叢密曲徑陰深的瀟湘館，不是恰好適合於黛玉幽僻多愁的個性？這姑娘平日除了與寶玉相處以外，她的精神伴侶祇有案上的詩書、架上的鸚鵡而已。寶釵所有的是人工炮製的「冷香」，而走進黛玉房間所聞到的是藥爐裏發出來

的藥香。寶釵偶然興致來了，就去「戲彩蝶」，黛玉偶然看見落花，
就「泣殘紅」。寶釵平日的生活是幫著母親料理家事，做女紅，或找
找長輩平輩以至於大丫鬟們談談天；而黛玉卻是靜坐在芭蕉掩映的
月窗之下教鸚鵡讀自己的葬花詩，以致那鸚鵡也學會了她那一聲長
歎。除了寶玉一人可以有時帶幾分人間的溫暖到她的左右之外，這
閴寂無聲的瀟湘館中，就祇有紫鵑看著黛玉的愁眉淚眼了。〔註3〕

林黛玉雖在大觀園中，卻如繫館舍羈旅。瀟湘館，這一「館」字不但是對她
畸零身世的一個暗示，同時也點出了她人生如寄、逆旅窮愁的心態。瀟湘館
雖然靜謐幽雅，但這種陰冷的色調卻難免給人一種壓抑之感。教鸚鵡學詩雖
然裝點了閨中少女的情致，但鸚鵡讀《葬花吟》和學人歎息，帶給人的卻是
一種不祥的預感。

　　黛玉葬花是《紅樓夢》中非常精彩的一個片斷。歷史上雖有唐寅、納蘭
容若之流收拾殘紅，築成花塚來裝點文人的雅韻風流，但黛玉葬花卻絕不是
對這種文人韻事的模仿。黛玉葬花隱含著她強烈的死亡意向。雖云葬花，實
則自葬！這種意向在她的《葬花吟》一詩中有非常顯豁的表露：

　　　　花謝花飛花滿天，紅消香斷有誰憐。……桃李明年能再發，明
　　年閨中知有誰。……明年花發雖可啄，卻不道人去梁空巢也傾。一
　　年三百六十日，風刀霜劍嚴相逼，明媚鮮妍能幾時，一朝飄泊難尋
　　覓。花開易見落難尋，階前悶殺葬花人，……昨宵庭外悲歌發，知
　　是花魂與鳥魂？花魂鳥魂總難留，鳥自無言花自羞。願奴脅下生雙
　　翼，隨花飛到天盡頭。天盡頭，何處有香丘？未若錦囊收豔骨，一
　　堆淨土掩風流。質本潔來還潔去，強於汙淖陷渠溝。爾今死去儂收
　　葬，未卜儂身何日喪。儂今葬花人笑癡，他年葬儂知是誰。試看春
　　殘花漸落，便是紅顏老死時。一朝春盡紅顏老，花落人亡兩不知。（第
　　二十七回，288～289頁。）

這裡面雖然有她面對死亡的擔憂和恐懼，但不少詩句卻又非常明顯地透露出
了她死亡的選擇和準備。

　　作者為林黛玉這一人物所設置的情節，清楚地呈現出了她由情入死的過
程，也一步步預示著這個人物在不斷地走向死亡。第三十七回，海棠詩社成

---

〔註3〕王崑崙《紅樓夢人物論》北京：北京出版社，2004年1月版，第261～262
　　　頁。

立之初，黛玉所作《詠白海棠》詩就已經作出這種暗示：「月窟僊人縫縞袂，秋閨怨女拭啼痕。」蔡義江先生說「以縞素喻花，無異暗示夭亡，而喪服由僊女縫製，不知是否因為她本是『絳珠仙草』。」〔註4〕到第七十六回黛玉與湘雲中秋聯句之時，這種暗示就更為明顯了。如果說黛玉在《葬花吟》中還祇是表現對死亡的擔憂和準備，那麼中秋聯句，就非常明白告訴讀者，此時的她已經將不久於人世了：

> ……人向廣寒奔。犯斗邀牛女，……晦朔魄空存。壺漏聲將涸，……
> 冷月葬花魂。（第869～870頁。）

黛玉「魄空存」、「聲將涸」、「葬花魂」，這樣的用詞已經明白說出了其生命之水將要乾涸的事實。

黛玉侈言死亡，以及對死亡的期待和準備，顯示出她心理的病態。而這種病態心理的形成與其長期抑鬱苦悶，自卑多疑的性格有著密切的關係。她這種性格又進一步衍生出多愁善感、憂鬱愛哭、脆弱膽怯、易受傷害等不健康的心理特徵。

### （二）孤高癖潔的妙玉

第五回《紅樓夢曲》第七支《世難容》詠妙玉云：「氣質美如蘭，才華復比仙，天生成孤癖人皆罕。你道是啖肉食腥膻，視綺羅俗厭，卻不知太高人愈妒，過潔世同嫌。可嘆這青燈古殿人將老，辜負了紅粉朱樓春色闌，到頭來依舊是風塵骯髒違心願，好一似無瑕白玉遭泥陷，又何須王孫公子嘆無緣。」（第57頁。）曲中「天生成孤癖人皆罕」，「太高人愈妒，過潔世同嫌」兩句點出了妙玉的心理問題：孤高癖潔。

《紅樓夢》刻畫妙玉主要是側面虛寫。第一次正面描寫妙玉是第四十一回「賈寶玉品茶櫳翠菴，劉姥姥醉臥怡紅院」。賈母帶了劉姥姥至櫳翠菴來：

> 妙玉忙接了進去。……妙玉親自捧了一個海棠花式雕漆填金雲
> 龍獻壽的小茶盤，裏面放一個成窰五彩泥金小蓋鍾，奉與賈母。……
> 賈母便喫了半盞，便笑著遞與劉姥姥說：「你嘗嘗這個茶。」劉姥姥
> 接來一口喫盡。（第441頁。）

因劉姥姥用過這杯子，妙玉嫌髒不要了。寶玉向妙玉陪笑道：

> 「那茶杯雖然髒了，白撂了豈不可惜。依我說，不如就給那貧

---

〔註4〕 蔡義江著《紅樓夢詩詞曲賦鑒賞》北京：中華書局，2004年9月第2版，第226頁。

婆子罷，他賣了也可以度日。你道可使得？」妙玉聽了，想了一想，
點頭說道：「這也罷了。幸而那杯子是我沒喫過的；若我喫過的，我
就砸碎了也不能給他。你要給他，我也不管，我祇交給你，快拿了
去罷。」寶玉笑道：「自然如此。你那裡和他說話授受去，越發連你
也髒了。祇交與我就是了。」妙玉便命人拿來，遞與寶玉。寶玉接
了，又道：「等我們出去了，我叫幾個小幺兒來，河裏打幾桶水來洗
地，如何？」妙玉笑道：「這更好了。祇是你囑咐他們擡了水，祇擱
在山門外頭牆根下，別進門來。」寶玉道：「這是自然的。」（第四
十一回，第 443 頁。）

從這一段文字中可以非常清楚地看出妙玉過潔成癖的心理。庚辰本回前脂批
曰：「妙玉雖以清淨無爲自守，而怪潔之癖未免有過，老嫗只污得一盃，見而
勿用。」〔註5〕此回又有夾批云：「妙玉眞清潔高雅，然亦怪譎孤僻甚矣。實
有此等人物，但罕耳。」〔註6〕

　　除了「清潔高雅」，過潔成癖之外，妙玉還有一個非常嚴重的問題，即是
太過孤高自許。用寶玉的話說，就是「他爲人孤僻，不合時宜，萬人不入他
目。」（第六十三回，第 708 頁。）她的這種癖性難免會給人帶來一些負面的
印象。「太高人愈妒，過潔世同嫌。」被她邀約去喫「梯己茶」的黛玉也認識
到妙玉有種不健康的心態：「黛玉知他天性怪僻，不好多話，亦不好多坐，喫
過茶，便約著寶釵走了出來。」（第四十一回，第 443 頁。）即使是淡泊厚道
的李紈也對妙玉的怪癖有些反感：「可厭妙玉爲人，我不理他。」（第五十回，
第 542 頁。）賈環甚至爲她不幸的結局幸災樂禍。後四十回寫到妙玉被殺後，
「賈環道：『妙玉這個東西是最討人嫌的。他一日家捏酸，見了寶玉就眉開眼
笑了。我若見了他，他從不拿正眼瞧我一瞧。眞要是他，我才趁願呢！』（第
一百一十七回，第 1296～1297 頁。）

　　妙玉不健康的心態從她的詩句中也可以看得出來。第七十六回黛玉、湘
雲在凹晶館聯詩。當二人聯到「寒塘渡鶴影，冷月葬花魂」之時，妙玉突然
從山石後面轉出道：「好詩，好詩。果然太悲涼了」，「雖好，祇是過於頹敗悽
楚，……所以我出來止住。」（第 870 頁。）儘管妙玉嫌黛玉、湘雲的聯句「過

---

〔註5〕　第四十一回回前評。見曹雪芹著《脂硯齋重評石頭記》（庚辰本）北京：人民
　　　　文學出版社，2010 年 1 月版，第 933 頁。
〔註6〕　見曹雪芹著《脂硯齋重評石頭記》（庚辰本）北京：人民文學出版社，2010
　　　　年 1 月版，第 945～946 頁。

於頹敗悽楚」，但她的續作也不見得好到哪裡去。她續到：「簫增嫠婦泣，衾倩侍兒溫。……露濃苔更滑，霜重竹難捫。……石奇神鬼搏，木怪虎狼蹲。」（第 871 頁。）其續作所描寫的景象更爲頹喪淒涼，孤冷怪異。

總之，妙玉的心理總體上是呈病態的。《世難容》一曲對她的概括最爲準確：「天生成孤癖人皆罕。……太高人愈妒，過潔世同嫌。」

### （三）逆來順受的迎春

在四大小姐中，迎春與探春皆爲庶出，性格卻正好相反。探春是一個碰不得的「玫瑰花」；而迎春卻是「一味懦弱」，[註7] 無論主子還是下人都可以欺負的「二木頭」。對於來自外界的壓力她無力應付，祇有逆來順受，退讓逃避。她優柔寡斷、膽小怕事、自卑壓抑、憂鬱被動，是個慢性子「不中用」的人。其心理顯然不是一種健康的狀態。

迎春感到無力應付外界壓力，因而消極懦弱，沈默寡言。自己很少開口說話，也不喜歡別人在她跟前喋喋不休。她在小說中第一次開口說話，是在第三十一回史湘雲來到榮府的時候。眾人都在賈母房裏回憶湘雲幼時寄居賈府的種種淘氣，和軼聞趣事。一向不愛說話的迎春說：「淘氣也罷了，我就嫌他愛說話。也沒見睡在那裡，還咭咭呱呱笑一陣說一陣，也不知那裡來的那些話。」（第三十一回，第 333 頁。）她這種「戳一針也不知噯喲一聲」（第六十五回，第 740 頁。）的性格，也就使她在很多事件中祇能成爲配角，在許多場合也都祇是陪坐一旁。她雖爲賈府四大小姐之一，但祇到此時作者才讓她開口說話，且所說的內容又是嫌別人多話。

迎春木然處世，自己的事情一任別人處置。在寶釵看來她是個「連他自己尚未照管齊全」，「有氣的死人」。（第五十七回，第 636 頁。）第三十七回組織詩社，人人都起個號。迎春說：「我們又不大會詩，白起個號作什麼？」寶釵順口道：「他住的是紫菱洲，就叫他『菱洲』」。（第 391～392 頁。）對此她不發表任何意見，木然接受寶釵不經意的提議。即使被人欺侮到頭上，她也毫無慍色。甚至與自己關係密切的事情她也不聞不問，似乎全然與自己無關。

大觀園婆子們玩忽職守，夜間聚賭，賈母震怒，命令徹查嚴辦，「查得大

---

〔註 7〕 清‧王希廉《新評繡像紅樓夢全傳》七十四回回評，道光十二年雙清仙館刊本，見朱一玄編《紅樓夢資料彙編》天津：南開大學出版社，2001 年 10 月版，第 634 頁。

頭家三人，小頭家八人，聚賭者通共二十多人」（第七十三回，第 823 頁）。迎春乳母即是其中的大頭家。邢夫人得知消息後，立即過來興師問罪。

> 迎春正因他乳母獲罪，自覺無趣，心中不自在，忽報母親來了，遂接入內室。奉茶畢，邢夫人因說道：「你這麼大了，你那奶子行此事，你也不說說他。如今別人都好好的，偏咱們的人做出這事來，什麼意思。」迎春低首弄衣帶，半晌答道：「我說他兩次，他不聽也無法。況且他是媽媽，祇有他說我的，沒有我說他的。」邢夫人道：「胡說。你不好了，他原該說；如今他犯了法，你就該拿出小姐的身分來；他敢不從，你就回我去才是。如今直等外人共知，是什麼意思。再者，放頭兒，還恐怕他巧言花語的和你借貸些簪環衣履作本錢，你這心活面軟的，未必不周濟他些。若被他騙去，我是一個錢沒有的，看你明日怎麼過節。」迎春不語，祇低頭弄衣帶。（第七十三回，第 825 頁。）

邢夫人一陣數落責難，迎春祇是低頭「認罪」。邢夫人離開後，迎春的丫鬟繡橘，又向迎春提出了攢珠累金鳳被盜的事。繡橘因說道：

> 「姑娘就該問老奶奶一聲，祇是臉軟怕人惱。如今竟怕無著，明兒要都戴時，獨咱們不戴，是何意思呢。」迎春道：「何用問，自然是他拿去，暫時借一肩了。我祇說他悄悄的拿了出去，不過一時半晌，仍舊悄悄放上，誰知他就忘了。今日偏又鬧出來，問他想也無益。」繡橘道：「何曾是忘記！他是試準了姑娘的性格，所以才這樣。如今我有個主意：我竟走到二奶奶房裏，將此事回了他，或他著人去，或他省事，拿幾吊錢來替他賠補。如何？」迎春忙道：「罷，罷，罷，省些事罷。寧可沒有了，又何必生事。」繡橘道：「姑娘怎這樣軟弱！都要省起事來，將來連姑娘還騙了去呢，我竟去的是。」說著便走。迎春便不言語，祇好由他。（第七十三回，第 826～827 頁。）

迎春不但不能轄制自己的下人，而且還任由下人欺負自己。迎春的乳母「試準」了她的懦弱，所以才敢如此胡作非為，賭輸了錢，卻拿主子的東西典當。迎春雖然懦弱怕事，但她的丫鬟卻敢說敢作。繡橘替她著急，要把事情的真相和盤托出，向鳳姐出首。迎春雖因怕事「寧可沒有了」也不願讓她「生事」，但繡橘執意去，她也無可奈何，任由其便。

迎春乳母的兒子王住兒媳婦因她婆婆得了罪，來求迎春去討情，聽她們

正說累金鳳的事，且不進去。稍停進來說：

> 「如今還要求姑娘看從小兒喫奶的情常，往老太太那邊去討個
> 情面，救出他老人家來才好。」迎春先便說道：「好嫂子，你趁早兒
> 打了這妄想，要等我去說情兒，等到明年也不中用的。方才連寶姐
> 姐林妹妹大夥兒說情，老太太還不依，何況是我一個人。我自己愧
> 還愧不過來，反去討臊去！」繡橘便說：「贖金鳳是一件事，說情是
> 一件事，別絞在一處說。難道姑娘不去說情，你就不賠了不成？嫂
> 子且去取了金鳳來再說。」……迎春聽見這媳婦發邢夫人之私意，
> 忙止道：「罷，罷，罷！你不能拿了金鳳來，不必牽三扯四亂嚷。我
> 也不要那鳳了。便是太太們問時，我祇說丟了，也妨礙不著你什麼
> 的。你出去歇息歇息倒好。」一面叫繡橘倒茶來。繡橘又氣又急，
> 因說道：「姑娘雖不怕，我們是作什麼的！把姑娘的東西丟了，他倒
> 賴說姑娘使了他們的錢，這如今竟要準折起來。儻或太太問姑娘為
> 什麼使了這些錢，敢是我們就中取勢了？這還了得！」一行說，一行
> 就哭了。司棋聽不過，祇得勉強過來幫著繡橘問著那媳婦。迎春勸
> 止不住，自拿了一本《太上感應篇》來看。（第七十三回，第827～
> 828頁。）

清人陳其泰說：「百忙中看感應篇，寫迎春頰上三毫，形容妙絕。」〔註8〕迎
春膽小怕事，逆來順受的性格，在此得到了突出的表現。

　　這時正好探春、寶釵、黛玉等到來，探春及時召來平兒，巧用「物傷其
類，」「唇竭齒亡」之說痛責迎春乳母之媳。平兒立即表示：「若論此事，還
不是大事，極好處的。但他現是姑娘的奶嫂，據姑娘怎麼樣為是？」而此時
迎春，卻還在和寶釵談論著《太上感應篇》的故事，竟然「連探春之語亦不
曾聞得」，忽聽平兒一問，乃笑道：

> 「問我，我也沒什麼法子。他們的不是，自作自受，我也不能
> 討情，我也不去苛責就是了。至於私自拿去的東西，送來我收下，
> 不送來我也不要了。太太們要問，我可以隱瞞遮飾過去，是他的造
> 化；若瞞不住，我也沒法，沒有個為他們反欺枉太太們的理，少不
> 得直說。你們若說我好性兒，沒個決斷，竟有好主意可以八面周全，

---

〔註8〕　清・陳其泰評，劉操南輯《桐花鳳閣評〈紅樓夢〉輯錄》天津：天津人民出
　　　　版社，1981年版，第212頁。

不使太太們生氣，任憑你們處治，我總不知道。」眾人聽了，都好
笑起來。黛玉笑道：「真是『虎狼屯於階陛，尚談因果。』」（第七十
三回，第830頁。）

迎春既不「苛責」，也不「討情」，正是一種無可無不可的態度。她對周圍的
善惡是非，一概不予分辨，甚至危及自己，也無動於衷。黛玉所言，真是入
木三分。

《太上感應篇》為抱朴子託言太上而作，是勸善懲惡之書，宣揚救人急
難，是陰騭事。迎春喜讀此書，可是真地遇上急難之事，迎春卻又不肯去救
助別人，乃至自己的丫鬟。抄檢大觀園，從迎春的丫鬟司棋箱中，抄出她與
潘又安定情之物。司棋曾求迎春討情保下，免被逐出。迎春卻說：

> 我知道你幹了什麼大不是，我還十分說情留下，豈不連我也完
> 了！你瞧入畫也是幾年的，怎麼說去就去了。自然不止你兩個，想
> 這園裏凡大的都要去呢。依我說，將來終有一散，不如你各人去罷。
> （第七十七回，第875頁。）

「語言遲慢」，「耳軟心活」的迎春不能作主，也無膽量替她說情，祇好自我
安慰，「想這園裏凡大的都要去呢。依我說，將來終有一散，不如你各人去罷。」
迎春不但任由跟隨自己多年的丫鬟被逐，無動於衷，而且當賈赦因欠了孫紹
祖五千兩銀子，無錢償還，把她抵押出去，她也沒有作出任何反應。

賈赦執意將迎春許與孫家，她祇好聽從其父的安排。孫紹祖「一味好色
好財酗酒，家中所有的媳婦丫頭將及淫遍」，迎春祇略勸兩三次，便被斥為「醋
汁子老婆擰出來的」。他指著迎春的臉說道：

> 你別和我充夫人娘子。你老子使了我五千銀子，把你準折買給
> 我的。好不好，打一頓攆到下房裏睡去。當日有你爺爺在時，希圖
> 上我們的富貴，趕著相與的。論理我和你父親是一輩，如今強壓我
> 的頭，賣了一輩。又不該作了這門親，倒沒的叫人看著趨勢利似的。
> （第八十回，第921頁。）

王夫人指望孫紹祖以後會好些，但以後他卻變本加厲，除了打罵之外，還常
常不給她飯喫。迎春起初還能回娘家做做客，每回皆是坐不了一會兒，孫家
就派人來接回。後來孫家索性把她關在家裏。迎春起初還敢回門向王夫人或
到訪的婆子們哭訴，後來被打怕了，連向太太哭訴的膽量也沒有了：

> 時常聽見他被女婿打鬧，甚至不給飯喫，就是我們送了東西去

他也摸不著。近來聽見益發不好了，也不放他回來。兩口子拌起來就說咱們使了他家的銀錢。可憐這孩子總不得個出頭的日子！前兒我惦記他，打發人去瞧他，迎丫頭藏在耳房裏不肯出來。老婆子們必要進去，看見我們姑娘這樣冷天還穿著幾件舊衣裳。他一包眼淚的告訴婆子們說：「回去別說我這麼苦，這也是命裏所招。也不用送什麼衣服東西來，不但摸不著，反要添一頓打。」……如今迎姑娘實在比我們三等使喚的丫頭還不如。（第一百回，第 1127 頁。）

結果，迎春出嫁還不到一年即被折磨至死。

迎春無力應付外界的壓力，始終伴有一種消極的情緒，因而她對任何事情都退讓逃避，逆來順受。這種不健康的心態不但使她的生活缺少色彩，而且最終也給她帶來了不幸的結局。

### （四）偏執孤僻的惜春

賈府四小姐，兩個積極入世，兩個消極逃避。迎春退讓隱忍，惜春偏執孤僻。元、迎、探、惜的不同性格和不同命運關係著小說整個的悲劇結構。雖說從小說的整體結構上，惜春於三春去後才皈依空門，但在三春的悲劇命運尚未顯現之時，小說已經寫及她日後要出家的心理基礎。她自小就乖僻離群，面冷心冷，膽小怕事，孤介自潔，悲觀絕望，顯示出不太健康的心態。

惜春最突出的性格特徵即是孤僻偏執。「惜春雖然年幼，卻天生地一種百折不回的廉介孤獨僻性。」（第七十四回，第 845 頁。）小說在第七回送宮花和第二十二回製燈謎的時候對其最終的結局作了一些預示。真正對她「孤介性癖」，[註9] 面冷心冷的性格進行集中刻畫的是小說第七十四回。

惜春不愛與人交往。小說交待與之交往較為密切的祇有智能和妙玉兩位尼姑。她參加大觀園中女兒們的活動也祇是應景而已。她不願過問別人的事情，但抄檢大觀園卻把她捲入是非之中。她的丫頭入畫私藏了哥哥交存的銀錁子和其他物件。這些東西本是賈珍賞給她哥哥的。鳳姐和尤氏認為入畫已如實交待，不算大錯，下不為例即可。但惜春卻不依不饒，一定要讓她們把入畫帶走，「快帶了他去。或打或殺或賣，我一概不管。」「任人怎說，他祇以為丟了他的體面，咬定牙，斷乎不肯」再留入畫。（第 845 頁。）「惜春天

---

〔註9〕 清・王希廉《新評繡像紅樓夢全傳》七十四回回評。見朱一玄編《紅樓夢資料彙編》天津：南開大學出版社，2001 年 10 版，第 634 頁。

性孤僻，其遣入畫一事，誠爲過當。」〔註10〕

在惜春看來，入畫是從寧府帶來的丫頭，生怕兄嫂帶累了自己的清白，立逼著尤氏把入畫帶走，並且說自己也不便再到寧府：

> 「不但不要入畫，如今我也大了，連我也不便往你們那邊去了。況且近日我每每風聞得有人背地裏議論什麼多少不堪的閒話，我若再去，連我也編上了。」尤氏道：「誰議論什麼？又有什麼可議論的？姑娘是誰？我們是誰？姑娘既聽見人議論我們，就該問著他才是。」惜春冷笑道：「你這話問著我倒好。我一個姑娘家，祗有躲是非的，我反去尋是非，成個什麼人了！還有一句話，我不怕你惱：好歹自有公論，又何必去問人。古人說得好，『善惡生死，父子不能有所勸助』，何況你我二人之間。我祗知道保得住我就夠了，不管你們。從此以後，你們有事，別累我。」尤氏聽了，又氣又好笑。（第845頁。）

她本是寧府中的人，是賈珍的親妹妹，祗因賈母喜愛這些孫女，才讓她在大觀園與眾姐妹一同起居。但她爲避免牽累，以至於「矢孤介杜絕寧國府」。她的這番話也表現出她膽小怕事，唯求自保的心理。尤氏認爲她不知好歹，不可理喻，因向眾人道：

> 「怪道人人都說這四丫頭年輕糊塗，我祗不信。你們聽才一篇話，無原無故，又不知好歹，又沒個輕重，雖然是小孩子的話，卻又能寒人的心。」眾嬤嬤笑道：「姑娘年輕，奶奶自然要喫些虧的。」惜春冷笑道：「我雖年輕，這話卻不年輕。你們不看書，不識幾個字，所以都是些呆子，看著明白人，倒說我年輕糊塗。」尤氏道：「你是狀元探花，古今第一個才子。我們是糊塗人，不如你明白，何如？」惜春道：「狀元[探花]，難道就沒有糊塗的不成？可知他們有不能了悟的更多。」尤氏笑道：「你倒好，才是才子，這會子又作大和尚了，又講起了悟來。」惜春道：「我不了悟，我也捨不得入畫了。」尤氏道：「可知你是個冷口冷心的人。」惜春道：「古人曾也說的，『不作狠心人，難得自了漢。』我清清白白的一個人，爲什麼教你們帶累壞了我。」（第845～846頁。）

惜春自認爲已看破紅塵，了斷生死，爲他人所不及，但在別人口中，卻是另外

---

〔註10〕 清·許葉芬著《紅樓夢辨》，見一粟編《紅樓夢資料彙編》北京：中華書局，1964年1月版，第231頁。

一說。王希廉在《紅樓夢》總評中稱：「惜春是偏僻之性，非才非德」。〔註11〕尤氏向探春講了惜春事後，探春則說「這是他的僻性，孤介太過，我們再傲不過他的」。（第七十五回，第 849 頁。）知妹莫如姊，在胸襟開闊，明辨事理的探春眼中，惜春孤僻偏執的脾性，袛能容忍，而不可強拗，並非不可理喻。

惜春自幼性情乖僻，加之母親早亡，父親出家，哥哥賈珍淫濫，嫂嫂尤氏爲她所不齒，所有這一切也就使她這種孤冷的性格隨著年齡的增長而進一步加強。「惜春幼而孤僻，年已及笄，倔強猶昔也。」〔註12〕賈府敗落之後，惜春尋死覓活，決意出家。賈府的尊長們鑒於她偏執孤僻的心理，也無可奈何，袛好任由她的脾性。

總之，黛玉、妙玉、迎春、惜春四人雖各各性格鮮明，但她們卻都存在著一定的心理問題。黛玉抑鬱悲戚、自卑多疑；妙玉孤高太過、喜潔成癖；迎春逆來順受；惜春偏執孤僻，其心理皆呈病態。現代心理學研究證明性別角色屬於未分化型的人，其心理健康情況最差。而心理皆呈病態的黛玉、妙玉、迎春、惜春四人，其性別角色也恰好屬於未分化這一類型。

〔註11〕清・王希廉《新評繡像紅樓夢全傳》總評，道光十二年雙清仙館刊本，見朱一玄編《紅樓夢資料彙編》天津：南開大學出版社，2001 年 10 月版，第 582 頁。

〔註12〕清・二知道人著《紅樓夢說夢》，見一粟編《紅樓夢資料彙編》北京：中華書局，1964 年 1 月版，第 94 頁。

# 第十二章　紅樓女性的男性化或雙性化與女越男界的文化現象

## 第一節　紅樓女性的男性化或雙性化與歷史上走進男人社會的女人

　　《紅樓夢》中王熙鳳等人心理性別的男性化和探春等人心理性別的雙性化都是比較突出的。小說中出現眾多男性化和雙性化的女人，一方面有著作者深刻的用意，另一方面也有著大量歷史的和文化的依據。「裙釵一二可齊家」，女人也可以像男人一樣充分展示自己的才性，這也許就是作者想通過這些人物形象所要表達的部分思想。事實上，女扮男裝走進男人社會、從事男人事業的女人在歷史上和文學作品中都不是非常罕見的。

　　由於文化的規定性，社會當中不同類型的事情，分別被派給了不同性別的人群。哪些事情由男人做，哪些事情由女人來做，一般情況下，其間的分別是比較清楚的。儘管許多事情的分工十分嚴格，但是有些時候男人和女人也會「越位」從事。也即是說，雖然中國傳統文化對男人和女人言語行為規範有著嚴格的規定，但對男人和女人一定程度地「僭越」，並沒有完全禁止。按照傳統文化的規定，在我們這個社會當中政治、軍事等社會活動都是男人的事情。不過，歷史上偶爾也會有女人的身影出現在戰爭之中。殷商甲骨文中就有女人作戰的記載。殷商中興之主武丁的愛妃婦好即曾披甲帶兵征戰。

　　秦漢時期有關女人參與戰事的記載更多。《墨子・備城門》云：「守法：

五十步丈夫十人，丁女二十人，老小十人，計之五十步四十人。……廣五百步之隊，丈夫千人，丁女子二千人，老小千人，（千皆當作十。）凡千人（當云四十人。）而足以應之，此守術之數也。」〔註1〕墨子在此記述的是守城之法。可以看出在他的構想中，女人也可以從軍戰守。《墨子‧號令》云：「諸男女有守於城上者，什，六弩、四兵。丁女子、老少，人一矛。……女子到大軍，令行者男子行左，女子行右，無並行，皆就其守，不從令者斬。……男子有守者，爵人二級；女子，賜錢五千；男女老小先分守者，人賜錢千。復之三歲，無有所與，不租稅。此所以勸吏民堅守勝圍也。」〔註2〕墨子以善守著稱，其防守之法堪稱經典。女人在其有關防守的論述中佔有重要的位置。《墨子》一書對女人參與防守的規定非常詳細，甚至對女人所使用的武器和所應受到的獎勵都有詳細的說明。《商君書‧兵守》也談到被圍之時女人參與守城的問題：「守城之道，盛力也。……壯男為一軍；壯女為一軍；男女之老弱者為一軍。此之謂三軍也。壯男之軍，使盛食、厲兵，陳而待敵。壯女之軍，使盛食，負壘，陳而待令。……老弱之軍，使牧牛馬羊彘，草（水）[木]之可食者，收而食之，以獲其壯男女之食。」〔註3〕先秦時期的《墨子》和《商君書》這兩部重要典籍都在制度上談到了女人從事戰守的問題。先秦時期不但有女人參與戰守的制度上的規定，同時也有女人參戰的實例：《史記‧田單列傳》云「田單知士卒之可用，乃身操版插，與士卒分功，妻妾編於行伍之間，盡散飲食饗士。令甲卒皆伏，使老弱女子乘城，遣使約降於燕，燕軍皆呼萬歲。」〔註4〕這段記載是說燕國進攻齊國時，齊國大將田單曾經征調婦女守城。《左傳‧哀公十五年》載衛國發生軍事政變時，「既食，孔伯姬杖戈而先，大子與五人介，輿猳從之。」〔註5〕《史記‧平原君虞卿列傳》記載秦軍圍困趙國都城邯鄲時，李同對平原君說，「邯鄲之民，炊骨易子而食，可謂急矣，而君之後宮以百數，婢妾被綺縠，餘粱肉」，建議「令夫人以下編於士卒之間，分功而作，家之所有盡散以饗士，……平原君從之，得敢

---

〔註1〕 清‧畢沅校註，吳旭民標點《墨子》上海：上海古籍出版社，1995年12月版，第214頁。

〔註2〕 清‧畢沅校註，吳旭民標點《墨子》上海：上海古籍出版社，1995年12月版，第237～239頁。

〔註3〕 高亨註譯《商君書註譯》北京：中華書局，1974年11月版，第101頁。

〔註4〕 西漢‧司馬遷著《史記》卷八十二，見《二十五史》第一冊，上海：上海古籍出版社、上海書店，1986年12月版，第277頁。

〔註5〕 春秋‧左邱明著《左傳》長沙：嶽麓書社，1988年12月版，第413頁。

死之士三千人，……秦軍爲之却三十里。亦會楚、魏救至，秦兵遂罷，邯鄲
復存」。〔註6〕雖然在通常情況下戰爭被認爲是男人的事情，但這些記載說明
先秦時期女人實際上已經直接參與了戰爭。事急勢危，后妃宮女尙可投入戰
鬥，下層婦女參加戰鬥的情形應該更爲普遍。徐中舒先生云：「古代人口稀
少，故每當大戰則有時徵及壯女及老弱，各司其事；後世人多，始專征壯男
爲兵。」〔註7〕

　　秦漢之交，楚、漢爭霸時，頗有流氓脾性的劉邦也曾讓女人「被甲」與
戰。《史記》云：「漢軍絕食，乃夜出女子東門二千餘人，被甲，楚因四面擊
之。將軍紀信乃乘王駕，詐爲漢王，誑楚，楚皆呼萬歲，之城東觀，以故漢
王得與數十騎出西門遁。」〔註8〕《漢書》和《後漢書》也有婦女參戰的記載。
《漢書・賈捐之傳》云：「當此之時，寇賊並起，軍旅數發，父戰死於前，子
鬬傷於後，女子乘亭鄣，孤兒號於道，老母寡婦飮泣巷哭，遙設虛祭，想魂
乎萬里之外。」〔註9〕這些記載都說明了在不得已的情況下，婦女實際上參與
了戰爭。西漢末年兵興民間。「天鳳元年，琅邪海曲有呂母者，子爲縣吏，犯
小罪，宰論殺之。」呂母聚得數十百人，入海中，招合亡命，眾至數千。「呂
母自稱將軍，引兵還攻破海曲，執縣宰。……遂斬之，以其首祭子塚，復還
海中。」〔註10〕《漢書》記載王莽地皇二年，有平原女子遲昭平「聚數千人
在河阻中」。〔註11〕《後漢書》記載：「地皇二年，荊州牧某發奔命二萬人攻
之，（王）匡等相率迎擊於雲杜，大破牧軍，殺數千人，盡獲輜重，遂攻拔竟
陵。轉擊雲杜、安陸，多略婦女，還入綠林中，至有五萬餘口，州郡不能制。」
〔註12〕這說明西漢末年有大量的下層婦女加入了起義軍。婦女從軍的現象在

〔註6〕　西漢・司馬遷著《史記》卷七十六，見《二十五史》第一冊，上海：上海古
　　　　籍出版社、上海書店，1986年12月版，第268頁。
〔註7〕　轉引自繆文遠著《七國考訂補》下冊，上海：上海古籍出版社，1987年，第572
　　　　頁。
〔註8〕　西漢・司馬遷著《史記》卷八《高祖本紀》，見《二十五史》第一冊，上海：
　　　　上海古籍出版社、上海書店，1986年12月版，第42頁。
〔註9〕　東漢・班固著《漢書》卷六十四下，見《二十五史》第一冊，上海：上海古
　　　　籍出版社、上海書店，1986年12月版，第263頁。
〔註10〕南朝宋・范曄著《後漢書》卷十一，《劉玄、劉盆子列傳》北京：中華書局，
　　　　1965年5月版，477頁。
〔註11〕西漢・班固著《漢書》卷九十九下《王莽傳》，見《二十五史》第一冊，上海：
　　　　上海古籍出版社、上海書店，1986年12月版，第386頁。
〔註12〕南朝宋・范曄著《後漢書》卷十一，《劉玄、劉盆子列傳》北京：中華書局，
　　　　1965年5月版，第467～468頁。

後來的農民起義軍中屢見不鮮。《華陽國志・巴志》記載漢桓帝永興二年（154），巴郡太守但望上疏陳述當地「賊盜公行，奸宄不絕，……有女服賊千有餘人，布散千里。」〔註13〕《資治通鑑》卷五十二記載：「漢沖帝永嘉（當為永熹）元年九月，巴郡人服直聚黨數百人，自稱天王。益州刺史種暠與太守應承討捕不克，吏民多被傷害。」〔註14〕此「服直」疑為女性，即「女服賊」的首領。

三國時期也有女人參與戰事的記載。《三國志》卷一《武帝紀》註引《魏書》云：「於是兵皆出取麥，在者不能千人，屯營不固。太祖乃令婦人守陣，悉兵拒之。」〔註15〕普通婦女參與戰事，很多情況下也許是事非得已。儘管如此，我們也不能否認有個別女性參與戰事帶有一定的主動性。有些女人其性格本身就比較剛烈，有一種男性化的性格特質。三國時期劉備的夫人孫氏就是這種女性。《三國志》記載：「孫權以妹妻先主，妹才捷剛猛，有諸兄之風，侍婢百餘人，皆親執刀侍立，先主每入，衷心常凜凜。」〔註16〕《三國志》裴松之註引《雲別傳》亦云：「先主孫夫人以權妹驕豪，多將吳吏兵，縱橫不法。」〔註17〕像孫夫人這樣「驕豪」、「剛猛」的女人在後來的歷史中也常常出現。下層社會中的普通民眾，因為較少受到傳統文化的正規教育，這類女性也許會更多。

「五代之季，四方雲擾，峒賊乘機劫掠，有武寡婦者富而才，糾合村落，築城自衛，」〔註18〕人們為紀念她，名其城曰「武婆城」。城在廣東省興寧縣西。丘逢甲《紀興寧婦女改妝事與劉生松齡》其二即詠及此人。詩云：「維新殊有九州風，新綰盤蛇髻更工。預祝英雄出巾幗，武婆城在碧雲中。」〔註19〕

---

〔註13〕晉・常璩著，劉琳校註《華陽國誌校註》卷一，成都：巴蜀書社，1984 年版，第 48 頁。

〔註14〕北宋・司馬光著《資治通鑒》卷五十二，上海：上海古籍出版社，1987 年 5 月版，第 356 頁下。

〔註15〕魏・陳壽著，裴松之註《三國誌》卷一《魏書・武帝紀》，北京：中華書局 1982 年 7 月版，第 12 頁。

〔註16〕魏・陳壽著，裴松之註《三國誌》卷三十七《蜀書・法正傳》，北京：中華書局，1982 年 7 月版，第 960 頁。

〔註17〕魏・陳壽著，裴松之註《三國誌》卷三十六《蜀書・趙雲傳》，北京：中華書局，1982 年 7 月版，第 949 頁。

〔註18〕清・顧祖禹著《讀史方輿紀要》卷一百零三，北京：中華書局，2005 年 1 月版。

〔註19〕清・丘逢甲著《嶺雲海日樓詩鈔》卷八，上海：上海古籍出版社，1982 年 9 月版。

五代時期的這位「武婆」頗受當地居民尊崇。當地文人甚至把她與文天祥的名字並列在一起。清同治年間詩人胡曦〔註20〕詩云：「郊西一片戰場留，城老圍荒弔古愁。丞相姓文嫗姓武，鬚眉巾幗總千秋。」自註曰：「五代時，干戈擾攘。村嫗武氏鳩村民築城捍衛，人德之，曰武婆城。故址邑西一里。又宋文信國兵敗循州，收合散卒經邑駐西郊，望闕朝拜，後曰朝天圍，距武婆城半里。」〔註21〕由此看來，無論一位女人是否信守傳統閨範，祇要其所作所爲有益於大眾，都會受到民眾的愛戴。宋代抗金英雄梁紅玉（1102～1135），占籍教坊，韓世忠贖其爲妾，原配白氏死後扶正。建炎三年苗傅叛亂並扣留宋高宗。她一夜奔馳數百里召韓世忠平叛，被封爲安國夫人。後多次隨夫出征。在建炎四年長江阻擊戰中親執桴鼓，與韓世忠共同指揮作戰，阻擊金軍達四十八天之久。從此名震天下。後獨領一軍與韓世忠轉戰各地，多次擊敗金軍。後遇伏遭到金軍圍攻，力盡傷重落馬而死。年僅三十三歲。也許與宋高宗多次身陷險境的經歷有關，據說南宋朝廷在皇宮近處還闢有專門令宮中婦女進行軍事操練的場地，俗稱「御教場」。《夢梁錄》卷十一《諸山岩》說南宋「大內坐山，名『鳳凰』，即杭客山也。」〔註22〕「鳳凰山頂平坦可馳馬。南渡時山下即大內。此爲嬪妃演武處。土人至今猶呼『御教場』云。」〔註23〕徐之瑞《玉潤齋雜鈔》中的《西湖竹枝詞》也提到「宮中娘子軍」的存在：「破虜三河始策勳，君王不亡復慈雲。已加闕外平章事，別部宮中娘子軍。」〔註24〕社會動盪，民生凋敝之時，往往會從下層湧現更多不受閨範約束的女性。《宋史》記載「（楊）安兒妹四娘子狡悍善騎射，……掠食至磨旗山，（李）全以其眾附，楊氏通焉，遂嫁之。……（李）全進達州刺史，妻楊氏封令人。」〔註25〕楊氏名妙眞，自稱「二十年梨花槍，天下無敵手。」

〔註20〕清・胡曦（1844～1907），字曉岑，號壺園，廣東興寧人，有《湛此心齋集》共十二卷。

〔註21〕清・胡曦著《壺園外集・興寧竹枝雜詠・古跡》，轉引自雷夢水、潘超、孫忠銓、鐘山編《中華竹枝詞》第四冊，北京：北京古籍出版社，1997年12月版，第3047頁。

〔註22〕南宋・吳自牧著《夢梁錄》卷十一《諸山岩》，北京：中華書局，1985年新一版，《叢書集成初編》本，第89頁。

〔註23〕陳璨《西湖竹枝詞》詩小註，轉引自王子今著《古史性別研究叢稿》北京：社會科學文獻出版社，2004年12月版，第366頁。

〔註24〕轉引自王子今著《古史性別研究叢稿》北京：社會科學文獻出版社，2004年12月版，第366頁。

〔註25〕元・脫脫等著《宋史》卷四百七十六《叛臣列傳中・李全上》北京：中華書

宋寧宗時，李全又累進承宣使，後降元，成為南宋之患。後「（闔）通殺一婦人，以為楊氏，函其首……驛送京師，傾朝甚喜。」〔註26〕楊妙真的故事在民間也廣為流傳。

明代末年社會動盪，當時又出現了一些女中豪傑。薛素素，名五，字素卿，又字潤卿，有詩集《南遊草》。錢謙益《列朝詩集小傳》云：「素素，吳人，能畫蘭竹，作小詩，善彈走馬，以女俠自命。置彈於小婢額上，彈去而婢不知。廣陵陸弼《觀素素挾彈歌》云：『酒酣請為挾彈戲，結束單衫聊一試。微纏紅袖袒半韝，側度雲鬟引雙臂。侍兒拈丸著髮端，回身中之丸並墜。言遲更疾卻應手，欲發未停偏有致。』自此江湖俠少年，皆慕稱薛五矣。少游燕中，與五陵年少，挾彈出郊，連騎邀遊，觀者如堵。」〔註27〕明代四川重慶衛石砫宣撫司宣撫使馬千乘的妻子秦良玉（1574～1648年），字貞素，自幼從父秦葵習文練武，究心韜略。「為人饒膽智，善騎射，兼通詞翰，儀度嫻雅。而馭下嚴峻，每行軍發令，戎伍肅然。所部號白桿兵，為遠近所憚。」〔註28〕馬千乘去世之後，她曾代統其眾，天啟元年（1621）率部赴遼東作戰。崇禎三年（1630）她入援京師，後又應詔北上勤王，所率五百親兵，皆為婦人，霜刀雪劍，勝過鬚眉。秦良玉戎馬四十餘年，足跡遍及長城內外、大江南北、雲貴高原、四川盆地，憑戰功而封侯。王培荀《聽雨樓隨筆》卷五《竹枝詞》序云：「秦良玉之『白杆』，婦人而丈夫也。」〔註29〕與秦良玉大體同時的沈雲英也是一位頗有膽略的奇女子。明末「道州守備沈至緒剿流寇戰沒，其女雲英率騎入賊陣殺賊，奪父骸歸，賊駭避去。事聞，授雲英遊擊將軍，命領軍守道州。」〔註30〕像秦良玉和沈雲英這樣頗有丈夫氣的女性在內地雖然也

　　　局，1977年11月版，第13818～13820頁。

〔註26〕元·脫脫等著《宋史》卷四百七十七《叛臣列傳中·李全下》北京：中華書局，1977年11月版，第13836、13850。

〔註27〕清·錢謙益著《列朝詩集小傳·閏集》上海：古典文學出版社，1957年版，第770頁。

〔註28〕清·張廷玉等著《明史》卷二百七十《秦良玉》，北京：中華書局，1974年4月版，第6944頁。

〔註29〕轉引自王子今著《古史性別研究叢稿》北京：社會科學文獻出版社，2004年12月版，第353頁。按：雷夢水、潘超、孫忠銓、鐘山編《中華竹枝詞》第五冊，北京：北京古籍出版社，1997年12月版，第3222頁，作「秦良玉之白杆」。

〔註30〕魯忠的《鑒湖竹枝詞》註，轉引自王子今《古史性別研究叢稿》北京：社會科學文獻出版社，2004年12月版，第355頁。

並不十分罕見，但相比較在較少受到儒家文化影響的邊地或許會更多一些，尤其北方少數民族中的女性。明末清初著名詩人屈大均《鎮西》一詞對蒙古族和回族女性有一段形象的描繪：「向高闕，相將蒙古部，南飛倏忽。更千群、錦袍馳突。女回鶻，笑鞍捎紫兔，箭落黃鵬，腥臊自割。胭脂半露鮮血。」〔註31〕雍正年間方觀承《卜魁竹枝詞》云：「夫役官圍兒苦饑，連朝大雪雉初肥。風馳一矢山腰去，獵馬長衫帶血歸。」這是描寫鄂倫春婦女的。作者自註道：「鄂倫春婦女勇決善射。」〔註32〕這兩首詩詞寫出了北方邊地女性非常男性化的行為。其實歷史上從來都不乏英武豪邁頗有「丈夫氣」的女性，祇不過出於文人之手的各種史料沒有記載下來。相對來說傳統文化對女性的約束在明清之時更為嚴格，然而，見於記載的此時女性參與下層起義軍的事情卻很多。如，太平天國運動、義和團、上海小刀會等等都有大批女性參與其中。

　　按照文化的規定，各種政治和社會活動也不是女人所應該「覬覦」的，但是實際情況是歷史上逾越雷池的女人並不罕見。《史記‧穰侯列傳》記載：「秦武王卒，無子，立其弟，為昭王。昭王母故號為芊八子，及昭王即位，芊八子號為宣太后。……昭王少，宣太后自治。」〔註33〕宋人陳師道《後山集》卷二十二云：「母后臨政，自秦宣太后始也。」〔註34〕《史記》又載：「秦昭王時，義渠戎王與宣太后亂，有二子。宣太后詐而殺義渠戎王於甘泉，遂起兵伐殘義渠。於是秦有隴西、北地、上郡，築長城以拒胡。」〔註35〕宣太后不但能忍一己之私情謀軍國之大事，而且面對外國使節還不諱言床第之私。《戰國策‧韓策二》載：「楚圍雍氏五月。韓令使者求救於秦，冠蓋相望也，秦師不下殽。韓又令尚靳使秦。……宣太后謂尚子曰：『妾事先王也，先王以其髀加妾之身，妾困不疲也；盡置其身妾之上，而妾弗重也，何也？以

〔註31〕　清‧屈大均著《屈大均全集》第二冊《翁山詩外》卷十八，北京：人民文學
　　　　　出版社，1996版，第1434頁。
〔註32〕　轉引自王子今著《古史性別研究叢稿》北京：社會科學文獻出版社，2004年
　　　　　12月版，第354頁。
〔註33〕　西漢‧司馬遷著《史記》卷七十二《穰侯列傳》，見《二十五史》第一冊，上
　　　　　海：上海古籍出版社、上海書店，1986年12月版，第263頁。
〔註34〕　北宋‧陳師道著《後山集》卷二十二，見《四庫全書》1114冊，上海：上海
　　　　　古籍出版社，1987年6月版，第719頁。
〔註35〕　西漢‧司馬遷著《史記》卷一百一十《匈奴列傳》，見《二十五史》第一冊，
　　　　　上海：上海古籍出版社、上海書店，1986年12月版，第319頁。

其少有利焉。今佐韓，兵不眾，糧不多，則不足以救韓。夫救韓之危，日費千金，獨不可使妾少有利焉。』」〔註36〕宣太后私通異族，淫語喻兩國之交，可謂縱情宣淫，而殺死情夫，以開疆拓土，又可稱得上是一位奇悍的女人。

女人干政之事由於史家的渲染，人們則見怪不怪了。但是女人積極參與社會活動在歷史上曾經流行一時，卻不太為人所熟知。《顏氏家訓》卷一《治家》記載南北朝時期「鄴下風俗，專以婦持門戶，爭訟曲直。造請逢迎，車乘填街衢，綺羅盈府寺，代子求官，為夫訴屈。此乃恒、代之遺風。」〔註37〕南北朝時期由於儒教的衰落，多種禮儀規範不太為時人遵守，多種史籍也記錄了時人逾越禮法的事情。

《南史》記載：「東陽女子婁逞，變服詐為丈夫，粗知圍棋，解文義，徧游公卿，仕至揚州議曹從事。事發，明帝驅令還東。逞始作婦人服而去，歎曰：『如此伎，還之為老嫗，豈不惜哉？』」〔註38〕《南齊書‧魏虜傳》記載「（北魏）太后出，則婦女著鎧騎馬近輦左右。」〔註39〕《隋書‧譙國夫人》記載：「譙國夫人者，高涼洗氏之女也。世為南越首領，跨據山洞，部落十餘萬家。夫人幼賢明，多籌略，在父母家，撫循部眾，能行軍用師，壓服諸越。……海南、儋耳歸附者千餘洞。」譙國夫人即洗夫人（512～602），一作冼夫人，南朝、隋初嶺南百越女首領，今廣東省高州市人。南朝梁大寶元年（550），高州刺史李遷仕乘侯景亂梁之機，舉兵叛梁，以圖割據。洗夫人率兵擊敗李遷仕，並厚賚陳霸先平定侯景之亂。公元557年，陳霸先建陳。永定二年（558），洗夫人遣子馮僕率南越諸首領朝陳，協助陳統一嶺南。太建二年（570），廣州刺史歐陽紇謀反，並扣洗夫人子馮僕為人質，她起兵將其擊敗，被陳朝封為中郎將、石龍太夫人。公元589年陳亡，嶺南未附，洗夫人力排嶺南獨立之議，遣孫馮魂迎隋將韋洸接管嶺南。隋朝統一。隋開皇十年（590），她平定番禺俚帥王仲宣叛亂，以功封為譙國夫人，開幕府，聽發部落六州兵馬。〔註40〕

---

〔註36〕西漢‧劉向集錄《戰國策‧韓策二》，上海：上海古籍出版社，1985年3月版，第969頁。

〔註37〕北齊‧顏之推著《顏氏家訓》上海：上海中華書局據抱經堂校定本校刊，卷一，第12頁。

〔註38〕唐‧李延壽著《南史》，卷四十五，上海：上海古籍出版社、上海書店，1986年12月版新編《二十五史》本第四，第126頁。

〔註39〕南朝梁‧蕭子顯著《南齊書》卷五十七，北京：中華書局，1972年版，第985頁。

〔註40〕唐‧魏徵、令狐德棻著《隋書》卷八十，北京：中華書局，1973年8月版，

歷史上所有這類女人當中最著名的就是武則天了。其前其後，雖有個別女人曾掌控整個國家的政治，但還沒有哪一個女人唐而皇之地登上皇帝的寶座。武則天影響了一個時代的風氣。《新唐書・五行志一》記載：一次唐高宗與武則天舉行家宴，太平公主赴宴時一身男裝。「高宗嘗內宴，太平公主紫衫、玉帶、皂羅折上巾，具紛礪七事，歌舞于帝前。帝與武后笑曰：『女子不可爲武官，何爲此裝束？』」〔註 41〕《舊唐書・輿服志》記載「則天之後，帷帽大行，羃䍦漸息。中宗即位，宮禁寬弛，公私婦人，無復羃䍦之制。開元初，從駕宮人騎馬者，皆著胡帽，靚粧露面，無復障蔽。士庶之家，又相仿傚，帷帽之制，絕不行用。俄又露髻馳騁，或有著丈夫衣服靴衫，而尊卑內外，斯一貫矣。」〔註 42〕《新唐書・后妃傳下》載，武宗狩獵，妃子王氏曾男服陪同，並騎而行。「（王氏）狀纖頎，頗類帝。每畋苑中，才人必從，袍而騎，校服光侈，略同至尊，相與馳出入，觀者莫知孰爲帝也。」〔註 43〕李賀《河南府試十二月樂詞》詩，其中《三月》一詩曾描寫列隊整齊、身著軍裝的宮女：「……光風轉蕙百餘里，暖霧驅雲撲天地。軍裝宮妓掃蛾淺，搖搖錦旗夾城暖。……」李賀的另外一首詩《榮華樂》也描寫了類似的生活場景：「金蟾呀呀蘭燭香，軍裝武妓聲琅璫。」〔註 44〕這是描寫上層貴族生活的。總之，唐代女著男裝的現象並不罕見。

李唐之後，女人參與政治、軍事等活動的記載仍不絕於史籍。《十國春秋・前蜀》載臨邛女子黃崇嘏，「居恒爲男子裝，遊歷兩川。」以詩才「稱鄉貢進士」。「雅善琴奕，妙書畫。未幾薦攝司戶參軍，胥吏畏服，案牘一清。（周）庠重其英明，又美其風采，居一歲，欲以女妻之，崇嘏乃爲謝狀，仍貢詩一章以見意。詩曰：『……自服藍衫居板掾，永拋鸞鏡畫蛾眉。立身卓爾青松操，挺志鏗然白璧姿。幕府若容爲坦腹，願天速變作男兒。』……已而乞罷歸臨邛。」〔註 45〕

---

第 1800～1803 頁。

〔註 41〕北宋・歐陽修、宋祁等著《新唐書》卷三十四，北京：中華書局，1975 年 2月版，第 878 頁。

〔註 42〕後晉・劉昫著《舊唐書》卷四十五，北京：中華書局，1975 年 5 月版，第 1957 頁。

〔註 43〕北宋・歐陽修、宋祁等著《新唐書》卷七十七，北京：中華書局，1975 年 2月版，第 3509 頁。

〔註 44〕唐・李賀著，（清）王琦等註《李賀詩歌集註》上海：上海古籍出版社，1978年 4 月新一版，第 62、266 頁。

〔註 45〕清・吳任臣著《十國春秋》卷四十五，北京：中華書局，1983 年版，第 657～

　　歷史上不但有參與政治和軍事的女性，而且還有一些女人直接參與了工商貿易一類的活動。《史記‧貨殖列傳》記載了一位叫「清」的以開採丹沙爲業的女人。「巴蜀寡婦清，其先得丹穴，而擅其利數世，……秦皇帝以爲貞婦而客之，爲築女懷清臺。……清窮鄉寡婦，禮抗萬乘，名顯天下。」〔註46〕《漢書‧貨殖傳》也記載了「巴寡婦清」事蹟。秦國本來重農抑商，在韓非子看來商人爲危害國家的「五蠹」之一，但秦始皇何以對「巴寡婦清」如此禮遇呢？許多人都不太理解。明人王世貞《明故鄭母唐孺人墓誌銘》有一段論述，可謂見解獨到：「昔者秦皇帝蓋客巴寡婦清云，……夫秦何以客巴婦爲也？婦行堅至兼丈夫任難矣。客之志風也，此其意獨爲右貲殖乎哉？」〔註47〕秦始皇客「巴寡婦清」並非鼓勵她致富的行爲，而在於「志風」，即肯定她志行堅定，能承擔丈夫之任的精神。秦國雖明令「使商無得糴，農無得糶」，〔註48〕獎勵耕戰，抑制行商，不過，商品交換的行爲卻不可能完全取消。在一個社會中商品交換是必不可少的，即使在軍隊之中也有可能存在商品交換的必要。秦國就曾在軍隊中設立所謂的「軍市」。《商君書‧墾令》云「令軍市無有女子」。〔註49〕這一禁令雖然是禁止女子參與商貿行爲的，但由此也可以發現其實秦漢時期女子經商的行爲是存在的。《史記‧高祖本紀》云：「（高祖）爲泗水亭長，廷中吏無所不狎侮。好酒及色。常從王媼、武負貰酒。醉臥，武負、王媼見其上常有龍，怪之。高祖每酤留飲，酒讎數倍。及見怪，歲竟，此兩家常折券棄責。」〔註50〕王媼、武負都是以售酒爲業的女老闆。在這一狹小區域內，就有兩位女老闆經常賒酒給劉邦，且不索其值，可以看出女人經商的現象在當時並不罕見。再有，婦孺皆知的司馬相如與卓文君的故事也涉及女人經商之事。《史記‧司馬相如列傳》載：「文君夜亡奔相如，相如乃與馳歸。家居徒四壁立。……相如與俱之臨邛，盡賣其車騎，買一酒

　　　　658 頁。

〔註46〕西漢‧司馬遷著《史記》卷一百二十九《貨殖列傳》，見《二十五史》第一冊，上海：上海古籍出版社、上海書店，1986 年 12 月版，第 355 頁。

〔註47〕明‧王世貞著《弇山四部稿》卷九十二，見《四庫全書》本，第 1280 冊，上海：上海古籍出版社，1987 年 6 月版，第 499 頁。

〔註48〕高亨註譯《商君書註譯》之《墾令》第二，北京：中華書局，1974 年 11 月版，第 21 頁。

〔註49〕高亨註譯《商君書註譯》之《墾令》第二，北京：中華書局，1974 年 11 月版，第 27 頁。

〔註50〕西漢‧司馬遷著《史記》卷八《高祖本紀》，見《二十五史》第一冊，上海：上海古籍出版社、上海書店，1986 年 12 月版，第 40 頁。

舍酤酒，而令文君當鑪。相如身自著犢鼻褌，與保庸雜作，滌器於市中。」
〔註51〕《漢書》也載有女人經商之事。《漢書·東方朔傳》說：「帝姑館陶公
主號竇太主，堂邑侯陳午尙之。午死，主寡居，年五十餘矣，近幸董偃。始
偃與母以賣珠爲事，偃年十三，隨母出入主家。」〔註52〕董偃年幼，顯然其
母是經常攜帶著珠寶和董偃出入於豪貴之家推銷珠寶。董偃的母親實即出售
珠寶的商販。在傳統的觀念中，女人不應該隨意拋頭露面，更不用說從事商
業貿易了，但從上面的事例可以看出歷史上不乏女性商人的存在。

依據傳統文化，政治、軍事等社會活動應該是男人的事情，但是歷史上
參與政治、軍事，乃至商貿活動的女人並不十分罕見。可以說自先秦以來歷
代都不乏走出閨閣從事男人事業的女人。尤其明清時期，這類走進公眾領域
中的女人更多。有致力於家國之事者，如「平生雅好談兵」、「心懷復楚報韓
之志業」〔註53〕的柳如是和秦良玉等，也有奔走在外養家糊口的女塾師，如
黃媛介、王端淑、文俶、歸懋儀、曹鑒冰和蘇畹蘭等人。〔註54〕其中一些人
在作塾師的同時，也出售詩文書畫以謀生或補貼家用，黃媛介就是如此。黃
媛介（1620？～1669？），字皆令，生於浙江嘉興，有才學，嫁楊世功爲妻。
楊無力養活妻兒。黃媛介則售詩、書、畫以謀生，並外出授徒維持生計。「嘉
興黃皆令（名媛介）詩名噪甚，恒以輕航載筆格詣吳越間。余常見其僦居西
泠橋頭，憑一小閣，賣詩畫自活，稍給，便不肯作。」〔註55〕1645 年清軍南
下時，她曾被人綁架。獲釋後，她遊歷於江蘇吳縣和江寧，然後隱於鄰近的
鎮江金壇一位地方士紳家裏，再短暫定居於杭州的西子湖畔，與當時許多上
流文人多有交遊。隨著聲譽的傳播，其作品售價也越來越高，以致受邀到京
師給一位官員之女作塾師。此時她正式「加入到了數量日增的巡遊之師——
『閨塾師』的行列中。」〔註56〕一次黃媛介出行，其夫楊世功送之過江，恰

---

〔註51〕西漢·司馬遷著《史記》卷一百一十七，見《二十五史》第一冊，上海：上
　　　　海古籍出版社、上海書店，1986 年 12 月版，第 330 頁。
〔註52〕東漢·班固著《漢書》卷六十五，見《二十五史》第一冊，上海：上海古籍
　　　　出版社、上海書店，1986 年 12 月版，第 264 頁。
〔註53〕陳寅恪著《柳如是別傳》上海：上海古籍出版社，1980 年 8 月版，第 166、
　　　　849 頁。
〔註54〕〔美〕高彥頤著《閨塾師——明末清初江南的才女文化》，南京：江蘇人民出
　　　　版社，2005 年版，第 134 頁。
〔註55〕清·陳維崧著，冒襃註《婦人集》，北京：中華書局，1985 年新一版，《叢書
　　　　集成初編》本，第 32 頁。
〔註56〕〔美〕高彥頤著《閨塾師——明末清初江南的才女文化》，南京：江蘇人民出

逢暴雨。毛奇齡在《黃皆令〈越遊草〉題詞》中記下當時的情境：「吳門黃皆令以女士來明湖有年，既而入越。有越遊詩。其外人楊子云：『皆令渡江時，西陵雨來，沙流溫汾，顧之不見，斜領乃踟躕於驛亭之間，書奩繡帙半棄之傍舍中，當斯時，雖欲效扶風豪筆撰述東征，不可得矣。」〔註57〕在黃媛介與楊世功的夫婦關係中，傳統的夫妻角色顛倒過來了。她的去走停住決定著丈夫的行蹤。與黃媛介大體同時的王端淑（字玉映）也是一位女塾師，她擅長繪畫，並工於詩賦。其丈夫丁聖肇云：「內子性嗜書史，工筆墨，不屑事女紅。」毛奇齡寫道：「今玉映以凍饑輕去其鄉，隨其外人丁君者牽車出門。將棲遲道路，而自衒其書畫筆箚以爲活。」〔註58〕其兄長們對她現身於外也感到窘迫，試圖勸阻：「長兄詰小妹，匆匆何負笈。昆弟無所求，但問諸友執，且父海內外，如何人籊立。」王端淑意識到走出家庭的她已不同於一般的在家婦女，但這也是不得已之事：「阿翁作文苑，遺子惟圖籍。汝妹病且慵，無能理刀尺，上衣不敝身，朝食不及夕。」「舌耕暫生爲，聊握班生筆。」「諸兄阿弟幸無慮，當年崇嘏名最著。」〔註59〕無論有多少不得已的理由，但女人們走出閨閣，還是給一些人帶來了不安。這些人中有她們的親人，也有與她們無甚瓜葛的普通人。儘管這些人爲她們出入公眾場合感到窘迫，但其中一部分人對她們的作品所表現出來的男人氣度和對社會政治的關注，卻給予了充分的肯定，甚至爲之感到驕傲。吳國輔《吟紅集序》云：「若吾鄉閨秀映然子更有異者，其所著牢騷憤激，絕去膩粉塗胭之狀，而直追三唐。」〔註60〕與爲生活所迫走出家庭的王端淑和黃媛介不同，明末清初的余尊玉渴望「速變男兒」並非出於生計的考量。余尊玉（1639～？），字其人，福建玉田人，進士余起潛孫女。「母陳氏，係孝廉陳肇曾妹。陳氏以夫伯鼇早亡無嗣，遂以尊玉（其人）爲子，幼令服男衣冠，延師與姊。珍、玉讀書塾中，俱聰慧，

---

版社，2005年版，第126頁。

〔註57〕清・毛奇齡著《西河集》卷五十九。見《四庫全書》集部，別集類。

〔註58〕清・毛奇齡著《閨秀王玉映〈留篋集〉序》，《西河集》卷三十。《四庫全書》集部，別集類。

〔註59〕王端淑《出門難》，見《吟紅集》2。1b～2a。轉引自〔美〕高彥頤著《閨塾師——明末清初江南的才女文化》南京：江蘇人民出版社，2005年版，第139頁。

〔註60〕吳國輔《吟紅集序》，載王端淑著《吟紅集》卷首。轉引自〔美〕高彥頤著《閨塾師——明末清初江南的才女文化》南京：江蘇人民出版社，2005年版，第142頁。

不數載，能文章、善詩畫。順治七年，尊玉年十二，學益進，能應對賓客，凡四方賢士大夫，及往來睹氣之士，皆與定交。」其母甚至想讓她參加科試。「時尊玉才名藉什，欲出應試。或尼之曰：黃崇嘏雖作狀元，何益？不如學班大姑，擁百城書，使海內豪賢，皆北面也。」「其母亦悟，遂止，是歲，即許字某，亦閩巨族，服男衣冠如故，不復令應對賓客矣。」其詩集《綺窗迭韻》中，還有一些關懷時務的作品，頗有男子之氣。〔註61〕她身著男人衣冠，作丈夫語應該是出於更為內在的衝動，而非生活所迫。明清時期像黃媛介、王端淑和余尊玉這樣的女性並不是個別的現象，較之前代更為多見。男人和女人的社會性別角色的區別此時似乎有些模糊，固有的社會性別體系也出現了一定程度的鬆動。不少女人在家庭和社會中所扮演的角色已經有別於原來刻板固定的角色形象。在社會上她們出入於男人的各種聚會，在家庭中她們也是重要的決策者。

女人扮演男性角色的現象無論是現代，還是古代，無論是在政治活動中，還是在軍事活動中，無論是在社會活動中，還是在家庭生活中都不罕見。不過，發生在普通人身上的這種事情不可能都被載入史冊，被記錄下來的祇是其中非常個別的幸運者。因此最終被載入史籍，並流傳下來的這類案例不是太多。儘管如此，如果把屬於不同時代的個別案例串聯起來，也已經形成了一個頗為引人注目的現象。因此《紅樓夢》中女人性別角色的男性化和雙性化，是有著充分的歷史依據和生活依據的。

女人性別角色的男性化在歷史上的普遍存在，固然有著生物學上和心理學上的依據，但文化學意義上的原因也很重要。

如前所論，中國傳統文化是一種典型的以男人為中心對女人的活動有嚴格限制的男性文化。但是歷史上男人活動的領域中為什麼會有如此之多的女人的身影呢？

中國文化儘管屬於男性文化，男人的價值標準是衡量一切社會活動的尺度，具有事功性、社會強制性和限制摧殘女人等男性主義的特點。但是中國文化的事功性和包容性也是一個值得注意的事實。中國文化的包容性，不但表現在其發展的過程中不斷吸納、融合多種異質文化，而且還表現在對女性文化因素的認可或容忍。

---

〔註61〕轉引自〔美〕高彥頤著《閨塾師——明末清初江南的才女文化》南京：江蘇人民出版社，2005年版，第150頁。

在中國傳統文化的背景中幾乎所有的事功性行為，祇要符合普通人的一般道德，無論男性的柔性處事風格，還是女性的男性化處事風格都會得到社會的認可。男女性別角色的正性特徵無論呈現於男人身上還是呈現於女人身上都會得到社會的接受或容忍。快樂外向、精明幹練、樂觀開朗、自立大膽、幽默心寬、不屈不撓、主動豪爽、具有俠義心腸等被認為表現在男人身上是比較好的性格特徵，屬於男性的正性特徵。但是這種屬於男性的工具性——自我堅持特質表現女人身上也能為傳統文化所接受。文質彬彬、耐心文靜、整潔本分、安分文雅、一絲不苟、溫和含蓄、潔身自好、善良和氣、勤儉心細等，一般被認為表現在女人身上是比較好的性格特徵，屬於女性的正性特徵。但是這種屬於女性的情感——人際關係特質表現在男人身上也是可以被我們的傳統文化接受的。即便是一個女人具有非常男性化的性格特質，如從不哭泣、不需要安全感、感情不易受到傷害等，我們的文化也不是不能容忍她的存在。

傳統文化雖然設定了女人的行為規範，甚至有所謂的婦德、婦容的詳細設計，但祇要有利於事功，不違背社會道德，女人表現出大丈夫之氣，在許多情況下，不但不會受到指責，反而會為我們的文化所鼓勵。花木蘭、黃崇嘏等人女扮男裝走進男人社會，成為流傳千古的歷史佳話本身就說明了中國文化的包容性和靈活性。「丈夫風」、「巾幗不讓鬚眉」等語句的褒意性很好地說明了女性柔中帶剛是受人肯定的品質，說明了傳統文化對女人男性化或雙性化的讚揚。因此，可以說傳統文化雖然推崇女性的陰柔之美，但女人適當地表現出英雄氣、「丈夫風」，並不會被傳統文化所拒絕，祇要其英雄氣、「丈夫風」，不威脅與之一起的男人。

## 第二節　紅樓女性的男性化或雙性化與女人性別角色男性化的文學現象

中國古代文學作品中許多女性形象，其表現並非都符合傳統文化給她們所設定的整飭的閨範。某些女性形象其活動範圍實際上已經超出了閨閣庭院，甚至走進男人社會去從事男人的事業。文學作品中這種女人性別角色的男性化和雙性化現象出現很早，並非始自清代中葉曹雪芹的《紅樓夢》。

隋代之前的巾幗英雄花木蘭很早時候就成了文學作品所極力渲染的原型

人物。唐傳奇《虯髯客傳》中紅拂女，也是一位獨立不羈，慧眼識人的女中
豪傑。明清時期的敘事文學雖然描寫了不少閨中女婦，但是走出閨閣進入男
人世界的女性形象也不在少數。《水滸傳》中的孫二娘、顧大嫂、扈三娘等顯
然不同於一般閨中少女、家中賢妻。其性別角色顯然是男性化的。明代徐渭
的雜劇《雌木蘭》雖然刻意突出她對「女人」的堅守，但身著戎裝、躍馬疆
場、威風凜凜的花木蘭，其社會化的性別角色卻毫無疑問地呈現出了明顯的
男性化特徵。《女狀元》中的黃崇嘏考取狀元，獲得官職，理政斷案，英敏幹
練，甚至發出了「裙釵伴，立地撐天，說什麼男兒漢」的呼喊。在此過程中
她所顯示的男兒風度，確實讓許多宦海老吏相形見絀。《聊齋誌異》卷六《顏
氏》記顏氏因丈夫　「再試再黜」，憤然「易髻而冠」，「應試，中順天第四；
明年成進士；授桐城令，有吏治；尋遷河南道掌印御史，富埒王侯。」〔註62〕
凌濛初《二刻拍案驚奇》第十七卷《同窗友認假作真，女秀才移花接木》記
聞俊卿「自小習得一身武藝，最善騎射，直能百步穿楊。模樣雖是娉婷，志
氣賽過男子。……妝做男子，到學堂讀書。……如此數年，果然學得滿腹文
章，博通經史。」卷末讚曰：「世上誇稱女丈夫，不聞巾幗竟為儒。朝廷若也
開科取，未必無人待價沽。」〔註63〕明清時期的小說和戲劇不但不斷演繹著
女子讀書應試、習武立功之事，而且還出現了易服經商的女性形象。馮夢龍
《喻世明言》卷二十八《李秀卿義結黃貞女》和《醒世恒言》卷十《劉小官
雌雄兄弟》就分別描寫了黃善聰和劉方女扮男裝經商之事。作者在《李秀卿
義結黃貞女》開卷詞中對女性走出閨閣進入男性社會的現象給予了肯定：「暇
日攀今弔古，從來幾個男兒，履危臨難有神機，不被他人算計？男子盡多慌
錯，婦人反有權奇。若還智量勝蛾眉，便帶頭巾何愧？」〔註64〕除此之外，《聊
齋誌異》及其他小說也寫及女子營商積聚之事。

　　以上所舉的這幾位走進男人世界的女性，都是作為正面形象在作品中予
以肯定的。還有一些小說，其女主人公雖未走出家庭，但在家庭生活中的表
現卻非常強悍潑辣。《醒世姻緣傳》中的薛素姐就是一個極其兇悍的女人，對

---

〔註62〕清・蒲松齡著《聊齋誌異》北京：人民文學出版社，1995年版，第768～769
　　　　頁。
〔註63〕明・凌濛初著《二刻拍案驚奇》西安：陝西人民出版社，1993年5月版，第
　　　　200、214頁。
〔註64〕明・馮夢龍編著《喻世明言》卷二十八。北京：人民文學出版社，1958年版，
　　　　第444頁。

其夫狄希陳經常施以殘酷的折磨。如第四十八回，狄希陳頂撞了她一句：

> 素姐跑上前把狄希陳臉上兜臉兩耳拐子，丟丟秀秀的個美人，
> 誰知那手就合木頭一般，打的那狄希陳半邊臉就似那猴腔一般通
> 紅，發麵饃饃一般暄腫。狄希陳著了極，撈了那打玉蘭的鞭子待去
> 打他，倒沒打的他成，被他奪在手內，一把手採倒在地，使腔坐著
> 關，從上往下鞭打。狄希陳一片聲叫爹叫娘的：「來救人！」〔註65〕

類似的描寫在小說中舉不勝舉。同一時期的小說《醋葫蘆》也描寫了一個悍
妒的女性都氏。第十五回其夫成珪請來一個畫家爲他們夫婦畫像。畫家按男
左女右的慣例畫出草稿，卻遭到都氏的反對，她提出不以舊例爲法，要求女
左男右。這象徵性易位，表現出她要求主宰其夫的心理。同時她還百般限制
丈夫的自由。小說第一回寫到成珪每次外出，都要「點香限刻，詰路途遠近，
方敢出門。」如果延誤了回家的時間，成珪就會極爲緊張。都氏和薛素姐雖
然身爲人妻，但在家庭活生中卻是陰陽易位的。她們男性化的性格特徵也是
比較突出的。明清之際，這類小說和戲劇很多，除此之外，《紅樓夢》中的夏
金桂對待薛蟠和香菱，其兇悍也可驚可怖。寫及這類現象的還有《獅吼記》、
《療妒羹》以及《聊齋誌異》中的一些篇目。可以肯定家庭生活中這種現象
不可能到明清時期才開始出現，但這種現象到這一時期才大量出現在文學作
品中，卻是一個值得思考的現象。

　　成書稍後於《紅樓夢》的《鏡花緣》，更爲激烈地表現出了陰陽易位的情
緒。在這個女兒國中，「男子反穿衣裙，作爲婦人，以治內事；女子反穿靴帽，
作爲男人，以治外事」。〔註66〕書中的女性參與政治，安邦濟世，沙場建功，
剛烈英武。她們博學廣聞，多才多藝，竟使鬚眉男子都覺得相形見絀，自慚
形穢。女人不僅可以讀書受教育，而且有機會像男人一樣科考成名，封官榮
家、輔政參政。

　　以上所舉作品都是男性作家的創作。與前代相比，明清時期一個突出的
現像是湧現出了大批女性作家。這些女性作家塑造了大量的才高貌美，「弱女
能爲豪傑事」的女性人物。無論金榜題名，任職除奸，還是金戈鐵馬，沙場
建功，這些女性人物所追求的都是傳統的男人的事業，和男性化的性別角色。
明代《金花記》寫周雲上京趕考，一去兩年。周母盼子心切，郁郁而終。其

---

〔註65〕 清·西周生著《醒世姻緣傳》北京：中華書局，2002年1月版，第460頁。
〔註66〕 清·李汝珍著《鏡花緣》北京：人民文學出版社，1955年4月版，第229頁。

妻妻金花遭惡少搶親，不從，於是女扮男裝，上京尋夫，不意卻考中狀元。《合歡殿》敘述占城國王孟天雄殺奔關中。因父年邁力衰，陳雙娘自願代父從軍，被選爲隊長，因戰功陞爲副將，屢敗敵兵，用計擒獲孟天雄，平定戰事。這一時期這類作品，不勝枚舉。這些作品的敘述原型大概不外乎木蘭從軍、崇嘏理政、英臺求學三類。這些文學形象，「按照女扮男裝動機的不同，可將之分爲三種類型：梁祝型，木蘭型，崇嘏型。大凡女才子、女學士科歸入『梁祝型』；大凡女將軍、女俠客、女豪傑、女英雄等都可歸入『木蘭型』；大凡女狀元、女進士、女駙馬等都可歸入『崇嘏型』。」〔註67〕

　　這些作品中才高貌美的女性大都「厭爲紅粉，特換烏巾」，希望「速變男兒」。不可否認這些女性作家在其作品中的女主人公身上，都一定程度地寄託了作者自己像男人一樣建功立業的願望。這些女主人公的男性化表現，一定程度地也是作者自己人格當中陽性特質的顯現。清代中葉的吳藻（1799～1862），幼而好學，長則肆力於詞，又精繪事，嘗作《飲酒讀騷圖》，託謝絮才以寄懷抱。並自畫小影作男子裝。梁紹壬《兩般秋雨菴隨筆》卷二「花簾詞」條云：「（吳藻）又常（嘗）作《引酒讀騷》長曲一套，因繪爲圖，己作文士裝束，蓋寓『速變男兒』之意」。吳藻的父親和丈夫皆以賈爲業，她並無生活之憂。其「速變男兒」的願望，應該是緣於同男人一樣做出一番事業的雄心。其《金縷曲》云：「身本青蓮界，自翻來，幾重愁案，替誰交代？願掬銀河三千丈，一洗女兒故態。收拾起，斷脂零黛。莫學蘭臺悲秋語，但大言打破乾坤隘。拔長劍，倚天外……。」這首詞比較清楚地傳達出了她人格當中的男性化的心理特質。

　　總之，明清時期大批文學作品中的男女主人公，在情感形式和行爲方式等方面都發生了非常有意思的對轉。一方面男性主人公的情感形式和行爲方式逐漸趨於柔弱，向女性靠攏，另一方面，小說中的女性主人公的言語行止，卻逐漸趨於獨立和社會化，向著男性化的方向發展。雖然，明清時期大多數女性未能眞正走出閨閣，到社會上建功立業，但她們在這一時期卻通過大量的文學作品表達了像男人一樣治國、平天下的強烈願望。這一願望其實在當時已經形成了一個聲勢相當宏大的社會思潮。《紅樓夢》中「金紫萬千誰治國，裙釵一二可齊家」的思想與這一思潮一脈相承。王熙鳳和賈探春等人的男性化和雙性化形象正是這一思潮的具象化。

---

〔註67〕張曉梅著《男子作閨音》北京：人民出版社，2008年版，第361頁。

　　明清時期社會上女性意識的增強，思想家對女性情感、才智和欲望的肯定以及眾多女性走出閨閣到社會上建功立業的強烈渴望，說明了這一時期的女性衝破禁錮的要求和社會對這一要求的認可。對女性禁錮的解除，實質上也是對人類自身的解放。正像恩格斯所讚賞的傅利葉的觀點那樣：婦女解放的程度，是衡量每一個社會解放的天然尺度。這也表明了婦女解放的道路，同時也是人類文明進步的必由之路。在那個時代，許多思想家以不同的方式表達著同一種思想，論證著解除女性禁錮的合理性和必要性。這一思想作為有機組成部分，匯入了明清時期啓蒙思想的洶湧澎湃的大潮。

　　與此大體同時而略早，西方也產生了性質大體相同的人文思想。從文藝復興到啓蒙運動，以及源遠流長的烏托邦理想和空想社會主義，新的時代大潮徹底沖決了中世紀經院哲學和教條主義對人們的思想的禁錮。人性解放、人格尊嚴和對女性才能和要求的肯定，正是這一思潮的重要組成部分。

　　在東西方文化基本隔絕的那個時代，幾乎同時產生了性質大體一致的人文思想，並且形成了聲勢宏大的浪潮，不能不引起人們的深思。顯然這並非偶然，而是人類文明發展到一個特定階段的必然要求，是男性文化進入沒落階段一次根本的思想轉變，體現了人類文明發展的自然規律。

# 附錄　賈寶玉初見林黛玉的心理現象分析

　　《紅樓夢》第三回賈寶玉初見林黛玉時說這個「神仙似的妹妹」,「我曾見過的」。這一段描寫給讀者留下了深刻的印象。林黛玉明明是一位實實在在的女子,但在賈寶玉眼中卻具有了仙女的品格,這一現象其實有著心理學上的依據。這樣的情感體驗並非寶玉所獨有,生活在現實中的某些人也同樣會產生類似的情感現象。這一情感場景也並非是曹雪芹才第一次寫到文學作品之中,曹植和宋玉在《洛神賦》和《神女賦》中已經對這一情感場景進行過詳細的描寫。

## 一、「神仙似的妹妹」產生的心理學依據

　　《紅樓夢》第三回林黛玉進賈府一節,作者詳細描寫了賈寶玉初見林黛玉的情景:「廝見畢,歸坐。細看形容,與眾各別:兩彎似蹙非蹙籠煙眉,一雙似喜非喜含情目。態生兩靨之愁,嬌襲一身之病。淚光點點,嬌喘微微。閒靜時如姣花照水,行動處似弱柳扶風。心較比干多一竅,病如西子勝三分。寶玉看罷,因笑道:『這個妹妹,我曾見過的。』賈母笑道:『可又是胡說。你又何曾見過他。』寶玉笑道:『雖然未曾見過他,然我看著面善,心裏就算是舊相認識的,今日衹作遠別重逢,亦未爲不可。』……又問黛玉可也有玉沒有,眾人不解其語。黛玉便忖度著因他有玉,故問我有也無,因答道:『我沒有那個。想來那玉亦是一件罕物,豈能人人有的。』寶玉聽了,登時發作起癡狂病來,摘下那玉,就狠命摔去,罵道:『什麼罕物!連人之高低不擇,

還說通靈不通靈呢！我也不要這勞什子了！』嚇得地下眾人一擁爭去拾玉。
賈母急的摟了寶玉道：『孽障！你生氣，要打罵人容易，何苦摔那命根子！』
寶玉滿面淚痕，哭道：『家裏姊姊妹妹都沒有，單我有，我說沒趣。如今來了
這麼一個神仙似的妹妹也沒有，可知這不是個好東西。』」（第36頁。）在這
段文字中，賈寶玉的幾句話，如：「這個妹妹我曾見過的」、「神仙似的妹妹」、
「連人之高低不擇」，以及賈寶玉眼中的黛玉形象等，是幾個關鍵之處。因為
小說開篇已經敘及神瑛侍者與絳珠仙子的神話，而且小說還寫到寶、黛二人
同時產生了似曾相識的心理，所以讀者都非常自然地把這一現象歸結為二人
的前世情緣，沒有對此作深入的探究。實際上讀者在這裡忽略了作者寫到的
一個特殊的心理現象。據榮格等人的心理學理論可知，這種心理現象的產生，
根源於男人心靈當中的陰性特質。現在許多人都不太贊成用西方理論研究中
國古代文學，這是有一定道理的。不過這樣一個事實也常常會被人們有意或
無意地忽略：把曹雪芹和榮格等心理學家分隔在相互隔絕的環境中的地域和
時代，卻不會妨礙他們對人類心靈深處的某一現象的共同關注，產生相類似
的情感體驗。

　　賈寶玉性格當中的陰性特質和他的雙性化性格特徵是比較突出的。這種
陰性特質的存在有著生物學和心理學上的依據：「每一個人都具有一些異性的
特性，不僅僅從生物學的意義來看，男性和女性都分泌雄性和雌性的荷爾蒙，
而且，從態勢和情感的心理學意義上來看，男女雙方皆具有其對方的種種特
性。」〔註1〕榮格心理學派認為在男人的整個人格體系當中包含有某種「陰
性特質」，即男性的女性意象，稱之為阿妮瑪。同樣，在女人的人格體系當中
也會包含「陽性特質」，也即女性的男性意象，稱之為阿尼姆斯。「男人經過
很多代連續不斷地向女人展示自身來發展其阿妮瑪原型；而女人則通過向男
人展示自己來發展其阿尼姆斯原型，歷經了一代代的朝夕相處和相互影響，
男性和女性皆獲得了異性的種種特徵。」〔註2〕這些特徵有助於一個人理解並
懂得異性，並對異性做出恰如其分的反應。賈寶玉容易贏得女孩子的愛憐，
也正是他心靈當中的女性意象在幫助他理解女性，並處理好與女孩子的關係。

---

〔註1〕〔美〕卡爾文·S·霍爾，沃農·J·諾德拜著，張月譯《榮格心理學綱要》
　　　　鄭州：黃河文藝出版社，1987年7月版，第41頁。
〔註2〕〔美〕卡爾文·S·霍爾，沃農·J·諾德拜著，張月譯《榮格心理學綱要》
　　　　鄭州：黃河文藝出版社，1987年7月版，第41～42頁。

一個男人心中的女性意象並不是某個特定的女人形象，而是他女性祖先遺留下來的所有印跡共同疊映出來的一個女性形象。「每個男人心靈之中皆蘊含著女性的永恆意象，這意象不是這個或那個特定的女人形象，但卻是一具明確的女性意象。從根本上說，這意象是無意識的意象，它是銘刻在男子生命的有機系統之中的原始之源的遺傳因子，是女性所有祖先的經驗的印跡或者原型，它簡直就是女人所留下的所有的印跡的積澱……因為這種意象是無意識的意象，因此，人便總是無意識地把這種意象投射到被鍾愛者的身上。而且，這也正是產生強烈的吸引力或者強烈的厭惡感的主要原因之一。」〔註3〕「男子繼承了他的女性意象，而且，他無意識地建立了某些標準，這些標准將會強烈地影響他對於任何具體的女人的悅納或者拒絕。……他就把阿妮瑪投射到那些喚起他的愛憎之感的女人身上。如果他體驗到的是種『強烈的吸引力』，那麼，他從其身上體驗到強烈吸引力的女人無疑具有與他的女性阿妮瑪意象同樣的特徵。相反，假如他體驗到的是『厭惡感』，那麼，引起他厭惡的女人就會是那個具有與他的無意識阿妮瑪意象相衝突的特性的女人。女人在投射其阿尼姆斯意象時，同樣的情況亦會發生。雖然女子對於男子具有吸引力可能有著無數種原因，但是，這種種原因祇能是第二性的原因，因為第一性的原因業已在無意識之中被確定了。」〔註4〕男人們無意識中把他心靈當中的女性意象作為他衡量世間女子的標準。起初未能吸引一個男人的女子，隨著時間的流逝，儘管可能會被接納，但她卻很難讓一個男人對她神魂顛倒。

林黛玉與賈寶玉心靈當中的那個女性意象的應合，導致寶玉初見黛玉即表現出對她強烈的好感，並驚歎為「神仙」。這種瞬間形成的強烈感情，能釋放出巨大的能量，使一個男人迅速跌進愛河。梵‧弗朗茲說：「正是這種陰性特質的出現，導致一個男人在初次看到一個女人時，會一見鍾情，而且立刻知道這就是他需要的『她』。在這種情況下，那個男人好像感到自己早就認識這個親愛的女人，他愛她愛得難以自拔，以致於旁觀者覺得他完全是瘋了。」這個女人在他眼中具有「仙女般」的品格。黛玉與寶玉的無意識的

---

〔註3〕　〔瑞士〕卡爾‧榮格《榮格著作集》第十七卷，第198頁。轉引自〔美〕卡
　　　　爾文‧S‧霍爾，沃農‧J‧諾德拜著，張月譯《榮格心理學綱要》鄭州：黃
　　　　河文藝出版社，1987年7月版，第42頁。

〔註4〕　〔美〕卡爾文‧S‧霍爾，沃農‧J‧諾德拜著，張月譯《榮格心理學綱要》
　　　　鄭州：黃河文藝出版社，1987年7月版，第42～43頁。

阿妮瑪意象的契合，使寶玉初見黛玉即產生似曾相識的感覺，並爆發出熾熱的愛情。「具有『仙女般』性格的女人，對這種陰性特質的投射有著特別的吸引力，因爲男人們可以把任何事情都歸因於一個如此魅惑而虛無縹緲的生靈，因而能圍繞她編織種種幻想。這種陰性特質投射在愛情方面是如此突然和充滿激情，它能嚴重干擾一個男人的婚姻。導致被稱謂『人類三角戀愛』的難題。」〔註5〕帶來這種麻煩的潛意識似乎有其神秘的目的，會迫使男人綜合更多的潛意識人格，使這種目的成爲現實，爲這種目的的實現，尋找各種各樣冠冕堂皇的理由。儘管當這些男人按照他們在現實生活中接受的時尚的審美標準和其他標準來進行分析時，這一女子可能還不如其他女子更美、更能滿足自己多方面的需要，但最終起決定作用的往往不是理性的分析，而是他們的潛意識人格。儘管他與她在一起，常常吵吵鬧鬧、眼淚不斷，但其結果卻正如俗語所說「不是冤家不碰頭」，互相又無法割捨。

如前所述，當一位與某一男人心中的阿妮瑪意象一致的女人出現時，即使是他第一次見到她，他也會感到似乎在哪裡見過，似乎冥冥中的上帝早就告訴過他，這就是他要尋找的「她」。這樣的愛不需要培養，這個女人能一下子調動他全部的激情，使之對她產生「騎士般的狂熱崇拜」。經過幻想的孕育，他會把這一女人想像成仙女一樣的可愛，對她產生最狂熱的愛慕。這個女人在他眼中超凡脫俗，勝過世間所有的女人。她玉樹臨風，飄飄欲仙，足不履地，振衣而行。空氣因她而充滿芬芳，周圍的一切都因她而頓時煥發光彩。他甚至懷疑她是否以五穀爲食。陰性特質把男人的思維與其內在價值相調和，致使寶玉經過一段時間的搖擺之後，最終還是選擇了，依照現實的標準，許多地方不如寶釵而從不勸他讀「正經書」、他第一眼便覺得曾在哪兒見過的林妹妹。

《紅樓夢》第二回，作者借賈雨村之口，論說像寶玉這樣秉天地間正邪二氣而生之人，其出現既非偶然，也不稀奇。據賈雨村說這種人又分爲三類，即「情癡情種」、「逸士高人」、「奇優名倡」。在爲「情癡情種」及全部三類人所舉例證中有許由、陶潛、陳後主、唐明皇、溫飛卿、柳永、秦觀、宋徽宗等。而這些人在情韻和文品、賦品、詩品、詞品上就具有與寶玉雙性化性格相類似的因素。在文學史上，尤其是在宋以後的小說和戲曲作品中，在情韻

---

〔註5〕〔瑞士〕卡爾‧榮格等著，張舉文、榮文庫譯《人類及其象徵》，瀋陽：遼寧教育出版社，1988年6月版，第160頁。

方面與之比較接近的文學形象也有很多，如《西廂記》中的張生、《梧桐雨》中的漢元帝、《牡丹亭》中的柳夢梅等，才子佳人小說中的男性主人公屬於這一類型的更是不勝枚舉，如《定情人》中的雙星、《春柳鶯》中的石池齋、《玉嬌梨》中的蘇友白、《妍科傳》中的余麗卿等。這些詩人、作家和文學形象大多都敏感而深情。

## 二、賈寶玉與《洛神賦》中的曹植

　　當一個男人遇到他一見鍾情的女人時，他會調動全部的才情，用他認為世界上最美妙的文字來歌頌她的美麗，來表達他最真摯、最深刻的愛情。曹植《洛神賦》所描寫的洛神，其實也就是來自於他靈魂當中的那個無意識的阿妮瑪意象。他聲稱見到的洛水之神，也就是那位讓他一見鍾情與他心中的無意識阿妮瑪意象相一致的世間女子。這個女人的美超出了他經驗的範圍，而誤以為遇到了洛水之神。曹植遇到所謂的洛水之神時，其心理反應與賈寶玉初見林黛玉時非常相似。

　　我們看一看曹植對洛神形象的描繪，以及他在《洛神賦》中所透露出來的情感體驗：「其形也，翩若驚鴻，婉若遊龍。榮曜秋菊，華茂春松。髣髴兮若輕雲之蔽月，飄颻兮若流風之迴雪。遠而望之，皎若太陽升朝霞；迫而察之，灼若芙蕖出淥波。穠纖得衷，脩短合度。肩若削成，腰如約素。……於是忽焉縱體，以遨以嬉。左倚采旄，右蔭桂旗。攘皓腕於神滸兮，采湍瀨之玄芝。」〔註6〕這一段文字所描寫的洛神的情態在曹植的情感結構中正相當於《紅樓夢》第三回所描寫的賈寶玉情感結構中的林黛玉形象。曹植凝視洛神，看到的是他不曾見到過的至美絕豔的形象，同樣林黛玉也讓賈寶玉震驚，讓他第一次感受到世間所無，超凡脫俗之美。年輕的男人遇到超出其經驗範圍的至美女性，這樣的女人在他們的感覺中，會飄飄欲仙，慢慢升騰為可愛的精靈。男人在第一次被某一至美絕豔的女人震驚，片刻的凝視之後產生幻覺，把眼前的女人幻化成仙女並不奇怪。

　　曹植在賦中對女性形象的描寫完全是神格化的：「神光離合，乍陰乍陽。竦輕軀以鶴立，若將飛而未翔。踐椒塗之郁烈，步蘅薄而流芳。……爾迺眾靈雜遝，命儔嘯侶，或戲清流，或翔神渚，或采明珠，或拾翠羽。從南湘之二

---

〔註6〕　曹植《洛神賦》。見梁·蕭統編、唐·李善註《文選》北京：中華書局，1977年
　　　　11月版，卷十九，第270頁。

妃，攜漢濱之游女。」「體迅飛鳧，飄忽若神，陵波微步，羅韈生塵。」「馮夷鳴鼓，女媧清歌。騰文魚以警乘，鳴玉鸞以偕逝。六龍儼其齊首，載雲車之容裔，鯨鯢踊而夾轂，水禽翔而爲衛。」〔註7〕在曹植眼中，她就是神仙中的一員。賈寶玉在第一次見到林黛玉時也驚呼爲「神仙似的妹妹」。與曹植眼中的洛水之神一樣，寶玉眼中的林黛玉也具有神仙的品格。神化所見女子的心理反應，在這一情感過程中非常重要。也許有人會這樣看待：黛玉之所以在寶玉眼中被神化，是因爲小說中黛玉前身本來就是絳珠仙子。如此理解這一現象，是經不起仔細推敲的。大觀園中其他很多女子，如薛寶釵、秦可卿、王熙鳳等都是太虛幻境神話中的仙子，而她們在寶玉眼中都不具備仙女的品格，在寶玉眼中具有仙女品格的僅黛玉一人而已。其他任何人的離開，也都沒有像黛玉的離開那樣，讓寶玉失魂落魄。即使是被稱作「兼美」的秦可卿的離世，也沒有讓寶玉受到太大的刺激。黛玉離世之後，儘管美麗溫柔的薛寶釵和體貼周到的花襲人百般慰藉，寶玉卻未能從癡呆中清醒過來，最後還是懸崖撒手，拋下了這兩位如花似玉的美人。袛有看了第一眼就覺得在哪裡見過的林妹妹才能讓寶玉靈魂歸竅。袛有應合了男人靈魂當中無意識的阿妮瑪意象的女人才在他們眼中具有仙女的品格。其他女子在曹植和寶玉看來也許非常美麗，但是對於他們來說都不具備這樣追魂攝魄的力量，都不能使他們產生這樣的幻想。

當一個男人面對他極爲愛慕的具有「仙女」般品格的女人時，他往往會自慚形穢，誤以爲自己與這一「神女」處在不同的世界，自己是塵間俗物，而對方則飄遊於仙界。泥做的骨肉，難與冰清玉潔的「神女」相匹配。這個女人在他眼中似乎能凌風而逝，於是隨時離己而去的擔憂和求之不得的惆悵將油然而生。儘管曹植貴爲王子，但他在《洛神賦》中也同樣有這種心理的流露：「恨人神之道殊兮，怨盛年之莫當。抗羅袂以掩涕兮，淚流襟之浪浪。悼良會之永絕兮，哀一逝而異鄉。」賈寶玉在第一次見到林黛玉時，也有類似心理的產生。當寶玉聽說黛玉沒有與自己一樣的玉時，「登時發作起癡狂病來，摘下那玉，就狠命摔去，罵道：『什麼罕物，連人之高低不擇，還說通靈不通靈呢！我也不要這勞什子了！』」顯然，在寶玉眼中林黛玉相對於他是更爲尊貴的。如果不是此後林黛玉常住賈府，而是馬上或很快離開此地，到一

〔註7〕曹植《洛神賦》。見梁・蕭統編、唐・李善註《文選》北京：中華書局，1977年11月版，卷十九，第271頁。

個賈寶玉不知道的地方，我們完全可以相信，賈寶玉的反應有可能比曹植更爲激烈。曹植「背下陵高，足往神留，遺情想像，顧望懷愁。」其表現還不算過於激烈。若是換作寶玉，他也許會大發癡狂之病。

　　曹植在《洛神賦》中的描寫應該是基於他自己的情感經歷。如果沒有類似的細膩的情感體驗，要想寫出如此美妙的作品，眞是不可思議。至於眞實的情感故事是否發生在洛水之旁，則不能肯定。其實《洛神賦》中的洛水之濱，山崖之畔，以及抒情主人公與御者的對話，祗是爲發生在曹植身上的眞實的情感提供一個故事展開的場景。眞實的故事到底發生在哪裡則無關緊要，對情感的表達並沒有任何影響。同樣《紅樓夢》裏的這段描寫也應該是作者把自己類似的情感體驗移植到了賈寶玉的故事裏面。一些學者曾煞費苦心地考證曹植在黃初三年前後不可能來過洛陽。如果從這個角度來說，筆者認爲此時他是否來過洛陽則無關緊要。

## 三、文學作品中的其他神女形象

　　《洛神賦》寫成之前，宋玉在他的《神女賦》中已經爲我們塑造出了一位美麗無比的神女形象。而且曹植也不諱言《洛神賦》是對宋玉《神女賦》的摹仿：「感宋玉對楚王神女之事，遂作斯賦。」在《神女賦》中宋玉描寫了一個與曹植相類似的情感過程：「夫何神女之姣麗兮，含陰陽之渥飾。被華藻之可好兮，若翡翠之奮翼。其象無雙，其美無極。毛嬙鄣袂，不足程式。西施掩面，比之無色。近之既妖，遠之有望。骨法多奇，應君之相。視之盈目，孰者克尚。……貌豐盈以莊姝兮，苞溫潤之玉顏。眸子炯其精朗兮，瞭多美而可觀。眉聯娟以蛾揚兮，朱脣的其若丹。」〔註8〕這一段文字所描寫的神女的情態在宋玉的情感結構中相當於曹植在作品中對洛神之美的描繪。宋玉在賦中對女性形象的描寫與曹植在《洛神賦》中一樣完全是神格化的。宋玉在賦中這樣描寫神女：「夫何神女之姣麗兮，含陰陽之渥飾。」「上古既無，世所未見。瓌姿瑋態，不可勝贊。其始來也，耀乎若白日初出照屋梁。其少進也，皎若明月舒其光。」曹植和宋玉在作品中的「太陽」、「明月」之比，也正如年輕男人對他所至愛的女人的比況。宋玉爲楚國一小臣，面對心中這位至美絕豔的形象難免會產生不可企及的惆悵：「歡情未接，將辭而去。遷延引身，

〔註8〕宋玉《神女賦》。見梁・蕭統編，唐・李善註《文選》北京：中華書局，1977年11月版，卷十九，第267～268頁。

不可親附。」「闇然而暝，忽不知處。情獨私懷，誰者可語。惆悵垂涕，求之至曙。」〔註9〕

　　宋玉和曹植在各自的作品中描寫了相似的情感過程。在面對這樣的女人時，其情感反應是相似的，其情感結構是一樣的。所不同者祇是一爲夜夢，一爲白日之夢。因爲曹植把這一故事寫得像眞實發生過的事情一樣，以至有不少人不厭其繁地考證故事發生的時間和地點，考證這個女人是甄妃還是其他的女性。而宋玉把故事的發生安排在夢中，一開始就告訴讀者，這是夢中之事，所以也就減少了人們如此考證的麻煩。不過類似的麻煩也還是有的。由於《文選》收錄時的問題，不少人對於夢主是宋玉還楚王，又產生沒完沒了的爭論。筆者認爲這種爭論似可不必，《神女賦》中所描繪的情景肯定是宋玉自己心中曾經產生的。如果他自己不曾產生類似的幻覺或夢境，可以相信他很難寫出如此空前細膩、美麗多情的神女形象。描寫他人的情感體驗，畢竟隔了一層。雖然在他之前屈原已在《湘君》、《湘夫人》和《山鬼》中塑造出了幾位神女形象，但屈原筆下的神女還遠不如宋玉賦中的神女細膩生動。

　　宋玉賦的風格與楚地的文化風俗和文學傳統是一致的。「楚辭」之前的《詩經》，風格較爲樸實。《詩經》三百零五篇作品沒有創造出一個眞正的神女形象，倒是切實地描寫了幾位美女。《詩經·衛風·碩人》這樣描寫莊姜之美：「手如柔荑，膚如凝脂，領如蝤蠐，齒如瓠犀，螓首蛾眉。巧笑倩兮，美目盼兮。」〔註10〕這祇是從靜態勾勒了美女的外貌。《詩經》之後的戰國時代，在宋玉之前已經有人把美麗的女性誇耀成神女了。《戰國策·楚策三》記載了張儀向楚懷王誇讚周、鄭之女說：「彼鄭、周之女，粉白墨（一作『黛』）黑，立於衢閭，非知而見之者，以爲神。」〔註11〕《戰國策·中山策》也有類似的事情，司馬熹向趙王誇說中山陰姬之美一事說：「不知者，特以爲神，力言不能及也。其容貌顏色，固已過絕人矣。」〔註12〕這些對美女的描寫都較爲粗糙和簡單，不過卻透露出了由美女變成美神的意識萌芽的過程。

---

〔註9〕　宋玉《神女賦》。見梁·蕭統編，唐·李善註《文選》北京：中華書局，1977年11月版，卷十九，第267～268頁。

〔註10〕　南宋·朱熹註《詩經集傳·衛風·碩人》上海：上海古籍出版社，1987年3月版，第25頁。

〔註11〕　西漢·劉向編《戰國策·楚策三》上海：上海古籍出版社，1978年5月版，第540頁。

〔註12〕　西漢·劉向編《戰國策·中山策》上海：上海古籍出版社，1978年5月版，第1180頁。

　　與《戰國策》相比，神女的面目到了莊周的筆下已經變得比較清晰了：「藐姑射之山，有神人居焉，肌膚若冰雪，綽約若處子；不食五穀，吸風吹露；乘雲氣，御飛龍，而遊乎四海之外。」〔註13〕從這一段文字看，莊周的描寫還遠不如宋玉在《高唐賦》和《神女賦》中，對神女的形象的描寫更爲細緻鮮明。在《神女賦》中，宋玉從靜態、動態、外貌、服飾、神態、性情、舉止等多個角度勾勒出了神女的形象。這個神女的形象不但鮮明突出，更成爲了後世文學的典範。曹植在刻畫洛神的形象時即以宋玉筆下的巫山神女作爲藍本加以發揮，最後卻出藍勝藍。宋玉之前出現在莊周和屈原筆下的神女形象，無疑都會對宋玉的神女描寫產生一定的影響。不過莊周、屈原之文的主旨與宋玉、曹植之文，主要突出神女的美麗這一主旨是不同的。託名東漢班固的《漢武帝內傳》，在描寫西王母的形象時一變《山海經·西山經》中「西王母其狀如人，豹尾虎齒而善嘯，蓬髮戴勝」〔註14〕的凶相，而爲「容顏絕世」的女仙：「可年三十許，修短得中，天姿掩藹，容顏絕世。」〔註15〕魏晉南北朝之後，部分神女形象顯示出較明顯的宗教色彩。這些女子雖然有神仙的形象，但作者著意突出的是她們的宗教性，其美神的品格卻顯得不足。唐傳奇中的某些仙女，雖然具有美神的形象，但她們卻更類風塵女子。從先秦到明清，文學作品中的神女形象輾轉因承，但眞正具有震憾之美的神女形象一定帶有天才作家無意識中的阿妮瑪的影子。眞正的美神形象應該是，以其美質感動人心的，產生於作家心靈當中的阿妮瑪意象。

　　通過分析宋玉的《神女賦》和曹植的《洛神賦》，我們發現寶玉初見黛玉的心理現象在中國文學史上並不是孤立存在的。《紅樓夢》第二回賈雨村在論說寶玉時，所提及的詩人、詞人李商隱、溫飛卿、柳永、秦觀等與賈寶玉在情韻方面有類似的特徵，在他們的人格體系當中也存在著與賈寶玉相類似的性格因素。《紅樓夢》第二回賈雨村在論說寶玉時雖然沒有提到莊周、屈原、宋玉和曹植等，但我們可以很清楚地看出，創造出以其美質感發人心的神女形象的莊周、屈原、宋玉和曹植等在情韻、文品和賦品方面也有著與李商隱、溫飛卿、柳永、秦觀等相類似之處。因此我們可以說，莊周、屈原、宋玉和

---

〔註13〕陳鼓應註譯《莊子今註今譯·逍遙遊》北京：中華書局，1983 年 4 月版，第 21 頁。

〔註14〕袁珂校註《山海經校註·西山經》成都：巴蜀書社，1992 年版，第 59 頁。

〔註15〕東漢·班固著《漢武帝內傳》。見《文淵閣四庫全書》第 1042 冊，子部，小說家類，第 290 頁。

曹植等在人格結構上與賈寶玉也有著相似的性格特質。據榮格等人的理論可知，這種性格特質正是這種現象發生的心理基礎。這也許正是爲什麼在這樣一類作家和詩人的作品中大量出現鮮活的美女和神女意象以及作者常常表現出對美女和神女特別深情的原因吧。

（這一部分原發表於《紅樓夢學刊》2007 年第二輯，題爲《論賈寶玉初見林黛玉的心理現象——兼論宋玉和曹植等人筆下的美神形象》，收入本書時，稍作改動。）

# 主要參考書目

1. 曹雪芹、高鶚著《紅樓夢》北京：人民文學出版社，2000 年 5 月版。

2. 曹雪芹著《脂硯齋重評石頭記》（甲戌本、庚辰本、己卯本）北京：人民文學出版社，2010 年 1 月版。

3. 曹雪芹《石頭記》（蒙古王府本）北京：人民文學出版社，2010 年 6 月版。

4. 曹雪芹《紅樓夢》（夢稿本）北京：人民文學出版社，2010 年 1 月版。

5. 馮其庸纂校訂定《八家評批紅樓夢》北京：文化藝術出版社，1991 年 9 月版。

6. 一粟編《紅樓夢資料彙編》北京：中華書局，1964 年 1 月版。

7. 朱一玄編《紅樓夢資料彙編》天津：南開大學出版社，2001 年 10 版。

8. 呂啓祥編《紅樓夢研究稀見資料彙編》北京：人民文學出版社，2006 年版。

9. 〔美〕浦安迪編釋《紅樓夢批語偏全》北京：北京大學出版社，2003 年 7 月版。

10. 〔奧〕弗洛伊德著，高覺敷等譯《精神分析引論》北京：商務印書館，1984 年版。

11. 〔瑞士〕卡爾・榮格著，馮川譯《榮格文集》北京：改革出版社，1997 年版。

12. 〔瑞士〕卡爾・榮格等著，張舉文、榮文庫譯《人類及其象徵》瀋陽：遼寧教育出版社，1988 年 6 月版。

13. 〔美〕弗洛姆著《逃避自由》哈爾濱：北方文藝出版社，1987 年 6 月版。

14. 〔美〕珍尼特・希伯雷・海登、B・G・ 羅森伯格著，范志強，周曉虹譯《婦女心理學》昆明：雲南人民出版社，1986 年版。

15. 〔美〕約翰・奈斯比特等著，陳廣譯《女性大趨勢》北京：新華出版社，1993 年版。

16. 〔美〕露絲・本尼迪克特著，王煒等譯《文化模式》北京：三聯書店，1988年版。

17. 〔美〕卡爾文・S・霍爾，沃農・J・諾德拜著，張月譯《榮格心理學綱要》鄭州：黃河文藝出版社，1987年7月版。

18. 〔美〕瑪格麗特・米德著，宋踐等譯《三個原始部落的性別與氣質》杭州：浙江人民出版社，1988年版。

19. 時蓉華《社會心理學》上海：上海人民出版社，1986年版。

20. 王崑崙著《紅樓夢人物論》北京：北京出版社，2004年版

21. 俞平伯著《俞平伯說紅樓夢》上海：上海古籍出版社，1998年版。

22. 劉大杰著《〈紅樓夢〉的思想與人物》上海：古典文學出版社，1957年版。

23. 張慶善、劉永良著《漫說紅樓》北京：人民文學出版社，2000年版。

24. 孫玉明著《紅學：1954》北京：北京圖書館出版社，2003年版。

25. 孫玉明著《日本紅學史稿》北京：北京圖書館出版社，2006年版。

26. 胡文彬著《紅樓夢人物談——胡文彬論紅樓夢》北京：文化藝術出版社，2005年版。

27. 呂啓祥著《紅樓夢尋：呂啓祥論紅樓夢》北京：文化藝術出版社，2005年版。

28. 梅新林著《紅樓夢的哲學精神》上海：學林出版社，1995年版。

29. 曹立波著《紅樓夢東觀閣本研究》北京：北京圖書館出版社，2004年1月版。

30. 李劼著《論紅樓夢：歷史文化的全息圖像》北京：新星出版社，2006年版。

31. 李正學編《賈寶玉》北京：中華書局，2006年版。

32. 俞平伯等著，王翠豔選編《名家圖說王熙鳳》北京：文化藝術出版社，2007年版。

33. 李希凡等著，王翠豔選編《名家圖說元迎探惜》北京：文化藝術出版社，2007年版。

34. 王崑崙等著，樓花選編《名家圖說史湘雲》北京：文化藝術出版社，2006年版。

35. 陳維昭著《紅學通史》上海：上海人民出版社，2005年9月版。

36. 明・李贄著《焚書》北京：中華書局，1975年版。

37. 清・黃宗羲著《明儒學案》北京：中華書局，1985年版。

38. 清・陳確著《陳確哲學選集》北京：科學出版社，1959年版。

39. 清・王夫之著《尚書引義》北京：中華書局，1976年版。

40. 清‧王夫之著《讀四書大全》北京：中華書局，1975 年版。

41. 清‧顏元著《四存編》北京：中華書局，1985 年版。

42. 清‧戴震著《孟子字義疏證》北京：中華書局，1982 年版。

43. 清‧錢謙益著《列朝詩集小傳》上海：上海古籍出版社，1983 年版。

44. 梁‧蕭統編，唐‧李善註《文選》北京：中華書局，1977 年版。

45. 西漢‧劉向編《戰國策》上海：上海古籍出版社，1978 年版。

46. 清‧蒲松齡著《聊齋誌異》北京：人民文學出版社，1995 年版。

47. 清‧西周生著《醒世姻緣傳》北京：中華書局，2002 年版

48. 清‧李汝珍著《鏡花緣》北京：人民文學出版社，1982 年版。

49. 明‧凌濛初《二刻拍案驚奇》西安：陝西人民出版社，1993 年版。

50. 陳鼓應註譯《莊子今註今譯》北京：中華書局，1983 年版。

51. 袁珂校註《山海經校註》成都：巴蜀書社，1992 年版。

52. 侯外廬著《中國早期啟蒙思想史》北京：人民出版社，1956 年版。

53. 姜亮夫著《楚辭學論文集》上海：上海古籍出版社，1984 年版。

54. 姜亮夫著《楚辭今繹講錄》北京：北京出版社，1983 年版。

55. 陳寅恪著《柳如是別傳》上海：上海古籍出版社，1980 年版。

56. 馮天瑜等著《中華文化史》上海：上海人民出版社，1990 年版。

57. 成復旺著《中國古代的人學及美學》北京：中國人民大學出版社，1992 年 8 月版。

58. 張豈之著《中國思想史》西安：西北大學出版社，1989 年版。

59. 方克強著《文學人類學批語》上海：上海社會科學院出版社，1992 年版。

60. 郭英德著《癡情與幻夢》北京：生活‧讀書‧新知三聯書店，1992 年版。

61. 姚漢榮著《楚文化尋繹》上海：學林出版社，1990 版。

62. 范揚著《陽剛的騷沈》北京：國際文化出版公司，1988 年版。

63. 張法著《中國文化與悲劇意識》北京：中國人民大學出版社，1989 年版。

64. 張曉梅著《男子作閨音》北京：人民出版社，2008 年 4 月版。

65. 李建中著《臣妾人格》武漢：長江文藝出版社，1996 年 11 月版。

66. 〔美〕高彥頤著，李志生譯《閨塾師——明末清初江南的才女文化》南京：江蘇人民出版社，2005 年版。

67. 〔美〕曼素恩著，定宜莊、顏宜葳譯《綴珍珠——十八世紀及其前後的中國婦女》南京：江蘇人民出版社，2005 年 1 月版。

68. 〔美〕艾梅蘭著，羅琳譯《競爭的話語——明清小說中的正統性、本真性及所生成之意義》南京：江蘇人民出版社，2005 年 1 月版。

69. 〔美〕伊沛霞著，胡志宏譯《宋代的婚姻和婦女生活》南京：江蘇人民出版社，2004 年 5 月版。

70. 王子今著《古史性別研究叢稿》北京：社會科學文獻出版社，2004 年 12 月版。

71. 喬先之師《賈探春形象研究的多方面意義——兼與馬國權等同志商榷》，載《紅樓夢學刊》1981 年第 4 輯。

72. 喬先之師《賈寶玉與〈紅樓夢〉典型形象體系——有關狹義文學系統論系列論文之一》，載《西北師大學報》1988 年第 1 期。

73. 莫勵鋒《論紅樓夢詩詞的女性意識》，載《明清小説研究》2001 年第 2 期。

74. 凌解放《鳳凰巢還是鳳還巢》，載《紅樓夢學刊》1983 年第 4 輯。

75. 薛瑞生《是真名士自風流：史湘雲論》，載《紅樓夢學刊》1996 年第 3 輯。

76. 羅書華《鳳凰惜作末世舞》，載《紅樓夢學刊》，1998 年第 2 輯。

77. 楊雋《臣妾意識與女性人格——古代士大夫文人心態研究之一》，載《四川師範學院學報（哲社版）》1991 年第 4 期。

78. 楊海明《「男子而作閨音」——唐宋詞中一個奇特的文學現象》，載《蘇州大學學報》1992 年第 3 期。

79. 朱崇才《從高頻詞看宋詞的女性化傾向》，載《中國韻文學刊》1993 年總第 7 期。

80. 崔紅、王登峰《中國人性別角色形容詞評定量表的建構》，載《中國行爲醫學科學》2005 年第 10 期。

81. 錢銘怡，張光健，羅珊紅，張莘《大學生性別角色量表（CSRI）的編制》，載《心理學報》2000 年第 1 期。

82. 盧勤、蘇彥捷《對 Bem 性別角色量表的考察與修訂》，載《中國心理衛生雜誌》2003 年第 8 期。

83. 方俊明《性別差異與兩性化人格》，載《陝西師範大學學報（哲社版）》1996 年第 3 期。

84. 李少梅《大學生雙性化性別特質與人格特徵的相關研究》，載《陝西師範大學學報（哲社版）》1998 年第 4 期。

85. 馬瑩，王紅瑞《雙性化人格特質與心理健康的關係研究》，載《寧夏大學學報（人文社會科學版）》2001 年第 5 期。

86. 王紅瑞《雙性化人格特質與情緒狀態的相關研究》，載《新疆石油教育學院學報》2005 年第 1 期。

87. 袁立新、盧聲達《性別角色與心理健康的相關研究》，載《健康心理學雜誌》2002 年第 6 期。

# 後　記

　　我和一些朋友常常感嘆，中華民族多災多難。但幸運的是，中華文化的血脈並沒有斷絕，文化的薪火也一定會存續下去。花木蘭文化出版社出版大量的學術著作而不收取任何費用，不但有賴於總編杜潔祥先生獨特的運作模式，更有賴於杜先生熱心學術的精神。因為圈錢乏術，所以拙作完稿雖然已經整整四年，卻依然虛擬在電腦裏面。現在拙作即將面世，我首先要向花木蘭文化出版社和杜先生表示衷心的感謝！

　　近幾十年來國內外心理學界對性別角色的研究頗為重視。文學創作過程中與性別角色相關的問題很多。作家的創作心理、作品中的人物形象、作品的情感表現等，都有可能涉及這類問題。《紅樓夢》中有關性別角色的內容就非常豐富，不過現在相關的研究並不多。

　　我對這一問題的研究開始於十六年前。一九九五年暑假前，我開始考慮自己的碩士學位論文的選題。導師喬先之先生給我指定的論文題目是《〈紅樓夢〉的思想與戴震哲學》。我馬上把戴震的《孟子字義疏證》、《原善》等書借來，帶回家，仔細研讀了一個暑假，卻不知從何入手。看來，個人學識尚不足以駕馭這個題目。暑假就要結束，開學如何向導師提交論文提綱呢？情急之下，決定另起爐竈，想起自己曾經思考過的一個問題——賈寶玉的女性化性格特徵。於是匆匆寫出一個「提綱」以搪塞。所謂提綱，其實只有簡單的幾句話而已。導師看後，讓我繼續豐富內容。認真思考之後，發現賈寶玉的性格其實並不完全是女性化的，其性格並不缺少男性的成份。因為還不知道心理學界已經有了「雙性化」這一概念，我一下躊躇起來，不知如何用一個概念來指稱這種特徵。就這一現象我擬寫了幾種說法，譬如男女複合

型、男女雙性化等等。不得已，我拿著擬寫的這幾個「概念」，和一個相對複雜一些的提綱，向導師求教。喬先生推敲之後，選定了「男女雙性化」這一說法。《論賈寶玉男女雙性化性格的實質、成因和文化意義》這一論題終於確定下來。不久之後，我在珍尼特・希伯雷・海登和 B・G・羅森伯格合著的《婦女心理學》一書中，驚奇地發現「男女雙性化氣質」這一說法。當時我既興奮又沮喪。這是我一年前花一元錢買到的減價書。買來之後，一直放在書架上未曾打開。沒想到，這本減價書此後對我學位論文的寫作會有如此大的幫助。

　　一段時間的資料搜集和整理之後，大約從十月中下旬起開始了論文的正式寫作。當時同宿舍的祇有一位小陶才讀研二，其餘三人都進入了論文的寫作階段。三個人每天寫作都到深夜。不到十二點，我就饑腸碌碌了，常與旁鋪的老段一起到樓下的小賣部，一人買一塊方便麵，開水泡後，熱熱地吃下，擦淨嘴巴，繼續工作。雖然那時我們還沒有電腦，各自打開自己的床頭燈，但深夜裏筆在紙上的沙沙聲，以及偶爾翻動紙張的聲音，還是會一定程度地打攪小陶的休息。雖然，他每次都說沒有影響，但我相信那只是因為他為人厚道。小陶是一個善解人意的兄弟，但畢業之後就失去了聯繫。不知這位小陶兄弟現在人在哪裏！

　　當時的狀態還好，寫作非常順利。二十二天之後，論文初稿剛一完成，就迫不及待地送給了導師。大約一月之後，我小心翼翼地詢問導師對我初稿的意見。導師說拿回去，自己修改，沒再說什麼。當時我一臉茫然，無奈地拿回去，從頭看起。發現初稿中有不少自己完全可以避免的錯誤。由於太過興奮，完稿之後自己根本就沒有再仔細地看上一遍，就匆匆忙忙交上去了。其中的問題可想而知。於是我冷靜下來，認真地修改了一遍，力爭去除自己能夠避免的錯誤。再次交上之後，導師給予的評價讓我大喜過望。定稿之前，喬先生從整體到字句，甚至到標點符號都又仔細地斟酌了一遍。答辯會上，寧希元、郭晉稀和龔喜平等老師給予我的學位論文以很好的評價，認為這是「近年來少有的佳作」。後來，這篇學位論文拆解成四篇文章，其中三篇發表在《紅樓夢學刊》，一篇發表在《青海社會科學》。在寄往編輯部之前，我祇是作些必要的調整，其中一篇增加了一部分內容，其他地方幾乎沒有作任何改動。這篇學位論文也成為《〈紅樓夢〉人物性別角色研究》這部書稿的上編。論文得到這樣的評價，全賴喬先生給予我的悉心指導。在此我要向導

師喬先生表達我衷心的感謝！

　　一九九六年夏，我離開了蘭州，離開了我生活三年的西北師大。也許我再也沒有機會到學校旁邊的黃河河灘上與人散步和閑聊了，再也不能透過宿舍的玻璃窗遙望城北那無際的光禿禿的群山了。不久，我提著一個不能稱為行李的包裹——因為裏面只有一套可供換洗的夏衣——一個人來到了潮州。這是一個可以稱為天涯海角的小城。沒想到，一不小心就實現了我年輕時常常念叨的流浪天涯的理想。對於我這個生長在中原從未見過大海的人來說，天涯海角是一個詩意的存在。那片詩意的夢，把我帶到了這個近海小城。

　　在韓山師範學院我開始了新的生活。無論這裏的自然環境、還是人文環境，都不同於我所經歷過的。隨著生命年輪的增加，之前所有的夢想一個個都變成了枯黃的樹葉，萎落在秋風當中。那個詩意天涯的夢也出現了塌陷和變形。

　　不久生活安定下來。一位同事看到我的學位論文，鼓勵我把它寄給《紅樓夢學刊》。我嘴裏說著「不敢，不敢」，其實前不久我已經從學位論文中抽出了一部分，幾乎沒有作任何改動就悄悄地寄過去了。一開始還抱著一點點希望，但很快就基本上把這事給忘了。不是因為自己性格豁達，而是因為那幾乎是高不可及。沒想到，兩年半之後的一天，突然接到了一本《紅樓夢學刊》雜誌。我想是不是寄錯了，我並沒有訂購這個雜誌啊！再一轉念才明白過來。雖然這一天讓我等了很久，但還是為此感到非常高興。畢竟這是我真正發表的第一篇學術論文。這期雜誌的責任編輯是孫玉明先生。雖然此前我還沒有聽說過孫玉明這個名字，還不知他是何方神聖，但心裏面對他還是充滿了感激。後來，我能順利地走上紅學研究的道路，應該說這是一個重要的起點。二〇〇六年夏《紅樓夢》學術研討會在大同召開。我第一次參加了《紅樓夢》的學術研討會。剛報到，孫玉明先生就打電話到我入住的房間，要我到某房間找他。在這之前，我祇在電話中聽到過他很有磁性的聲音，確信是一位爽朗的漢子。見面之後，果然不錯。之後，他拉著我來到一個大房間，向我一一介紹了各位紅學大家：馮其庸先生、李希凡先生、張慶善先生……一日得見這幾位紅學前輩是我的榮幸。去年，臺灣花木蘭文化出版社決定出版拙作，我向張先生求序，本來張先生已經決定不再為人作序，但他還是非常爽快地答應了。在此，我要鄭重地向張慶善會長和孫玉明副會長表達我由衷的感激：謝謝兩位兄長對我的提攜和支持！

這本小書，雖然份量不大，但其中凝聚著我十幾年來的心血。這些年來，我雖然曾經研究過別的問題，但對文學作品中的性別角色這一問題的關注卻一直未停止過。這十多年來，我雖然不斷地查閱相關資料，也時常站在反對者的立場上反復推敲其中的觀點，但這些觀點最終能否成立，能否得到讀者的認可，還要經過更長時間的檢驗。

寫到這裏，忽然想起這「十幾年」對我來說意味著什麼。對一些人來說，這樣的「十幾年」也許便成就了他們的榮耀和輝煌。不過，如果一個人能夠傾聽到自己靈魂深處的聲音，不斷演繹並實現著眞實的自我，又何必在乎是輝煌，還是暗淡呢！如果再過十幾年，再次像現在一樣，坐在這裏寫一個這種性質的東西，那時又會有什麼樣的感慨呢？

最後，我要表達對我妻子劉素蘭的感謝。潮州四年，結婚生子，之後來到粵北山城。沒想到在此一呆就是十多年。一般來說，潮州女人是不願離開生她養她的那一小片平原的，更不願到靠北的山區來生活。對她們來說，似乎嶺北走上一步，就有可能遭到當地人的質疑。但她還是跟隨我一起來了，而且近些年來還越來越樂於接受這種平淡的生活。對於她來說，這裏有山水，卻沒有海風；對於我來說，既來即安，祗求一張安穩的書桌。既然不肯隨波逐流，順風揚沙，那麼就陟皐觀波，在山爲泉吧。

王富鵬

壬辰春日　韶關韓家山上